Die Schrotflintenhochzeit

Ein Roman

Translated to German from the English version of
The Shotgun Wedding

Suchandra Roychowdhury

Ukiyoto Publishing

Alle weltweiten Veröffentlichungsrechte liegen bei
Ukiyoto Publishing
Veröffentlicht im Jahr 2023

Inhalt Copyright © Suchandra Roychowdhury
ISBN 9789358465785

Alle Rechte vorbehalten.
Kein Teil dieser Publikation darf ohne vorherige Genehmigung des Herausgebers in irgendeiner Form, sei es elektronisch, mechanisch, durch Fotokopie, Aufzeichnung oder auf andere Weise, reproduziert, übertragen oder in einem Datenabrufsystem gespeichert werden.
Die Urheberpersönlichkeitsrechte des Autors sind geltend gemacht worden.
Dies ist ein Werk der Fiktion. Namen, Personen, Unternehmen, Orte, Ereignisse, Schauplätze und Begebenheiten sind entweder der Phantasie des Autors entsprungen oder werden fiktiv verwendet. Jede Ähnlichkeit mit tatsächlichen lebenden oder toten Personen oder tatsächlichen Ereignissen ist rein zufällig.
Dieses Buch wird unter der Bedingung verkauft, dass es ohne vorherige Zustimmung des Verlegers nicht verliehen, weiterverkauft, vermietet oder anderweitig in Umlauf gebracht wird, und zwar in keiner anderen Form des Einbands oder Umschlags als der, in der es veröffentlicht wurde.

www.ukiyoto.com

Danksagungen

Als ich mich hinsetzte, um zu schreiben, wurde mir klar, dass es ist, als würde ich auf einem steuerlosen Schiff in unbekannte Gewässer segeln. Dies war mein erster Versuch, die immateriellen Gedanken meines Geistes in greifbare Worte zu sublimieren. Anfangs erforderte es viel Mut und Ausdauer; ich hätte dies sicherlich nicht ohne die unermüdliche Unterstützung von Kishaloy Roychowdhury tun können, meinem Mann, der der Wind unter meinen Flügeln ist, eine Stimme der Vernunft in all meinen verrückten Unternehmungen.

Es war mein Sohn Alekhyo Roychowdhury, der den allerersten Entwurf des Romans las; er sagte, es sei nicht schlecht, überhaupt nicht schlecht! Aus seiner Altersgruppe kommend, war dies ein grünes Signal, um fortzufahren, falls es jemals eines gab! Ich kann ihm nicht genug für seine Geduld und sein ehrliches Feedback danken.

Ich möchte meinen lieben Freunden Brototi Dasgupta, Debanjan Dasgupta, Shivalik K. Pathania, Sonia Gupta und Rohan Ray dafür danken, dass sie mir durch die unruhigen Gewässer des kreativen Prozesses zur Seite gestanden sind, unschätzbare Meinungen abgegeben und mehrere Entwürfe durchgelesen haben und mir geholfen haben, einen sicheren Hafen zu finden.

Vaswati Samanta und Jayati Bose waren meine Stützen und haben mich durch die Zweifel und Bedenken des kreativen Prozesses emotional geerdet.

Abschließend möchte ich mich bei meiner Redakteurin Aienla Ozukum für das mir entgegengebrachte Vertrauen bedanken. Ohne ihre Hilfe und Anleitung hätte dieser Flug der Phantasie für meine Leser nicht veröffentlicht und gedruckt werden können.

Im Gedenken an meinen Vater,
Sri Subrata Dasgupta

Inhalt

Prolog	1
Sein und Nichts	7
Die Über-Geschichte	30
Heimat und Welt	43
Punkt, Kontrapunkt	61
Eine lange Tagesreise in die Nacht	75
Söhne und Liebhaber	90
Die Wintergeschichte	98
Wolfssaal	104
Viel Lärm um nichts	115
Stolz und Vorurteil	121
Weihnachtsgeschichte	132
Die Überreste des Tages	146
Harte Zeiten	152
Bleak House	161
Entführt	168
Der Pate	178
Pistolen und Rosen	184
Die Trauben des Zorns	191
Dinge fallen auseinander	204
Catch Me If You Can	211
Herz der Finsternis	218
Die Hochzeit von Himmel und Hölle	228
Epilog	242

Prolog

Sonnenschein drang in seine Seele ein, stechend und stechend, brennend und blaue Flecken. Bhuwan drückte die Augen zu, sein nussbraunes, verwittertes Gesicht resignierte dem Schicksal und der Müdigkeit, als er seinen Kopf zur unerbittlichen Brillanz eines wolkenlosen Himmels erhob. Die Regengötter seien in diesem Jahr schwer fassbar gewesen, seufzte er. Er wischte sich die Schweißperlen mit einem ausgefransten Tuch von der Stirn und setzte sich zwischen die Stiele aus gereiftem Mais, der wie eine Goldwelle in der Brise wehte, und entspannte sich für einen flüchtigen Moment, bevor er zu den Mühen und Schwierigkeiten des Lebens zurückkehrte, die auf Existenzniveau lebten.

"Bhuwan", eine schrille Stimme schnitt über das Feld, "Bhuwan!" Die Stimme kräuselte sich über die bernsteinfarbenen Stiele und hallte in der Stille wider, die über einer ausgetrockneten Jahreszeit und Tagen schwebte, die von der Sonne weiß gebleicht wurden. Bhuwan stand langsam auf, seine gebrechliche Form zitterte bei dem unerwarteten Eindringen. Selbst aus der Ferne konnte er erkennen, wie Vishnu auf ihn zu rannte und verzweifelt winkte, um seine Aufmerksamkeit zu erregen. Offensichtlich außer Atem, als er sich Bhuwan näherte, schaffte es Vishnu immer noch, seine bedeutsamen Neuigkeiten zu verkünden. "Weißt du nicht, was los ist?", keuchte er. "Endlich kommt der Wandel nach Phulpukur."

Bhuwan konnte nicht verstehen, warum Vishnu so begeistert war; in all den Jahren, die er dort gelebt hatte, war in Phulpukur noch nie etwas Aufregendes passiert. Bhuwans Augen getrübt von Unverständnis; Bhuwan war sich einer Sache sicher - nichts konnte oder würde sich ändern. Phulpukur war ewig, ebenso wie die Verzweiflung, die das Leben von Pächter * innen wie Vishnu und ihm in den Schatten stellte. Warum also die ganze Euphorie? Schließlich kümmerte sich niemand in der Außenwelt um Phulpukur.

X

Versteckt in der südlichsten Ecke Westbengalens, in der Meeresdelta-Zone des Distrikts South 24 Parganas, war Phulpukur ein verschlafenes kleines Dorf, dessen Existenz für den Rest des Staates leider unbedeutend war. Es war jedoch einmal die Hauptstadt des Maharadschas Pratapaditya von Jessore, der das mächtige Mogulreich herausforderte und die Unabhängigkeit Südbengalens begründete. Nicht viel von dieser glorreichen Vergangenheit hatte überlebt, erodiert durch die Zeit und eine allgemeine Missachtung der Geschichte, da aufeinanderfolgende Generationen von Phulpukurs Bewohnern in eine Rasse stoischer Menschheit verwandelt worden waren, die darum kämpfte, die nackten Notwendigkeiten des Lebens zu erfüllen.

In der nicht so jungen Vergangenheit waren Phulpukur und der umliegende Bezirk eine Erweiterung der Mangrovenwälder und Salzwassersümpfe, die einen Teil des Gangesdeltas bildeten. Das Gelände - sumpfig, feucht und feucht - war praktisch unbewohnt; nur eine Handvoll Bauern wie Bhuwan und Vishnu kämpften darum, kleine Flächen Ackerland zu kultivieren, brachen sich den Rücken, um eine erbärmliche Ernte von Reis, Zuckerrohr, Holz und Betelnuss zu erzielen.

Der Sommer in Phulpukur könnte unerträglich werden, die Hitze und der Staub ersticken das Lebenselixier der Bauern. Die Sonne durchnässte die ländliche Landschaft in Wärmeschichten und sättigte die Bauernhöfe und die Wasserkörper mit so funkelndem Glanz, dass die köchelnden Grüns und Blautöne des Landes kurz davor zu sein schienen, in das Türkis des Himmels zu verdampfen. Heiße und feuchte Luft hing wie ein Schatten über den Reisfeldern, als sonnenverbrannte Bauern ihrer Arbeit nachgingen und der üblichen Praxis folgten, Tag für Tag, Jahr für Jahr mit strenger Monotonie Saatgut zu pflanzen und Pflanzen anzubauen. Es war eine anstrengende Routine und ein langweiliges, hartes, einfallsloses Leben, aber niemand beschwerte sich wirklich.

Trotz der Not schwingt der Geist, der in der Luft von Phulpukur widerhallt, mit einem inneren Gefühl von Stolz und Liebe, das keinen wirtschaftlichen Wert hat. Bhuwan und Vishnu, ihre Söhne Rajeev und Utpal und die meisten Pächter wie sie lebten in strohgedeckten, klapprigen Baracken mit offenen Veranden, die mit Planen bedeckt waren. Während des Monsuns beklagten Rajeev und Utpal die Tatsache, dass ihr bescheidenes Zuhause in Schlamm und Matsch und Schmutz versinken würde, aber sie hatten gelernt, damit zu leben. Ihre Küchen waren Lehmöfen, die in der Dunkelheit des gemeinsamen Durchgangs zwischen zwei Häusern gebaut wurden. Diese heruntergekommenen Hütten beherbergten oft große Familien und wenn die Bewohner Privatsphäre brauchten, errichteten sie Trennwände zwischen ihren Zimmern mit alten Saris. Die flexible Jugaad-Psyche, die so sehr für Indien typisch ist, war in diesem Dorf im Überfluss vorhanden.

Wohlhabende Taschen in Phulpukur waren selten, aber sie waren trotzdem da: eine Besprengung von Grundbesitzern; ein paar Nachkommen eines berüchtigten Dacoit, der Jahrzehnte zuvor das Land durchstreift hatte und seinen Erben ein stattliches Vermögen hinterlassen hatte; und ein paar Familien, die mit einer etwas verfallenen Missionsorganisation, der Saint James Mission School, verbunden waren, die ursprünglich versucht hatte, zu missionieren und zu lehren, aber vor langer Zeit alle Hoffnungen aufgegeben hatte, die Menschen zum Christentum zu bekehren, obwohl sie ihre Existenz als desultorisches Bildungsinstitut fortsetzte, das mit Alter und Geschichte zerbröckelte.

X

Und dann, im Jahr 2006, erreichte Phulpukur den Tiefpunkt seiner Existenz: Das indische Ministerium für Panchayati Raj erklärte South 24 Parganas zu einem der rückständigsten Bezirke des Landes und Phulpukur zu einem ärmlichen Dorf. Schließlich wurde in den heiligen Korridoren des indischen Parlaments einstimmig beschlossen, dass die Westseite des Bezirks als Sonderwirtschaftszone ausgewiesen werden sollte, mit dem Schwerpunkt auf der Förderung von Landwirtschaft, Industrie und Fischzucht. Aber zuerst musste die Bevölkerung ausgebildet werden, um den Herausforderungen der Zivilisation und des Fortschritts gerecht zu werden. Wie sonst kann man einen ungelehrten und unerleuchteten und daher nicht reagierenden und unverständlichen Geist manipulieren?

Diese Entscheidung von oben führte zu einer ironischen Reihe von Situationen. Wenn die Menschen nicht wirklich für eine bessere Zukunft planen oder nach einer signifikanten Veränderung suchen, muss es jemand anderes für sie tun; in Phulpukurs Fall kam das Eindringen in seine weniger als idyllische Existenz unter dem Deckmantel eines Alphabetisierungskurses der Regierung. Phulpukurianer beobachteten mit unerschrockener Verwunderung die Schulen, und dann, in diesem besonderen Sommer, öffnete ein College seine Tore, um dem durchschnittlichen Dorfbewohner Erleuchtung zu bringen.

Studenten aus den benachbarten Vidhan Sabha-Wahlkreisen Gosaba, Basanti, Kultali und Mandirbazar begannen, nach Phulpukur zu sickern, was zu der beträchtlichen Zahl lokaler Jugendlicher beitrug, die sich um die Aufnahme in das College bemühten. Bildung brachte einen Teufelskreis der Politik mit sich. Bhuwan, Vishnu und viele andere unglückliche Bauern mussten sich allein um ihren Anbau kümmern, als ihre Söhne und Töchter, bewaffnet mit Büchern und politischen Manifesten, sich dem Kampf der kriegführenden Jugendlichen anschlossen, um die Entwicklung einzuleiten. Von da an war das Leben in Phulpukur nie mehr dasselbe.

Diese Metamorphose, als sie Phulpukur erreichte, hatte weitreichende Auswirkungen, darunter die Ernennung von Dita Roy zum Vollzeitdozenten am Phulpukur College. Diese ahnungslose Dame, ohne jede vorherige Auseinandersetzung mit Politik im ländlichen Bengalen, schaffte es, sich im Auge des Sturms zu landen, der sich über dem Dorf zusammenbraute und untrennbar mit dem Skandal verbunden war, der in Westbengalen als Shotgun Wedding ewige Berühmtheit erlangte.

Die Geschichte - mit Strategen, die eines Schachgroßmeisters würdig sind und von fehlerhaften Protagonisten, gerissenen Politikern mit ihren Mafioso-Kontakten und Jungfrauen in Not gespielt werden - eroberte das nationale Bewusstsein. Obwohl die schlagzeilenträchtigen Ereignisse Phulpukur auf die nationale Karte brachten, begann die Geschichte mit einer unauffälligen Note...

Sein und Nichts

Roter Staub wirbelte um den Feldweg, und ein Schleier aus Sandpartikeln stieg aus der ausgetrockneten Erde auf, um ein kleines weißes Auto zu umhüllen, das entlang der unebenen Oberfläche der provisorischen Straße stieß und behutsam Schlaglöcher vermied, bevor es vor einer alten und bröckelnden Ziegelmauer etwas unsicher zum Stillstand kam. Ein Fenster rollte herunter und ein ziemlich ängstliches Gesicht schaute heraus und versuchte, die Lage des Landes herauszufinden.

Hinter der Ziegelmauer blickten zwei Augenpaare mit eifrigem Interesse aus einem Fenster im dritten Stock des alten Schulgebäudes, um eine Bestandsaufnahme des Eindringlings im weißen Auto zu machen. Der Fahrer schien sich nicht sicher zu sein, ob er aussteigen sollte oder nicht, aber die beiden Männer im dritten Stock beugten sich noch weiter vor, um den ersten Blick auf den Insassen des Autos zu erhaschen.

"Wirf dich nicht direkt aus dem Fenster, Gopal", tadelte Raja seinen übereifrigen Begleiter. "Du wirst keine bessere Aussicht bekommen, wenn du wie ein Eichelhäher hinausfliegst."

"Sieh mal, wer da spricht", murrte Gopal, als er zurücktrat. "Du solltest heute nicht einmal hier sein, wenn man bedenkt, dass die Person im Auto hier im Dorf eine ziemliche Welle erzeugen wird und es deinem Vater nicht gefallen wird, wenn du einen Bekannten findest, noch bevor er am Tatort ankommt."

Rajas Blick verlagerte sich von dem bewegungslosen Auto und bemerkte den Blick der Besorgnis, der Gopals normalerweise fröhliches Gesicht trübte. Angstlinien machten tiefe Furchen auf Gopals Stirn, als der übergewichtige Mann mittleren Alters versuchte, Raja vor den Folgen des Versuchs zu warnen, seinen Vater zu überstrahlen. "Geh weg", drängte Gopal, rang verzweifelt seine pummeligen Hände und zerrte an dem zerknitterten Ärmel von Rajas einst weißem Hemd.

"Auf keinen Fall, ich rühre mich nicht, warum sollte Palash Bose bei allem, was hier passiert, die Oberhand haben?" Raja grinste böse. "Lass uns ihn einmal übertrumpfen."

Raja leuchtete vor teuflischer Fröhlichkeit und beugte sich aus dem Fenster. In den vierundzwanzig Jahren seines Lebens bemerkten die Menschen um ihn herum oft die auffällige Qualität seiner wachen grauen Augen unter dunklen sichelförmigen Augenbrauen. Sein Gesicht war fesselnd, markante Wangenknochen und ein starker Kiefer beugten die seltsame Verletzlichkeit der Jugend auf, und es gab einen Hauch von Arroganz in der Art und Weise, wie er manchmal aus seiner Höhe von sechs Fuß zwei Zoll seine Aquilin-Nase hinunterblickte. Ein allgegenwärtiger Funke von Unfug trug zu seinem Raffish-Charme bei.

Ein paar fehlgeleitete Haarsträhnen verwischten Rajas Sicht, als er nach unten schaute, und mussten sich fast doppelt biegen, um seinen hohen Rahmen in den des Fensters zu passen. Er wurde schließlich durch den

Anblick des Fahrers belohnt, der schüchtern aus dem Auto stieg, offensichtlich eingeschüchtert durch das imposante Relikt aus den Tagen des Raj, das sie konfrontierte. Das Schulgebäude war in der Tat ein faszinierendes Stück Architektur und ziemlich imposant.

"Gopal, du wirst das nicht glauben", flüsterte Raja, eine Unterströmung des Lachens schnürte seine Worte. Gopal eilte zurück zum Fenster, gerade rechtzeitig, um einen Blick auf die gebrechliche junge Frau zu erhaschen, die in einem blauen Salwar-Kameez gekleidet war und aus dem Auto auftauchte. Ihr zartes Chiffon-Dupatta entfaltete sich wie ein Schmetterling im Wind, alles flatterte vor Neugier, bis sie es mit einem ungeduldigen Zug zurückholte. Ihr kleines und zartes Gesicht hatte einen elfenhaften Charme, besonders wenn es von einem schelmischen Lächeln beleuchtet wurde. Das Lächeln fehlte jedoch in diesem Moment, ein dichter Schatten der Unsicherheit verdeckte die übliche Fröhlichkeit ihrer ausdrucksvollen dunklen Augen. Sie sah sich vorsichtig um: Es war alles Terra incognita für sie - riesig, unverständlich und unbekannt.

»Raja, dein Vater wird sich bei weitem nicht freuen«, flüsterte Gopal besorgt und zögerlich. "Er hat sicherlich keine Frau für den Posten erwartet, der sich im College geöffnet hat."

"Nein, der alte Fuchs wird es überhaupt nicht mögen", stimmte Raja zu. "Ich dachte, er erwähnte jemanden namens Aditya Roy, der von der College Service Commission geschickt wurde. Es kommt nicht oft vor, dass er etwas falsch macht...", brach er ab, als er Blickkontakt mit der betreffenden Dame aufnahm.

Dita blickte auf, beugte den Hals und blinzelte gegen die Strahlen einer gnadenlosen Sonne, als sie die beiden Figuren im dritten Stock entdeckte. Vom Boden aus erschienen sie wie zwei kuriose Marionetten, die mit dünnen Schnüren an einer schiefen Fensterscheibe befestigt waren. Sie waren die einzigen Menschen in der imposanten, aber bröckelnden Struktur vor ihr und lehnten sich so weit aus dem Fenster, dass sie sofort um ihre Sicherheit besorgt war. Aus ihrer Position der offensichtlichen Benachteiligung konnte sie fast erkennen, dass von den beiden eine offensichtlich jünger war. Sie zögerte einen Moment und winkte ihm dann, herunterzukommen.

Raja gab ein winziges Nicken des Verständnisses, was darauf hinwies, dass er nach unten ging.

"Vergiss nicht, die Schlüssel zu nehmen", wies Gopal an. "Es ist noch früh, die Schultore sind noch nicht geöffnet. Und denkst du nicht, dass du dich zuerst aus den Kleidern, die du trägst, umziehen solltest? Sie sind mindestens zwei Größen zu groß für Sie. Ich habe sie dir letzte Nacht nur zum Schlafen gegeben, nicht um in ihnen öffentlich aufzutreten «, protestierte Gopal. "Dein Vater wird mein Versteck haben, wenn er dich so sieht."

Raja zuckte mit den Schultern und erinnerte sich an die Auseinandersetzung, die er in der Nacht zuvor mit seinem Vater gehabt hatte - ein weiterer Willens- und Idealkampf in einer endlosen Reihe von Meinungsverschiedenheiten -, nach der er in einem Anfall von Pique gegangen war. Viel zu klapprig, um für die Nacht nach Hause zu gehen, hatte er Gopal in der Kantine der Saint James Mission School aufgesucht, sein

Essen geteilt, sich in seine übergroße Kleidung verwandelt und war in einen traumlosen Schlaf gefallen. Deshalb lag Raja heute früh immer noch in Gopals Küche und sah ziemlich schmuddelig aus, als sie hörten, wie das Auto vor den Schultoren zum Stehen kam. Er ignorierte Gopals Beteuerungen; seinem Vater zu missfallen schien einen eigenen Charme zu haben. Ein Gespenst eines Lächelns schwebte auf seinen Lippen, als er die Schlüssel in die Hand nahm und aus dem Raum ging. Ein paar Töne von "Wind of Change" von Scorpions schwebten ungebeten in seinem Kopf; fast unbewusst begann er, die Melodie zu pfeifen, als er die Treppe hinunter rannte.

Seine launische Stimmung war etwas erschüttert, als er sich den hohen und rostigen Eisentoren der Schule näherte, die abgenutzt und alt und mit Sträuchern bedeckt waren. Er hielt kurz inne und spürte die Spannungswellen, die aus der leichten Gestalt sickerten, die ihn mit besorgten Augen von der anderen Seite des antiquierten Portals ansah. Sie war zart und zierlich und blass vor Angst. Raja sah sie erneut an. Ihre Augen weiteten sich schockiert, als er sich näherte; er seufzte, als er den Eindruck erkannte, den er jetzt machen musste, schmutzig und nachlässig in geliehener Kleidung. Sie würde ihn sicherlich für eine Art Landstreicher halten.

Gopal, der sich immer noch aus dem Fenster im dritten Stock lehnte und wie ein ineffektiver Krake mit seinen prallen Armen um sich schlug, versuchte, die unangenehme Situation zu lindern. "Bringen Sie sie zum Büro des Direktors, die Türen sind offen und sie kann dort warten, bis das Büropersonal hereinkommt", fügte sie im Nachhinein hinzu, "in der Zwischenzeit können

Sie heraufkommen und ihr etwas Tee holen.„ In Gopals Universum war Tee das Allheilmittel für jedes erdenkliche Problem.

Die Tore knarrten auf, als Raja eine Seite der imposanten Barriere zurückdrängte und die ängstliche Frau eintrat. "Es tut mir leid, aber ich habe nach dem Phulpukur College gesucht, und die Dorfbewohner wiesen mich in diese Richtung", warf sie einen unruhigen Blick auf Raja, weit davon entfernt, durch sein zerzaustes Aussehen beruhigt zu sein. "Aber ich sehe, das ist ein Schulcampus, kein College?"

Raja entschied sich, die Frage nicht sofort zu beantworten, stattdessen hatte er eine Frage. "Wurden Sie von der College Service Commission ernannt, um eine Stelle am Phulpukur College anzutreten?"

"Ja", kam die verblüffte Antwort; sie war überrascht, dass er so viel wusste.

"Dann bist du hier an der richtigen Stelle", versuchte Raja sie zu beruhigen, als er sie durch die kolonialen Bögen zum Büro des Direktors führte. "Das Phulpukur College befindet sich noch im Entstehen, und da es keinen eigenen unabhängigen Campus hat, werden hier im zweiten Stock der Saint James School Kurse abgehalten."

Dita versuchte, ihre Panik in Schach zu halten. Kein Campus? Was genau meinte dieser ungepflegte Fremde? Sie versuchte, mit ihm Schritt zu halten und brach fast in einen Lauf aus, als er mit langen Beinen vorrückte. Raja spürte, dass sie Schwierigkeiten hatte, mit ihm Schritt zu halten, hielt inne, drehte sich um und hielt sie mit seinen erschreckenden grauen Augen fest. "Die Mitglieder des

Leitungsorgans versuchen ihr Bestes, um den College-Campus zu mobilisieren, der sich auf einem Landstrich weiter unten befindet", informierte er sie und nahm den Schock, der sich in ihrem Gesicht widerspiegelte, mit tiefem Mitgefühl auf. Es war keine vielversprechende Situation, und sie hatte nicht einmal seinen Vater Palash Bose getroffen, der der Präsident des Leitungsgremiums des Phulpukur College war. Palash wäre eine unüberwindbare Herausforderung, mit der sie sich offensichtlich auseinandersetzen müsste.

Raja öffnete die Türen zum Büro des Direktors, begleitete sie hinein und deutete ihr auf einen der abgenutzten Ledersessel, damit sie sich setzen und warten konnte. Sie sah benommen aus, als sie die veralteten Möbel aufnahm, die Dunkelheit der Kammer, die von verstreuten Sonnenstrahlen unterbrochen wurde, die durch die Riegelfenster schlichen. Bücher und Zeitschriften, schimmelig mit dem Alter, säumten die Regale, die über die Wände liefen. Sprachlos und unruhig setzte sich Dita hin.

Alles an diesem Ort war faszinierend, eine Dorfschule mit Anklängen aus der kolonialen Vergangenheit, ein Raum, der mit Zeitschriften gesäumt war, die antiquarischen Wert zu haben schienen, ein Lumpen mit einem abgeschnittenen, polierten Akzent und raffiniertem Vokabular; und könnte es ihre Fantasie sein, oder pfeift er tatsächlich "Wind of Change"? In der Tat seltsam!

Raja konnte die Angst vor Neugierde auf ihrem Gesicht sehen und versuchte, sie etwas zu lindern, indem sie ihr einen kurzen Hintergrund des Ortes gab. "Diese Schule wurde von christlichen Missionaren gebaut, die unter der Last des weißen Mannes arbeiteten, um zu predigen, zu missionieren und zu erziehen", kicherte er. "Zum Glück für Phulpukur überlebte das Gebäude, das sie bauten, den Raj. Obwohl es ein wenig baufällig ist und auf einem stark eingeschränkten Cashflow gehalten wird, ist es immer noch beeindruckend."

Seine Worte wurden grob unterbrochen, als Gopal Raja von oben anrief. Raja eilte hinaus und bot ein schelmisches Grinsen an, als er ging. "Ich komme mit etwas Tee für dich zurück. Ich schätze, du könntest eine Tasse gebrauchen, bevor du das Leitungsgremium des Colleges triffst."

Fast eine halbe Stunde später war der junge Mann immer noch nicht mit der versprochenen Tasse Tee erschienen, als sich die Türen zum Büro des Direktors wieder öffneten und eine kleine Menschenmenge eintrat. Eine große und imposante Figur führte die Gruppe an, gekleidet in makellosen weißen Dhoti und Kurta, goldumrandeten Gläsern, die auf dem Steg einer aquilinen Nase saßen, scharfsinnigen Augen, die hinter den Gläsern glitzerten, als er die leichte Figur annahm, die ihn ängstlich ansah.

Seine Hände erhoben sich in der traditionellen bengalischen Begrüßung: "Namoshkar, ich bin Palash Bose, Präsident des Leitungsgremiums des Phulpukur College. Ich habe mich vor zwei Jahren von der Position des Direktors des Diamond Harbour College zurückgezogen und seitdem ist es meine Mission, für dieses College zu arbeiten." Die Menge dahinter stand in fast unterwürfiger Stille, als er fortfuhr:"Es tut uns leid,

Sie warten zu lassen, wir kamen, sobald wir die Nachricht von Ihrer Ankunft von Gopal erhielten. Obwohl ich es gestehen muss, erwartete ich jemanden namens Aditya Roy?« Er warf ihr einen fragenden Blick zu und forderte sie schweigend heraus, als wäre sie eine Betrügerin.

"Die College Service Commission ist nicht unfehlbar, denke ich; sie müssen meinen Namen durcheinander gebracht haben", zog sie ein Dokument aus ihrer umfangreichen Handtasche und übergab es Palash Bose. "Das ist mein Ernennungsschreiben. Ich bin Dita Roy; ich werde den Dozentenposten in der englischen Abteilung des Phulpukur College übernehmen."

Die Menge schlurfte mit den Füßen und jemand hinten kitzelte: "Englischabteilung in Phulpukur? Wer hat davon gehört?"

Palash drehte sich um, sein Unmut war auf seinem Gesicht sichtbar. Die Menge verstummte erneut. Nachdem er die Kontrolle über die Menge erlangt hatte, richtete er seine Aufmerksamkeit auf den unglücklichen Neuankömmling. "Dita, das ist ein ungewöhnlicher Name, kein Wunder, dass sie einen Hasch daraus gemacht haben. Wenn ich mich recht erinnere, ist es der Name der medizinischen Rinde der Alstonia scholaris, eines ostasiatischen Baumes."

Dita war beeindruckt: Der Mann war, gelinde gesagt, kenntnisreich und hatte offensichtlich die Kontrolle über die Menschen, die ihn umgaben. Ihm folgend ließen sie sich alle an einem riesigen Mahagoni-Tisch nieder und Palash begann, Dita den Mitgliedern des Leitungsgremiums vorzustellen.

"Das ist Salim Khan, mein Stellvertreter, er kümmert sich um die finanziellen Angelegenheiten des Colleges. Er wird mehr als bereit sein, dir bei deiner Mathematik zu helfen, wenn du es benötigst." Salim wackelte mit dem Kopf von einer Seite zur anderen, um seine Zustimmung anzuzeigen. "Und das ist Mukul Nath, meine rechte Hand und mein Alleskönner ", fuhr Palash fort und deutete auf die schlaksige Person zu seiner Linken, einen Beutel mit Haut und Knochen mit vorgewölbten Augen.

Als sie bemerkte, dass fast alle von ihnen in makellose weiße Dhotis und Kurtas gekleidet waren, die sich stark von ihren dunklen Häuten abhoben, hatte Dita das unheimliche Gefühl, dass sie in den Bildern eines Schwarz-Weiß-Films oder möglicherweise eines Film-Noirs gefangen war. Sie hatte noch nie so viele Dhoti-gekleidete Männer an einem Ort gesehen, außer vielleicht bei schicken Bong-Hochzeiten. In ihrer weißen Kleidung gruppiert, hatten sie eine absurde Ähnlichkeit mit dem Chor des klassischen griechischen Theaters und gehorchten dem Diktat des Chorleiters Palash Bose.

Dita fühlte sich unwohl und deutlich fehl am Platz als einzige Frau in einer bizarren und eindeutig unerwarteten Umgebung, die die Aufmerksamkeit eines rein männlichen Blicks auf sich zog. Sie schüttelte sich geistig und sagte sich, dass jetzt nicht der Moment sei, sich einschüchtern zu lassen; ein Stahlschimmer drang in ihre Augen. "Nur damit Sie es wissen, ich wurde von der College Service Commission als Dozent für Englisch ernannt; Mathematik ist nicht mein Interessengebiet oder Fachgebiet. Warum sollte ich Hilfe mit Mathematik brauchen?'

Dita konnte nicht anders, als zu bemerken, dass Palash Boses Lächeln seine Augen nicht erreichte, was seine scharfe Intelligenz, Schärfe und Klugheit widerspiegelte, aber seltsamerweise ohne Wärme war.

'Ihre Stellenbeschreibung ist möglicherweise nicht ganz auf den Englischunterricht zugeschnitten. Es gibt so viele Dinge, die Sie hier tun müssen. Du musst zuerst für das College-Gebäude planen, nicht wahr? Und das wird Schichten und Schichten der Finanzbuchhaltung mit sich bringen, nicht wahr?" Palash erwiderte.

Dita zitterte, als Wellen unverständlicher Vorahnung sie taub werden ließen; in was wurde sie hineingezogen?

"Da Sie der erste von der Regierung ernannte Kandidat für dieses College sind, müssen Sie der vorläufige Direktor werden." Er ließ die Überraschung langsam einsinken. "Du bist jetzt der Kapitän dieses Schiffes", sagte er mit einem Stirnrunzeln und zögerte, die Zügel einer offensichtlich unerfahrenen Frau, einem Greenhorn, zu übergeben.

Es war ein Schlag in den Solarplexus für Dita. Nicht einmal in ihren kühnsten Träumen hatte sie sich vorgestellt, dass sie sich einer so ungewöhnlichen Situation gegenübersehen würde. Außerdem hatte sie vorher keinerlei Kontakt mit der administrativen Seite eines Bildungsinstituts gehabt. Sie warf einen hilflosen Blick auf die vielen neugierigen Gesichter, die auf sie herabblickten, sie verurteilten und sie als Stadtmädchen abtaten, das völlig unfähig war, die Herausforderungen eines Campus in einem Dorf zu bewältigen. Sie wird keinen Tag überleben, schien der stille Konsens hinter den Pokergesichtern zu sein.

Palash ignorierte ihre Verwirrung und fuhr mit den Einführungen fort. Als er sich einem ziemlich elegant aussehenden Mann zuwandte, der mit einer reich bestickten roten Kurta und einem makellosen weißen Dhoti bekleidet war, sagte er: „Das ist Aditya Pundit, man kann sagen, dass er im Alleingang für den Aufbau des Colleges hier in Phulpukur verantwortlich war." Er deutete auf die beiden identisch aussehenden jungen Männer an seiner Seite und fügte hinzu: "Dies sind Adityas Söhne Papu und Pinku; wie Sie sehen können, sind sie eineiige Zwillinge. Es ist oft sehr schwierig, sie voneinander zu unterscheiden «, lächelte er fast.

"Sie waren eine große Hilfe bei der Organisation der administrativen Seite des Colleges. Es war der Traum von Adityas Vater Durjoy Pundit, eine höhere Bildung in das Dorf zu bringen, und über drei Generationen hinweg hat sich die Familie Pundit dieser Aufgabe verschrieben."

Zu diesem Zeitpunkt hatte sich Palash auf seine Rolle als Chorleiter erwärmt. "Die Experten waren lokale Zamindars, die kurz nach der Unabhängigkeit Indiens in schwere Zeiten geraten waren. Durjoy entpuppte sich als das schwarze Schaf seiner Familie. Im Gegensatz zu den anderen Erben und Nachkommen hatte er kein Interesse daran, sich weiterzubilden. Anstelle von Büchern nahm er Waffen und wurde zu einem der berüchtigtsten Dacoits dieser Gegend. Der Legende nach hat er ein großes Vermögen angehäuft, und da er den spartanischen Lebensstil führte, gab er kaum etwas davon aus. Er muss den Irrtum seiner Wege bereut haben, denn in den letzten Jahren seines Lebens sehnte er sich nach dem Einen, das er nie hatte - Bildung. Auf seinem Sterbebett wies er seine

Söhne an, hier im Dorf Phulpukur ein College in seinem Namen zu eröffnen.

"Es war leichter gesagt als getan", sagte Palash, "Durjoys Söhne wandten sich an das Bildungsministerium, das offensichtlich nicht geneigt war, eine Hochschule zum Gedenken an einen berüchtigten Kriminellen einzurichten. Glücklicherweise wurde ein Kompromiss erzielt... Durjoys Söhne spendeten Land für das College sowie eine stattliche Menge Geld, um mit dem Bau zu beginnen. Aber das College würde nicht nach Durjoy benannt werden, es würde einfach als Phulpukur College bekannt sein. Eine Marmortafel würde in Durjoys Namen auf dem Gelände angebracht und ein lebensgroßes Porträt von ihm würde in der Ruhmeshalle aufgestellt."

Hier blieb Palash stehen und sah unerklärlich traurig aus. Pinku nahm die Erzählung auf. "Alle Pläne waren vorhanden... Doch dann passierte etwas Unerwartetes." Er hielt dramatisch inne. " Landtagswahlen! Und Raktokarobi, die Partei, die im letzten Jahrzehnt unangefochten regiert hatte, fiel flach auf ihr Gesicht. Alles ging schief und Shyamol Sathi, bisher bestenfalls eine junge Party, kam an die Macht. Gefangen im Netz des Übergangs, baumelte das Schicksal des Colleges jahrelang in bürokratischer Schwebe."

"Es kam für uns alle überraschend, als es endlich genehmigt wurde", brach Papu ein. "Aber die Mittel mussten noch für das Gebäude freigegeben werden. Der Schulleiter von Saint James hatte die Idee, dass wir mit unseren Klassen hier auf seinem Schulcampus beginnen könnten, er lieh uns ein paar Zimmer und dieses Büro ", gestikulierte er in dem düsteren Raum, den sie derzeit bewohnten.

"Das erklärt einen Teil des Geheimnisses", sagte Dita. "Mein Ernennungsschreiben zeigt die Adresse dieser Schule als die Adresse des Phulpukur College." Sie kicherte unentschuldigt. "Deshalb, während ich nach dem Weg zum College fragte, sahen mich die Leute so seltsam an...

Es gibt kein College, von dem man sprechen könnte!'

"Es gibt ein College", klang Palash schroff, fast unhöflich, "die Kurse sind bereits im Gange, unsere erste Charge wird in diesem Jahr für die Vorstandsprüfungen erscheinen. Du musst dich nur einleben!"

Dita war verblüfft: "Aber du hast gerade gesagt, dass ich der erste Lehrer bin, der an dieses College berufen wurde. Also, wer hat die Schüler unterrichtet?'

"Wir haben eine Armee von Teilzeitlehrern", antwortete der jüngste Teilnehmer im Raum, ein fröhlicher Mann in formellen schwarzen Hosen und einem frischen weißen Hemd. Seine Körpersprache strahlte leichtes Selbstvertrauen aus, als er geschickt einen anderen Stuhl herausholte und sich der Gruppe am Tisch anschloss. "Lass mich mich mich vorstellen", lächelte er. "Ich bin Devdutt Sarkar, Schulleiter, St. James. Das Phulpukur College wird seit fast zwei Jahren auf meinem Campus gepflegt. Ich weiß, es wird ein Kampf, aber wir sind alle da, um dich zu unterstützen, keine Sorge.

"Die Pläne für das College-Gebäude sind gut aufgestellt, auch die Gelder wurden freigegeben", fuhr Devdutt fort und war sich Palashs unheilvollem Blick glückselig nicht bewusst. "Ich würde vorschlagen, dass das Leitungsgremium des Colleges drei Unterzeichner sanktioniert, um bei Bedarf Mittel zuzuweisen und auszuzahlen, damit Miss Roy keine Kopfschmerzen bereitet."

Dita nickte geistesabwesend, etwas beruhigt, dass sie in finanziellen Angelegenheiten, die nicht ihr Fachgebiet waren, nicht auf dem Scheiterhaufen verbrannt würde. Sie versuchte, die Diskussion auf vertrauten Boden zu bringen. "Kann ich meine Klasse heute treffen? Und kann ich bitte den Stundenplan des Colleges haben?"

Während die anderen in steiniger Düsternis zusammengekauert saßen, grub Salim einen Ordner aus einem Haufen staubiger Ordner, die auf dem Tisch verstreut waren, öffnete ihn bis zu einer vergilbenden Seite und reichte ihn ihr. Dita hielt den Ordner vorsichtig und versuchte, den handschriftlichen Zeitplan zu verstehen.

"Ich werde unseren Head Clerk bitten, es für dich einzutippen, die Masterkopie befindet sich auf der Schulanzeigetafel..." Salim fügte hilfreich hinzu.

Getippt oder handgeschrieben, konnte Dita ihren Augen nicht trauen. "Aber in diesem Stundenplan ist kein Englischunterricht vorgesehen", rief sie aus. Inzwischen gerieten die Dinge außer Kontrolle, weit jenseits ihres Verständnisses.

"Es gibt einen obligatorischen Englischunterricht", wies Palash auf eine Note der Herablassung hin, die sich in seinem Tonfall zeigt, als würde er ihr einen Gefallen tun, indem er ihr diesen Unterricht zuweist.

"Du meinst, du willst mir sagen, dass du einen Vollzeitdozenten für einen obligatorischen Englischkurs brauchst...einen Kurs, einmal pro Woche?" Ditas Stimme erhob sich stetig, ihr Unglaube stieg mit jedem aufsteigenden Ton. Sie fühlte sich, als würde sie in den trüben Gewässern von Phulpukur ertrinken, ohne dass sie sich auch nur an einen Strohhalm klammern konnte. "Dieses College bietet keine englischen Auszeichnungen oder sogar Englisch als Fachwahl im Abschlussstudium?"

"Wer wird hier Englisch lernen? Es wird nicht einmal auf Schulebene richtig unterrichtet...und wir alle kommen von lokalen bengalischen Mittelschulen! Wir können unsere Namen fast auf Englisch unterschreiben ", wies Pinku darauf hin. "Hatte nie wirklich einen richtigen Englischlehrer an unseren Schulen."

"Warum hat sich das College dann auf eine Stelle in englischer Sprache beworben?" Dita war wütend.

Sowohl Palash als auch Devdutt erschienen schüchtern, und weil Dita so offensichtlich auf eine Antwort wartete und niemand es wirklich aussprechen wollte, öffnete Mukul zum ersten Mal in dieser unangenehmen Begegnung den Mund. "Sie wollten, dass sich jemand mit guten Englischkenntnissen um die Korrespondenz kümmert, die fast täglich zwischen dem College und der Ministry of Education and College Service Commission stattfindet, um Mittel für das College zu sichern, Universitätszuschüsse zu erhalten, neue Fächer einzuführen... Meistens werden unsere Petitionen einfach abgelehnt, weil niemand den Kauderwelsch verstehen kann, den wir schreiben. Es gibt niemanden, der unsere

Petitionen bearbeitet oder korrigiert, und offensichtlich gibt es niemanden, der sie überhaupt schreibt."

"Hmmm... Was du brauchst, ist ein verherrlichter Angestellter. Hättest du dich einfach für einen bewerben können?" Dita beobachtete kurz und versuchte, dem Wahnsinn, der sie schnell zu verschlingen schien, etwas Sinn zu verleihen.

Mit einem Stirnrunzeln antwortete Mukul: "Wir haben bereits das gesamte Büropersonal, das von der Regierung ernannt wurde. Zwei Angestellte, ein Buchhalter, ein Bibliothekar und ein Bürojunge...und lassen Sie mich Ihnen versichern, dass sie, selbst wenn sie alle ihre intellektuellen Ressourcen zusammenlegen würden, nicht in der Lage wären, einen einzigen grammatikalisch korrekten englischen Satz zu finden."

Er sah ihr direkt in die Augen: "Jetzt kannst du vielleicht unsere Notlage verstehen? Wir müssen umfassende Petitionen an das Bildungsministerium senden, um die Entwicklung dieses Kollegs sicherzustellen. Bis jetzt müssen unsere Bewerbungen ziemlich unvollständig gewesen sein, nehme ich an, da wir keine Antworten erhalten haben.... Wir brauchen dich, um aufzustehen und zum Wohle des Phulpukur College zu arbeiten."

Die Köpfe drehten sich in Übereinstimmung mit Mukuls leidenschaftlichem Appell um den Tisch auf und ab. Dita war jedoch bei weitem nicht überzeugt. "Warum haben Sie nicht sichergestellt, dass Ihre Angestellten fließend Englisch sprechen, wenn Sie wussten, dass sie für die gesamte Korrespondenz im Namen der Hochschule verantwortlich sein müssten? Wenn Ihr Buchhalter keine fundierten Englischkenntnisse hat, können Sie damit umgehen, aber es ist sicherlich unerlässlich, dass die Sachbearbeiter über gute Sprachkenntnisse verfügen?'

Eine lange Stille folgte Ditas Frage. Niemand schien es eilig zu haben, ihr zu antworten. Palash wollte gerade sprechen, als plötzlich etwas seine Aufmerksamkeit erregte; sein Gesicht erstarrte zu einer grimmigen Maske der Missbilligung.

Dita schaute sich um, um zu sehen, dass der freundliche junge Mann endlich mit einem Teetablett wieder aufgetaucht war, gefolgt von Gopal, der eine Auswahl an Snacks trug. Dies war für die Verzögerung verantwortlich, dachte Dita, er muss gegangen sein, um die Erfrischungen zu beschaffen. Als das Aroma des frisch gebrühten Tees durch den Raum wehte, wurde ihr klar, dass sie ziemlich hungrig war.

X

Es war eine lange Fahrt von Kolkata nach Phulpukur gewesen. Dita hatte vor Tagesanbruch begonnen, bewaffnet mit einer Straßenkarte, die von ihrer Mutter Tamali zur Verfügung gestellt wurde, die sehr wenig Vertrauen hatte, dass Ditas GPS in der Lage sein würde, seinen Weg im ländlichen Bengalen zu finden. Sie hatte Dita an ihrem ersten Tag bei ihrem neuen Job begleiten wollen, aber Dita schaffte es, sie abzuschütteln: obendrein wollte sie ihre Mutter nicht auf dem Rücken haben. Es war eine lange Reise gewesen, diesen Punkt zu erreichen, dachte sie, als sie ihre Reisetasche hineinwarf und sich auf den Fahrersitz ihrer Maruti zurückzog. Sie hatte sich viel Mühe gegeben, sich für den Nationalen Eignungstest zu qualifizieren und ihn dann zu bestehen und dann die verblüffenden Interviewrunden mit der College Service Commission zu durchlaufen.

Sie fuhr aus dem Salt Lake heraus und umrundete die Hälfte von Kalkutta mit dem Eastern Metropolitan Bypass. Danach war es für sie alles Marslandschaft, als seltsame Orte vorbeizogen, Orte, die sie noch nie besucht oder von denen sie noch nie gehört hatte. Kein einziger Fahrer schien sich an die Verkehrsregeln zu halten, die zivilisierten Männern bekannt waren; sie fuhren mit rücksichtsloser Hingabe, ohne sich um die Sicherheit von Mitfahrern oder Fußgängern zu kümmern, als würden sie von Hunden aus der Hölle gejagt. Als sie nach Phulpukur fuhr, blinkte die Warnleuchte auf ihrem Armaturenbrett rasend rot - sie hatte wenig Benzin.

X

Sie zog ihre Aufmerksamkeit zurück auf die gegenwärtige Situation und beobachtete, wie Palash vor Wut apoplektisch wurde, als er zusah, wie der Teejunge und Gopal die Tabletts auf den Tisch stellten. Der Teejunge ignorierte völlig die Tatsache, dass Palash kurz davor stand, ihn zu drosseln, und goss Tassen dieses Lieblings-Bong-Getränks aus - ein starkes Gebräu aus Darjeeling-Tee mit einem Schuss Milch, angereichert mit einem Hauch von Zucker, den viele Bongs zu jeder Tageszeit genießen.

Inmitten all der Dunkelheit und des Schicksals des Tages schien diese Teepause der einzige Lichtblick für Dita zu sein. Ihre Augen trafen die warmen Grauen des Teejungen, ihre Wertschätzung zeigte sich in ihrem Lächeln, als sie ihr Gesicht in den duftenden Becher steckte. Raja lächelte vor Freude über ihre stille

Dankbarkeit, hielt einen Moment inne und zeigte auf das gefrorene Tableau am Tisch. "Sie werden deine Frage nicht beantworten können", kicherte er. "Es ist ein Fiasko, das sie selbst verursacht haben... Sie haben ihre Familienmitglieder ernannt, um alle Stellen im College-Büro zu besetzen. Vetternwirtschaft hat jedes Erfordernis, Englisch zu sprechen, entbunden.'

Sein spöttisches Lachen hallte durch die Gänge, als er den elenden Haufen verließ, um sich mit dem Chaos zu arrangieren, das sie selbst verursacht hatten. Während die anderen schüchtern aussahen, sah Palash positiv wütend aus. Wenn Blicke töten könnten, wäre Tea Boy auf dem besten Weg zu den Toren der Hölle gewesen. Obwohl er sich überhaupt nicht darum zu kümmern schien, Palashs Zorn auf sich zu ziehen, ging Papus Herz zu dem jungen Mann: Palashs Feindschaft wäre ein schreckliches Kreuz, das er tragen müsste.

Dita wusste nicht, wie sie aussehen sollte, obwohl sie inzwischen immun gegen die Schocks des Tages hätte sein sollen. Sie fragte sich, welchen Trick die Kurta-Dhoti-Bande in dieser endlosen Farce als nächstes aus den Ärmeln ziehen würde.

"Es ist keine Vetternwirtschaft", rauchte Palash. "Du musst verstehen, dass wir den Jungen unseres Dorfes eine angemessene Beschäftigung bieten müssen. Und wenn sie für die Posten qualifiziert genug wären, hätten wir sie dann nur deshalb berauben sollen, weil sie zufällig mit uns verwandt sind?"

Devdutt teilte die gleiche Ansicht. "Einen Regierungsjob zu sichern, ist heutzutage alles andere als einfach. Wir haben mit diesen Praktika nur unsere Dorfjugend gestärkt."

"Und wen genau haben Sie gewählt, um Ihr Wohlwollen zu stärken?» Dita konnte den Sarkasmus nicht länger zurückhalten.

"Der Hauptschreiber, Alok Pundit, ist unser Cousin", erhoben Papu und Pinkus Stimmen im Gleichklang. „Dieses College ist das Traumprojekt unseres Großvaters, und Alok repräsentiert unsere Familie in dieser Mission. Er ist Absolvent, also kann man nicht bestreiten, dass er den Posten verdient hat."

"Praloy Nath ist der zweite Angestellte, er ist Mukul Dadas Sohn", fuhr Pinku fort. "Unser Buchhalter Ashok Mondol ist Salims Freund, der Bibliothekar Dipten Ghosh ist Devdutt Dadas Schwager und der Bürojunge Biltu ist der Bruder meiner Frau."

Sie haben es gut sortiert, dachte Dita, fast so, als würden sie ein Familienunternehmen führen. Da sie ihre Neugier nicht weiter eindämmen konnte, fragte sie Pinku: „Und was genau machst du? Abgesehen davon, dass Sie hier Mitglied des Leitungsgremiums sind?"

Eher erfreut, sich ihre ungeteilte Aufmerksamkeit gesichert zu haben, stellte Pinku eifrig sein Jobprofil zur Verfügung. "Papu und ich arbeiten für Shyamol Sathi. Sie finden uns die ganze Woche im Partybüro.'

"Ja, ja, wir alle wissen, wie effizient ihr zwei seid", klang Palash extrem irritiert, als er aufstand, um zu gehen, was das Treffen zu einem abrupten Ende brachte.

Palash schien keine Nachkommen oder entfernten Verwandten im College beschäftigt zu haben, bemerkte Dita. Oder hatte sie einen Link übersehen?

"Ist Biltu, der Bürojunge, derjenige, der heute Morgen Tee mitgebracht hat?", fragte sie sich laut, fasziniert von der faszinierenden und respektlosen Anwesenheit des Teejungen.

Palash erstarrte, ein roter Dunst ohnmächtiger Wut trübte seine Sicht. Ditas arglose Frage ließ ihn an der Antwort ersticken; er beschloss, zu schweigen.

"Nein, das ist nicht Biltu", antwortete Devdutt unruhig. "Er ist ein ehemaliger Schüler von mir und kommt manchmal her, um mich zu treffen. Wir spielen Schach, wenn ich frei bin, es ist eine interessante Ablenkung von der regulären Verwaltungsarbeit." Er hatte einen zärtlichen Blick in seinen Augen, erwähnte aber nicht den Namen des Teejungen.

Als die Dhoti-Gang begann, sich aus dem Raum zu stürzen, blickte Palash zurück und hielt einen Moment inne. "Sie sind jetzt ein wesentlicher Bestandteil von Phulpukur, Miss Roy. Das Tragen eines Sari könnte Ihnen helfen, sich besser an die Wege dieser Welt anzupassen."

Palashs Trottelpunsch ließ Dita taumeln; wofür hatte sie sich wirklich angemeldet? Sie holte ihre Schlüssel ab und ging schnell zu ihrem Auto.

Irgendwo am fernen Rand ihres Bewusstseins sah sie den Teejungen in einem hitzigen Streit mit Palash Bose gefangen.

Sie stieg in ihr Auto und fuhr davon. Sie konnte diesem verrückten Ort nicht schnell genug entkommen.

Die Über-Geschichte

Als Papu und Pinku aus dem Schultor traten, machten sie sich auf den Weg in das Herz des Dorfes, den örtlichen Hafen, wo sich Bauern und ihre Frauen versammelten, um an bestimmten Tagen der Woche Gemüse, Obst und Fisch zu verkaufen. Fleisch war eine Delikatesse, und nur zwei Stände am hinteren Ende des Hafens verkauften Huhn und Hammelfleisch, aber nicht donnerstags aufgrund der örtlichen Vorschriften.

Der Geruch von verwesendem Grün oder der übelriechende Hauch von Luft, der den Gestank von zu lange in der Sonne gelassenen Fischen zirkuliert, schreckt jedoch nicht ab, wenn Menschen ihr Leben der Politik widmen. So wurde der Phulpukur-Haat auf der einen Seite von einem brandneuen, eher prunkvollen Gebäude flankiert - dem Parteibüro von Shyamol Sathi. Diese auffällige Struktur in Smaragdgrün und einer Reihe von Weißen war der tägliche Lebensraum der Pundit-Zwillinge.

Die Zwillinge waren gesellige Seelen, bequem in ihrer eigenen Haut, aber mit einer unheimlichen Ähnlichkeit mit ihrem blutrünstigen Vorfahren in der sardonischen Neigung gewölbter schwarzer Augenbrauen oder der Art und Weise, wie sie unbewusst auf ihre hawkischen Nasen schauten. Lose Gliedmaßen und groß bewegten sie sich mit identischer Leoparden-ähnlicher Anmut; ihre war eine erdige, instinktive Existenz, die von übermäßigen intellektuellen Bestrebungen ungefiltert war, ihre mandelförmigen Augen spiegelten verblüffende Klarheit und eine seltsame Mischung aus Weltmüdigkeit wider.

»Du hast Sahanas Namen nicht ein einziges Mal erwähnt«, sagte Papu leise und betrachtete Pinku fragend.

"Was gibt es da zu erwähnen?" Pinkus Stimme zeigte sein mangelndes Interesse.

Papu, offensichtlich in einer luftigeren Stimmung als Pinku, kicherte: "Ihr wurdet alle von der Erwähnung von Vetternwirtschaft eingeschüchtert. Sie haben Biltu erwähnt, aber Sie haben es versäumt, die Tatsache offenzulegen, dass Ihre Frau eine der Teilzeitlehrerinnen am College ist."

Papu schien Pinkus Unbehagen zu genießen; er wusste, dass Sahanas Berufswahl ein Streitpunkt in der ehelichen Beziehung seines Zwillings war. Als einzige Tochter des Dorfpostmeisters hatte Sahana buchstäblich jeden Zentimeter des Weges gekämpft, um ihre Ausbildung zu sichern. Ihr Vater unterstützte sie so gut er konnte, bis sie ein College in Kalkutta abschloss, woraufhin er sich weigerte, von seinem Wunsch abzuweichen, sie mit einem netten Kerl verheiratet zu sehen. Es stellte sich heraus, dass es sich bei diesem netten Kerl um Pinku handelte, die im Kreis herumgelaufen war und Sahana wie ein liebeskranker Welpe folgte, während sie, glücklicherweise ohne sich seiner Existenz bewusst zu sein, von Kalkutta aus hin und her reiste.

Schließlich fand Pinkus Vater heraus, dass sein Sohn einen Großteil seiner Tage damit verbrachte, an der Bushaltestelle des Dorfes herumzubummeln und darauf zu warten, dass Sahana in den Kolkata-Bus einsteigt oder aussteigt. Und da sein Sohn dem Anschein nach nicht viel vorankam, beschloss Aditya Pundit, die Sache selbst in die Hand zu nehmen und näherte sich Sahanas Vater.

Sahanas Vater, Satish Ghosh, hätte keine bessere Übereinstimmung erwarten können. Die Experten waren eine der reichsten Familien des Dorfes, und Pinku war ein Spross dieser illustren Familie; nach Satishs Schema wäre dies also eine himmlische Übereinstimmung. Außerdem erklärte Aditya Pundit großmütig, dass er sich nur um das Glück seines Sohnes kümmere und nicht einmal einen Cent als Mitgift suche.

Sahanas Schicksal war besiegelt. Vergeblich versuchte sie, ihren Vater davon zu überzeugen, dass sie weiter studieren wollte. Als all ihre Proteste auf taube Ohren stießen, versuchte sie eine andere Argumentation: "Alles, was dieser Kerl tut, ist, Zeit im Parteibüro von Shyamol Sathi zu verbringen, er ist noch nie aufs College gegangen...er tut eigentlich nichts." Satish blieb stur ", er braucht nicht viel zu tun... Die Art von Familie, aus der er kommt, wird niemanden überraschen, wenn er eines Tages eine wichtige politische Figur wird."

Pinaki Pundit alias Pinku wurde mit viel Pomp und Ruhm mit seinem Traummädchen verheiratet, und Sahana wurde versöhnt, um ihr Leben nach den Anforderungen der elterlichen Erwartungen zu leben. Glücklicherweise erwies sich die Ehe nicht als so miserabel, wie sie es erwartet hatte. Sie wurde schnell in die leichte Kameradschaft hineingezogen, die zwischen den Zwillingen floss; Gesichter, die von widerspenstigen Mopps aus federndem Haar gekrönt waren, waren hoffnungslos identisch; sogar ihre Denkprozesse verliefen ähnlich. Ihr Weltbild war ganz einfach: Folge dem, was leicht fällt, und sei zufrieden mit dem, was du hast. Gut für sie, dachte Sahana. Sie mussten nie kämpfen, um etwas zu erreichen, alles kommt leicht zu ihnen, und dann fügte sie spöttisch hinzu, außer Universitätsabschlüsse!

Sahana hat nie herausgefunden, wie man eine perfekte Ehefrau ist; sie hatte sehr wenig Interesse an den traditionellen Rollen als Köchin, Putzfrau und Liebhaberin in einem. Pinku schien diesbezüglich keine großen Erwartungen zu haben, er bewunderte seine gelehrte Frau und verliebte sich Hals über Kopf in sie. Er betrachtete es als ein Privileg, sie zu Hause zu finden, nachdem er von endlosen Stunden politischer Überlegungen im Shyamol Sathi Club zurückgekehrt war. Dem Beispiel seines Bruders folgend, versuchte Papu sein Bestes, um dieses arrogante Mädchen zu mögen, und fand Trost im Glück seines Bruders. Bald sollte jedoch eine Schlange in diesen glückseligen Garten Eden eindringen...und sie kam in Form von Stellenangeboten am Phulpukur College an.

Eines schönen Morgens fand Pinku, dass seine Frau eifrig über The Statesman nachdachte, der in Kalkutta ansässigen englischen Zeitung, die eine ganze Seite über offene Stellen in Westbengalen hatte; sie war damit beschäftigt, Segmente dieser Seite mit einem Bleistift zu unterstreichen. Als er sich ihr näherte, neugierig darauf, was sie vorhatte, leuchtete ihr Gesicht vor Aufregung auf und er war schnell von einer impulsiven Umarmung umgeben. Offenbar war eine Anzeige für offene Stellen für Lehraufträge am Phulpukur College erschienen - das

College erforderte eine Vielzahl von Teilzeitlehrern. Dies war eine der besten Möglichkeiten für sie, erklärte Sahana, sie würde ihre Bewerbung einreichen.

Pinku genoss den Komfort dieser glückseligen Umarmung und wollte sie nicht desillusionieren. Er sagte ihr nicht, dass er von den Posten wusste, die im Kollegium anstehen; schließlich war er Mitglied des Leitungsgremiums, mitschuldig an allen organisatorischen Entscheidungen. Aber er hatte dieses Detail für sich behalten; er wollte keine falschen Hoffnungen in den Gedanken seiner Frau wecken. Pinku wusste, dass sein Vater niemals der Idee zustimmen würde, dass ein weibliches Mitglied der Pundit-Familie eine Beschäftigung sucht; er würde es als Schande für seine Familie betrachten.

Aditya Pundits Gesicht nahm die Dunkelheit eines bevorstehenden Gewitters an, als er über die Absichten der Sahana informiert wurde. Es folgten eine Reihe von Notfallfamilientreffen, bei denen der Rest der Familie versuchte, Sahana die traditionelle Rolle der Frauen im Pundit-Haushalt verständlich zu machen. Leider schickte sie ihren Lebenslauf im Geiste einer trueblue-Rebellin an das College-Büro, je mehr sie sich mit ihr verbanden, desto weniger zuvorkommend wurde sie. Die Pandit-Patriarchen erkannten, dass sie in mehr gebissen hatten, als sie kauen konnten. Sahanas Unnachgiebigkeit brachte ihr einen heimlichen Bewunderer ein: Papu war erstaunt darüber, wie sich das unerschrockene Mädchen wehrte, um ihre Rechte durchzusetzen; sie sicherte sich auch die widerwillige Bewunderung ihrer Schwiegermutter Radha.

"Lass sie gehen, lass sie etwas tun, was sie tun kann", überzeugte Radha Aditya, "angesichts der Tatsache, dass sie weder kochen noch putzen kann und keinerlei Interesse an Haushaltsangelegenheiten hat, könnte sie genauso gut an dieses College gehen und unterrichten... Wie auch immer, sie scheint das einzige Familienmitglied zu sein, das am pädagogischen Aspekt des Colleges teilnehmen möchte ", spottete sie, "der Rest von euch interessiert sich nur für Politik oder das Geschäft, das es bringen wird."

Aditya saß sprachlos da, als Radha ihre Petition mit einer sentimentalen Notiz beendete: "Ich sage Ihnen, sie wird die wahre Vertreterin dieser Familie am Phulpukur College sein, wir können alle den Traum mit ihr leben... Und Durjoy Pundit wird eine glückliche Seele im Himmel sein." Hier hielt sie zum Aufprall inne und hob ihre Augen himmelwärts, als wollte sie den Segen der verstorbenen Seele suchen.

Schließlich wurde Sahana zu einem Interview eingeladen, sicherte sich den Posten eines Teilzeitdozenten für Politikwissenschaft, und der Rest ist, wie sie sagen, Geschichte. Zusammen mit Sahana wurden sieben weitere Kandidaten ernannt, um verschiedene Fächer zu unterrichten, aber sie war die einzige Frau im Team. Bis Dita auftauchte.

Papu fühlte sich völlig in die Verwirrung seines Bruders hineinversetzt. Pinku wusste nicht, ob er stolz auf seine Frau sein oder sich unter der Last der offensichtlichen Missbilligung seines Vaters verstecken sollte. Meistens ließ er die Dinge ungesagt, aber irgendwo tief in seinem Herzen verstand er, dass seine Frau in der Lage gewesen war, sich selbst in den Augen des egoistischen Palash Bose Respekt zu verschaffen, der Pinkus Intellekt oder dessen Fehlen fast immer offen verachtete.

Sahana hatte in ihrer Weisheit versucht, dieser Situation abzuhelfen, und schrieb die Zwillinge für einen Fernkurs in fortgeschrittenem Englisch ein. Und so standen Papu und Pinku vor einem Handschuh voller sprachlicher Herausforderungen, saßen jeden Abend im Büro der Shyamol Sathi Party und zerbrachen sich den Kopf über scheinbar unlösbare grammatische Dilemmata. Manchmal ergriffen sie ahnungslose Gruppenmitglieder, die für ein oder zwei Spiele Carrom ins Büro traten, aber selten bekamen sie angemessene Hilfe, da die englische Sprache und ihre Komplexität für alle ein Rätsel war.

Es gab jedoch einige gute Tage. Wenig und weit dazwischen, aber immer noch besser als die meisten. Tage, an denen die Leute, die ins Parteibüro kamen, tatsächlich ausreichendes Englisch kannten. Kein Wunder also, dass die Zwillinge ihre Freude kaum verbergen konnten, als Anupam Bose hereinkam. Er war das Geschenkpferd, das sie dazu bringen konnte, den nervenaufreibenden Test zu bestehen, den sie heute machen sollten, um im Fernkurs auf die nächste Stufe zu kommen.

Anupam Bose war Palash Boses älterer Sohn, allen in Phulpukur als Pom bekannt. Seine beunruhigend klaren grauen Augen leuchteten vor Neugier über ein schelmisches Lächeln, als er sah, wie die Zwillinge über ihren Computerbildschirmen die Stirn runzelten. Im Gegensatz zu seinem Vater war er lebhaft und freundlich, immer bereit, einen Witz zu knacken oder eine amüsante Erwiderung abzufeuern.

"Pom", dröhnte Pinku, "du bist ein verdammter Geschenkgott, Bruder", während Papu ihn dazu schleppte, sich neben die Computer zu setzen, wo sie sich für den Test anmelden wollten.

Pinkus Augenbrauen schossen hoch. "Bruder!", kicherte er, "Papu wird endlich erzogen... Durch eine ungesunde Ernährung englischer Filme."

"Billigt Gott heutzutage Betrug?" Pom fragte gut gelaunt, wohl wissend um die Notlage der Zwillinge. "Sahana hätte dich in den Grundkurs einschreiben sollen. Nicht alle Filme dieser Welt werden in der Lage sein, Englisch in Ihre Köpfe zu bohren ", fuhr er fort, nur um von einem Paar Ellbogen unhöflich angestupst zu werden, während zwei Gesichter ihn erwartungsvoll ansahen, mit dem absoluten Glauben, dass er sie den Test bestehen lassen würde.

Pom seufzte dramatisch; er hatte keine andere Wahl, als ihre Probleme zu lösen. Nachdem der Test abgeschlossen war und es ihnen gelungen war, zum nächsten Schwierigkeitsgrad aufzusteigen, entschieden die Zwillinge, dass es an der Zeit war, Pom etwas Aufmerksamkeit zu schenken.

»Wie kommt es, dass du heute mitten in der Woche hier bist, Pom?«, fragte Papu. Jeder in Phulpukur wusste, dass Pom für eine Softwarefirma in Kalkutta arbeitete und an den Wochenenden ein- oder zweimal im Monat in sein Dorf zurückkehrte. Seine Anwesenheit in Phulpukur an einem Wochentag verdiente in der Tat eine Anfrage.

"Daddy Bose macht mich verrückt", stöhnte Pom. "Er will, dass ich heirate... Anscheinend hat er es geschafft, ein Mädchen seiner Wahl zu finden, mit einem entsprechenden Familienstammbaum, und er möchte, dass ich sie besuche. Morgen!"

»Warum diese plötzliche Verzweiflung, dich jetzt heiraten zu lassen?«, fragte Pinku. "Sicherlich kann es warten, bis du jemanden findest, den du wirklich magst?"

"Palash Bose hört nie auf zu staunen", kicherte Papu, "warum macht er sich solche Sorgen um die Abstammung? In Anbetracht der Tatsache, dass er selbst nicht einmal in eine bengalische Familie geheiratet hat, sollte er nicht über Stammbaum sprechen... Außerdem klingt es so, als ob er versucht, dich mit einem Hund oder so zu verheiraten."

"Hör auf, die Familie meiner Mutter in das Chaos meines Vaters zu ziehen", sagte Pom wütend. "Mein Vater war immer ein Problem für Ma, mit seinen endlosen Erwartungen, aber sie beschwert sich nie."

Papu und Pinku waren sich bewusst, dass Palash Boses Familie in eine akute Finanzkrise geraten war. Palashs Vater, Bikram Bose, war nach Phulpukur gezogen, als Palash noch sehr jung war. Bikram wurde bei den Dorfbewohnern als einer der besten Mathematiklehrer der Saint James School bekannt. Passend zum archetypischen Bild des exzentrischen Mathematikers war Bikrams Leben der Liebe zu Zahlen gewidmet; er hatte kaum Zeit oder Lust, sich um die wirtschaftliche Lage seiner Familie zu sorgen. Als seine beiden Töchter im heiratsfähigen Alter waren, hatte Bikram kaum Geld gespart, um respektable Hochzeiten zu arrangieren. Um sich aus einer sich allmählich verschlechternden Situation zu befreien, gelang es Bikram, seinem Sohn ein Match mit einem Mädchen aus einer wohlhabenden Marwari-Geschäftsfamilie in Kalkutta zu sichern, im Austausch für eine schöne Mitgift und das Versprechen eines sicheren Anteils an ihrem Geschäft. Die Marwaris von Rajasthan dominieren einen Großteil der Unternehmensgründungen in Kolkata, und die Familie Pugalia stimmte zu, eine Tochter ihrer Familie aus einem Grund zu heiraten.

Hemlata zog ihren linken Fuß, als sie ging, wobei ihr linkes Bein ein paar Zentimeter kürzer war als ihr rechtes. Diese Behinderung wurde zu einer großen Herausforderung und reduzierte ihren Wert auf dem Heiratsmarkt. Als Palashs Vater das Match vorschlug, seufzten die Pugalias erleichtert auf. Es war eine Scheinehe. Eine Tatsache, an die Palash seine beiden Söhne immer wieder erinnerte, wenn er dachte, dass sie nicht genug auf das Opfer achteten, das er für seine Familie gebracht hatte.

Palash wälzte sich in Selbstmitleid, als er mit einer lahmen Frau gesattelt wurde, und erkannte selten die Tatsache an, dass man, wenn man über den offensichtlichen körperlichen Nachteil hinausblickte, erkennen würde, dass Hemlata einen klugen Geschäftssinn besaß, der viele von Palashs Spekulationen und Investitionen unterstützte. Außerdem war sie eine auffallend schöne Frau mit einer hübschen Figur und einem hübschen Gesicht, umgeben von einem Taumel dunkler Locken, die sie oft mit Jasminschnüren oder wilden Rosen zurückband. Aber ihr auffälligstes Merkmal waren ihre trägen grauen Augen, die, wenn sie mit einem Lächeln beleuchtet wurden, direkt in deine Seele eindringen konnten. Sie kam wie ein Hauch frischer Luft zu den schwindenden Vermögen der Familie Bose. Hemlata hätte definitiv eine viel bessere Übereinstimmung als Palash verdient, wenn sie nur richtig auf eigenen Beinen stehen könnte, wie sie selbst ironisch zugab.

Das einzige gute Ergebnis dieser offensichtlich einseitigen Ehe waren ihre Söhne, die genetisch mit ihrem guten Aussehen, einem scharfen Sinn für Humor und vernünftigem Intellekt gesegnet waren. Je mehr die Jungen Hemlata ähnelten, desto mehr neigten sie leider dazu, Palash in Verruf zu bringen.

Jetzt war Pom an der Reihe, sich in der Schusslinie zu befinden. Palash hatte sich seinen Beteuerungen gegenüber taub gestellt, und Pom war kurzerhand aus Kalkutta vorgeladen worden, um das Mädchen seiner Wahl zu treffen und möglicherweise seine Ehe abzuschließen.

"Gefangen zwischen dem Teufel und dem tiefblauen Meer", seufzte Pom bedauernd.

"Wer ist dieses Mädchen?" Die Zwillinge waren alle agog. "Geh zu ihr, und wenn du sie nicht magst, sag es einfach."

Aber Pom war unruhig. "Ich mag diese Idee nicht, willkürlich in jemandes Haus zu gehen, um einen zufälligen Fremden zu sehen... Es macht mir Angst! Und nein, ich habe keine Ahnung, wer das Mädchen ist."

Papu hatte Mitleid mit Pom. "Ich kann mit dir kommen, wenn du willst?", bot er zögernd an.

"Versuche heute, dich von Palash Kaka fernzuhalten, Pom", riet Pinku. "Er war nicht glücklich mit der Art und

Weise, wie sich die Dinge bei dem Treffen mit Dita Roy heute am Phulpukur College entwickelt haben. Er hat eine kurze Sicherung."

Pom war ziemlich erleichtert, dass Papu morgen da sein würde, um ihm zu helfen, und stand auf, um zu gehen. "Mein Vater ist heutzutage kaum noch gut gelaunt", seufzte er. "Und wer ist diese Dita Roy, die dem Feuer Treibstoff hinzufügt?"

„Sie wurde als Vollzeitdozentin für Englisch am Phulpukur College ernannt…. Armes Mädchen, sie schien am Ende ihres Verstandes zu sein, als sie herausfand, dass das College nicht einmal eine englische Abteilung hat, von der sie sprechen könnte!» Papu konnte angesichts der schieren Ironie der Situation kein Lächeln zurückhalten.

POM stand unverblümt an der Tür. "Warum habt ihr einen Beitrag für Englisch sanktioniert? Das Leitungsgremium weiß, dass es keine englische Abteilung gibt, oder?" Unbewusst wiederholte er die gleiche Besorgnis, die Dita einige Stunden zuvor während des Treffens geäußert hatte.

Papu und Pinku verzichteten darauf, auf die offensichtliche Antwort hinzuweisen: Die Entscheidungen des Leitungsorgans waren größtenteils einseitig, und diese, wie so viele von ihnen, war Palash Boses Idee.

POM war intelligent genug, um die Stille zu interpretieren. Er zuckte mit den Schultern, als er den Raum verließ, und fügte hinzu: "Ich glaube, ich habe sie gesehen... Während ich an Saint James vorbeifuhr, sah ich eine Frau in Blau, die fast auf ihr Auto zu rannte, als würde sie von den Hunden der Hölle verfolgt. Jetzt weiß ich, warum.

"Und sie war augenfreundlich... Wie eine Weide im Wind."

Heimat und Welt

"Wenn du jemals eine Autobiografie schreiben würdest, wäre der Titel für dieses Kapitel in deinem Leben so etwas wie" Meine Experimente mit dem Leben "oder" Scharmützel, die an Wahnsinn grenzen "", Tamali konnte ihr Lachen kaum kontrollieren, ihr feinknochiges, herzförmiges Gesicht wurde rot mit der Anstrengung. "Stellen Sie sich vor, Sie versuchen, Englisch an einem College zu unterrichten, an dem niemand die Sprache versteht, und es gibt keine eigentliche Abteilung, die sich dem Englischen widmet!"

Mitte fünfzig, aber überraschend jugendlich in ihrem Aussehen, war Tamali eine ungeheuer lebhafte Person mit einem scharfen Bewusstsein für alles im Leben; ihre Kinder scherzten oft über das prominente rote Bindi, das ihre Alabasterstirn schmückte - es war ihr drittes Auge, würden sie sagen, ewig wach und aufmerksam. Tamali lachte mit ihnen, aber als sie ihre Kinder fast im Alleingang großzog, konnte sie es sich nicht leisten, nichts in ihrem Leben zu bemerken. Sie schätzte die Kameradschaft ihrer Kinder und obwohl sie keine besonders demonstrative Familie waren, schätzten sie ihre herzliche und unterstützende Beziehung.

Tamalis böser Sinn für Humor könnte manchmal der Fluch von Ditas Existenz sein, zu anderen Zeiten könnte er am Ende einen ansonsten düsteren und beunruhigenden Tag retten. Genauer gesagt, ein Tag wie dieser.

"Du bist teilweise schuld, das musst du zugeben", überlegte Tamali. "Hast du wirklich erwartet, eine vollwertige Englischabteilung in einem College zu finden, das sich mitten im Nirgendwo befindet?"

Tamali schnitzte ein gesundes Stück gebratenes Hähnchen, das mit Basilikum und Thymian mild gewürzt war, und servierte ihrer Tochter und ihrem Sohn Dita und Arko, während sich die drei zum Abendessen niederließen. Dita kaute auf einem warmen und buttrigen Stück Knoblauchbrot und schaffte es, sich vom Wahnsinn des Tages zu isolieren. »Du hättest den Ausdruck auf Palash Boses Gesicht sehen sollen, Mama. Er muss jemanden erwartet haben, der mittelmäßig und biegsam genug war, um seine klerikalen Probleme zu lösen. Er dachte, dass nur ein Mann diesen Job übernehmen würde; anscheinend sind nicht viele Frauen daran interessiert, sich Stellen zu sichern, die sie aus Kalkutta herausholen. Er hat sicherlich niemanden wie mich erwartet."

Tamali lächelte; sie konnte erraten, welche Art von Verwüstung ihr freigelassenes Kind auf die ahnungslosen Dorfbewohner losgelassen hatte. "Ich will nicht sagen, dass ich es dir gesagt habe, aber du musstest es dir wirklich zweimal oder vielleicht dreimal überlegen, bevor du den Posten annimmst, Dita. Stattdessen stürmten Sie in dieses Dorf wie Don Quijote, der gegen Windmühlen kippt."

Arko konnte einen Anfall von Kichern nicht zurückhalten; seine Schwester als verrückten Ritter in glänzender Rüstung darzustellen, war zu viel für ihn.

"Armer, ahnungsloser Palash Bose; er wird nicht wissen, was ihn getroffen hat, wenn du mit ihm fertig bist." Tamalis zarte Lippen bogen sich zu einem nachsichtigen Lächeln zusammen, die vielen silbernen Armreifen an ihren Armen klirrten, als sie ihre Wangen auf ihre Hände legte und scharfsinnig beobachtete: "Du wirst nicht mit mickrigen Kursen oder Verwaltungsarbeit belästigt, selbst ein Blinder kann das sehen!"

Dita zuckte reumütig mit den Schultern, da sie wusste, dass sie keine große Wahl hatte. In den letzten zwei Jahren hatten sich kaum offene Stellen für Festanstellungen an den Colleges von Kolkata geöffnet, was sie zwang, sich weiter nach einem Job umzusehen.

Tatsächlich schien Phulpukur ein kleineres Übel zu sein - es war anderthalb Autostunden von Kalkutta entfernt - im Vergleich zu den anderen Stellen, die für allgemeine Kandidaten verfügbar waren. Die meisten freien Stellen befanden sich in den Deltas von Sundarbans oder abgelegenen Orten in Nordbengalen. Kandidaten, die an solchen Orten eine Stelle antreten, müssten dorthin umziehen und ein neues Leben beginnen, fast auf einem neuen Planeten. Zumindest von Phulpukur aus könnte Dita jeden Abend nach Hause zurückkehren.

Jeden Tag nach Hause zu kommen, war für Dita ein absolutes Muss. Die Arbeit ihres Vaters hielt ihn größtenteils von Kalkutta fern, und Tamali selbst hatte einen hektischen Arbeitsplan; jemand musste sicherstellen, dass Arko nicht allein zu Hause gelassen wurde, er war noch zu jung, um für sich selbst zu sorgen.

Tamalis Telefon vibrierte; alle Telefone im Roy-Haushalt waren ständig im stillen Modus; die Roys mussten tatsächlich den ankommenden Anruf sehen und dann das Telefon abnehmen, wenn sie den Anruf entgegennehmen wollten. Und es gab eine unausgesprochene Regel, Anrufe beim Abendessen nicht anzunehmen. Es war die einzige Mahlzeit des Tages, an der sich die ganze Familie zusammensetzte. Heute war jedoch eine Ausnahme von der Regel, denn die Person, die anrief, war Ditas Vater. Tamali beantwortete den Anruf.

"Arnab, es ist höchste Zeit, dass du anrufst... Dita hyperventiliert... ihr Job hat sie in eine seltsame Situation gebracht. Offenbar muss sie als kommissarische Direktorin das Kommando übernehmen und sich um die administrativen Angelegenheiten des Kollegiums kümmern. Erschwerend kommt hinzu, dass das College nicht einmal eine Englischabteilung hat, also hat sie im Grunde nichts zu unterrichten!" Tamali lächelte ins Telefon, als Arnab auf ihren Ausbruch antwortete. "Ja, ja, ich weiß, dass du ihr spiritueller Guru bist und alles! Versuchst du, sie dazu zu bringen, das Licht zu sehen?«, lachte sie und reichte Dita das Telefon.

Ditas Kelch der Trauer war jetzt wirklich überfüllt, und ihr Vater lieh ihr ein geduldiges Ohr. Schließlich, nach zehn langen Minuten, in denen er seine stille und bedingungslose Unterstützung anbot, brach Arnab ein: "Du musst die Situation in den Griff bekommen, Liebling. Ich weiß, dass Sie sich schon immer für den Unterricht begeistert haben, aber Sie sollten sich auch bewusst sein, dass Erstplatzierungen in Regierungsjobs nicht immer sehr bequem sind... Wenn du denkst, dass meine Position zu Beginn meiner Karriere pfirsichfarben war, vergiss es!'

Arnab war Archäologe und hatte buchstäblich mit Zähnen und Nägeln gekämpft, um sich in die höchsten Ränge des Archaeological Survey of India zu krallen. Seine Arbeit hatte ihn an die seltsamsten Orte des Subkontinents sowie auf der ganzen Welt geführt, Orte, an denen er unmöglich erwarten konnte, dass seine Familie ihn begleitete. Es war Tamali, der die Kinder fast im Alleingang großgezogen hatte. Infolgedessen konnte sie ihre Karriere im Gruppentheater nicht fortsetzen, obwohl sie in ihrer Jugend eine vielversprechende Schauspielerin war. In letzter Zeit hatte sie es jedoch gewagt, kleine Rollen in der Flut von Webserien zu spielen, die heutzutage ziemlich populär wurden. Zu den kleinen Freuden des Lebens kam hinzu, dass Arko in Stücke gerissen war, seine Mutter war in seinen Augen eine Berühmtheit.

Während Arnab noch damit beschäftigt war, eine desillusionierte und niedergeschlagene Tochter zu beruhigen, servierte Tamali eine Runde Zitronenmousse; sie liebte es zu kochen, und ihre Kinder gruben sich ungeniert ein. Der arme Arnab konnte nur die köstlichen Gerichte auf dem Bildschirm sehen und unterschrieb mit einem dramatischen Seufzer.

Die drei nahmen sich Zeit, um das Dessert abzupolieren, während Arko sie mit lustigen Episoden aus seiner Schule unterhielt. Er war erst fünfzehn, aber manchmal klug über sein Alter hinaus. Etwas pummelig kam er gerade mit der Tatsache zurecht, dass Mädchen in seiner Klasse große, dunkle, gutaussehende Typen bevorzugten. "Und ich passe in keine dieser Kategorien", flüsterte er in scheinbarem Entsetzen. "Ich bin klein und habe keine Ahnung, ob ich ein paar Zentimeter wachsen werde, um mich etwas vorzeigbar zu machen! Ich bin überhaupt nicht sehr dunkel, und ich möchte den gutaussehenden Teil lieber nicht kommentieren!"

Er hielt für einen Moment inne, dramatisch. "Und dann dachte ich, wen kümmert's? Lass mich mich mich zuerst angenehm machen! Ich bin mir nicht einmal sicher, ob ich mich bemühen will, diese dummen Mädchen zu jagen." Ein Teil der Düsternis, die Dita verschlungen hatte, wurde von einer Flut von Gelächter mitgerissen.

"Irgendwelche angenehmen Momente von deinem Tag, Dita?" Tamali fragte freundlich, "oder war es nur bergab den ganzen Weg?"

"Sturm in einer Teetasse", witzelte Arko. "Didi weiß, wie man die Festung hält."

"Teetassen und ein Paar tiefgraue Augen", lächelte Dita und ihr Gesicht leuchtete mit der Erinnerung auf. "Die einzigen guten Dinge von heute."

"Graue Augen, hmmm?" Tamali betrachtete den Punkt ernst. "Und auf wen hast du so graue Augen hinten im Jenseits gefunden, wenn wir fragen dürfen?"

Dita ignorierte die Frage ihrer Mutter und antwortete: "Ich weiß immer noch nicht, wie er heißt. Er hat mir heute Morgen eine Tasse Tee gebracht und dann auch mein Auto betankt! Ich habe ihn nicht einmal für das Benzin bezahlt «, fügte Dita schuldbewusst hinzu. Sie machte eine mentale Notiz, um Palash Bose zu fragen, wie man die Zahlungen an den Teejungen leistet, da er weder am Phulpukur College noch an der Saint James School angestellt zu sein schien.

X

Palash Bose fühlte sich manchmal wie ein Außerirdischer in seinem eigenen Haus, besonders an Tagen, an denen seine beiden Söhne darauf bedacht waren, sich am Esstisch auf ihn einzulassen. In dem Moment, als Hemlata "Anupam, Anuraj, das Abendessen ist fertig" rief und er hörte, wie die Jungen aufgeregt redeten, als sie aus ihren Zimmern kamen, wusste er, dass er in Schwierigkeiten war. Er versuchte, dieses Problem nach besten Kräften zu lösen, indem er sein Kinn hochlegte und das Verhalten eines mittelalterlichen Potentaten annahm.

Hemlata war vielleicht die einzige Person im ganzen Dorf, die darauf bestand, ihre Söhne bei ihren Vornamen zu nennen, niemand sonst störte sich daran, und ihre Namen waren bequem auf Pom und Raja abgekürzt worden. Unerschrocken von der kalten Stimmung, die Palash sich vorstellte zu geben, zogen Pom und Raja lautstark Stühle und ließen sich auf beiden Seiten ihres widerspenstigen Vaters nieder. Als drei Paare von fragenden, tiefgrauen Augen sich auf ihn konzentrierten, vertiefte sich Palashs Stirnrunzeln. Es war völlig klar, dass er einer Flut unnötiger Fragen ausgesetzt sein würde.

"Du hast es dir zur Gewohnheit gemacht, aus ahnungslosen Menschen Narren zu machen", führte das jüngste Paar graue Augen den Angriff an und ignorierte die heißen Dal, Roti und Rajma, die auf dem Tisch ausgelegt waren. Seine Schultern wurden steif vor Missbilligung: Essen konnte warten, es gab viele andere Probleme, die zuerst gelöst werden mussten.

"Hemlata", brüllte Palash, "du musst Raja wirklich kontrollieren, er stürzt sich uneingeladen in alle möglichen unangenehmen Situationen und macht es mir am Ende sehr schwer."

Hemlata schien von Palashs Anschuldigung nicht übermäßig beunruhigt zu sein. »Was hast du jetzt getan, Anuraj?«, fragte sie leise.

"Der elende Junge war schon da, als wir Dita Roy treffen wollten", rauchte Palash. "Lassen Sie heute sicher ein paar Katzen aus dem Sack und sabotieren Sie das Meeting fast, indem Sie dieser ahnungslosen Frau Informationen geben, wo keine benötigt wurde. Das Letzte, was ich von meiner Familie erwarten kann, ist Diskretion."

Hemlata wurde blass und krümmte sich vor der Bitterkeit, die in den Worten ihres Mannes enthalten war. Palash war nie in der Lage gewesen, Raja zu kontrollieren. Im Gegensatz zu Pom, der zumindest versuchte, so zu tun, als würde er seinem Vater gehorchen, war Raja ein Sack voller Unfug, der Palash mit ketzerischer Freude angriff, wo immer und wann immer er dachte, dass sein Vater etwas falsch machte. Und da Palash gewohnheitsmäßig all die falschen Dinge tat, ging der Kampf um Willen und Verstand zwischen diesen beiden unvermindert weiter. Hemlata wusste bereits, dass sie auch an diesem Morgen einen gewaltigen Streit gehabt hatten.

"Aber warum warst du da, Anuraj?" Hemlata blieb hartnäckig.

»Ich war neugierig«, antwortete Raja mit einem nachdenklichen Blick, der die Kriegslust aus dem klaren Grau seiner Augen wusch. "Ich wollte sehen, wer diese Person war, die den ganzen Weg von Kolkata herunterkam, um am Phulpukur College teilzunehmen. Es ist normalerweise umgekehrt, nicht wahr...? Die Menschen aus diesem Dorf wollen unbedingt gehen und in die Städte gehen."

Raja hielt inne und erlebte diesen Moment der Bestürzung erneut, als er sah, wie eine ziemlich müde junge Frau aus ihrer Maruti trat; er hatte mit Verwunderung zugeschaut, als sie ihre winzige Form mit überraschender Entschlossenheit zusammenzog und auf den Schulcampus zuging. Lamm zum Schlachten, dachte er, und er konnte einfach nicht widerstehen, sie aus der Nähe zu sehen.

Palash brach in seine Träumerei ein. "Der Junge ist unverbesserlich; er ging unter dem Vorwand, ihr Tee zu servieren, zu Dita Roy."

Pom konnte sein Lachen kaum zurückhalten: Nur Raja konnte solche Tricks ziehen. "Ich denke, ich habe die Dame auch gesehen...sehr

schonend für die Augen, muss ich sagen."

Raja zwinkerte ihm über den Tisch zu.

Palash grinste: "Du musst nicht so glücklich sein, sie dachte, du wärst ein zufälliger Teeträger oder so."

Pom brach aus und lachte: "Und ich bin sicher, du hast die Situation nicht korrigiert, Baba, oder?"

"Warum sollte ich?", murrte Palash und glühte über seinen Pyrrhussieg. "Er hätte überhaupt nicht da sein sollen, um Ideen von Vetternwirtschaft zu verbreiten."

Raja sah schüchtern aus, als Pom kicherte: "Raja, der Teabearer... Welches Gebräu hast du serviert, Raja? Nach ihrem Aussehen zu urteilen, wird diese Dame nur Earl Grey oder English Breakfast essen!"

Raja blanchierte: "Nicht einmal Darjeeling First Flush, ich habe gerade eine Schachtel Teeblätter aus der Schulkantine abgeholt; aber ich denke, sie genoss es als willkommene Ablenkung von der Katastrophe, die sich um sie herum abspielte."

"Dann bleib lieber der anonyme Teejunge", schlug Pom spielerisch vor. "Da du bei deinem ersten Auftritt nicht viel bewirken konntest."

"Das Abendessen wird kalt, Jungs", tadelte Hemlata, als sie ihre Söhne drängte, ihre Teller zu füllen. Als sich die Jungen in ihr Essen gruben, half Palash sich halbherzig; selbst nach so vielen Jahren der Ehe war er nicht in der Lage gewesen, Begeisterung für das zu wecken, was er als im Wesentlichen nicht-bengalesisches Essen ansah. Roti und Rajma gab es im bengalischen gastronomischen Universum überhaupt nicht; seine Augen leuchteten jedoch auf, als eine Terrine mit Rohu-Fischcurry und ein Tablett mit dampfend heißem Reis und grünem Mango-Chutney auf den Tisch gelegt wurden. Er grub sich mit Begeisterung ein.

"Du bist ein guter Redner", neckte Hemlata Pom. "Ich glaube nicht, dass du überhaupt den Namen des Mädchens kennst, das du morgen treffen sollst."

"Was ist in einem Namen?" Raja zitiert. "Eine Rose mit einem anderen Namen würde so süß riechen. Aber ist er wirklich an einem anderen Mädchen interessiert?" Raja sagte schlau. "Er sagte mir nur, dass er Dita Roy für ziemlich hübsch hielt, er war ziemlich amüsiert über ihr animiertes Verhalten."

"Was du animiertes Verhalten nennst, war eigentlich ein hastiger Rückzug aus dem Haufen Verrückter, den sie am College traf, angeführt von deinem Vater", konnte Hemlata nicht widerstehen, eine Ausgrabung zu machen.

Als Palash ihrem faulen Gepländel zuhörte, verlor er schnell seinen Appetit. "Ich verstehe nicht, wie du sie hübsch finden kannst. Sie war überall voller Arroganz." Pom und Raja verstanden genau, was passiert war: Palash Bose mochte keine streitsüchtigen Frauen, und wenn jemand wie Dita Roy seine Autorität in Frage stellte, konnte er es kaum im Liegen ertragen.

»Vergiss Dita Roy, sie geht dich nichts an«, sagte Palash brüsk. "Ich habe morgen einen Termin mit Girish vereinbart; ich möchte, dass Pom seine Tochter Mishti trifft. Soweit ich gehört habe, sieht sie auch ziemlich gut aus."

Raja beugte sich zu Pom vor: „Neblig mit einem Hauch von Geld, Pom bhaiya! Natürlich muss sie attraktiv sein. Ihr Vater besitzt mehrere Resorts in Diamond Harbour und betreibt ein florierendes Fischereiunternehmen."Fischige Leute", murmelte Pom. "Sehr fischig", murmelte Hemlata.

Palash aß weiter und sträubte sich die ganze Zeit vor Empörung. Er fragte sich, was mit ihnen passieren würde, wenn er seine finanzielle Unterstützung zurückzöge; Pom hatte gerade seine Karriere begonnen und brauchte immer noch Hilfe von der Familie. Es ist alles sehr gut, Ideale auszuspucken, aber wenn es hart auf hart kommt, ist es dein Vater, den du brauchen wirst, dachte er.

Palash verschloss die Augen vor Poms düsterem Gesicht und kündigte seine Absicht an, am nächsten Morgen früh loszufahren, um Mishti zu sehen. Palash versuchte, hoffnungsvoll über das Ergebnis zu sein; vielleicht könnte es Poms Meinung ändern, wenn er das Mädchen sieht. So viele Dinge standen auf dem Spiel, Probleme, die er seiner Familie nie verraten konnte; er erinnerte sich daran, in Raja vorsichtig zu sein, der Irre war eine lose Kanone, die darauf abzielte, Chaos anzurichten, wo immer er glaubte, dass Palash einen unangemessenen Vorteil daraus zog.

Im Moment war der Verrückte überzeugt, dass er seinen Bruder nicht der zärtlichen Barmherzigkeit ihres rücksichtslosen Vaters überlassen wollte. "Ich will dieses Mädchen auch sehen, ich werde morgen mit dir kommen, Pom", zwinkerte er. "Wenn du mir erlaubst?"

Raja bat selten um Erlaubnis, er behauptete seine Meinung und wartete darauf, dass andere reagierten. Palash wusste, dass es einfach keinen Sinn hatte, mit ihm zu streiten, Raja würde definitiv kein Nein als Antwort akzeptieren.

Hemlata versuchte, die sich in der Luft aufbauende Spannung zu lindern und zerzauste Rajas Haare. "Du gehst herum und siehst viel zu viele Mädchen", neckte sie. "Geh morgen mit Pom, aber behalte deine Meinung für dich. Genauer gesagt, bring deinen Vater nicht in Verlegenheit." Da sie von Palash gewöhnlich ignoriert wurde, fiel es ihr nicht einmal auf, dass ihr Mann sie am nächsten Tag nicht einmal eingeladen hatte, sich der

Gruppe anzuschließen; aber als Raja sie fragte, ob sie auch mitkommen wolle, verhinderte sie die schwierige Situation, indem sie bettelte - die Entschuldigung war, dass ihre Beine nach der langen Reise schmerzen würden. Was sie nicht einmal sich selbst zuschrieb, war der erleichterte Blick, der in Palashs Augen eindrang; er würde das Feld ganz für sich allein haben und Pom sogar davon überzeugen, einer Scheinehe zuzustimmen.

"Er schafft das spektakulär, ganz allein", antwortete Raja mit einer schlecht verdeckten Grimasse. "Ich hätte die Angelegenheit manchmal verschärft, aber ich bin sicherlich nicht der Anstifter.

"Die Hälfte der Zeit ist er damit beschäftigt, mich zu ignorieren... Er hielt es nicht einmal für angebracht, mich heute Morgen Dita Roy vorzustellen; ich nehme an, sein Ego hat einen kolossalen Sturz gemacht, weil sie zu dem Schluss kam, dass ich der Teejunge war!"

Palashs Gesicht wurde vor Wut rot. Wie um alles in der Welt kann man diesen Jungen kontrollieren? fragte er sich. Raja war, obwohl er das jüngste Familienmitglied war, das lautstärkste und eine völlige Antithese zu seinem Bruder: Wenn Pom die Stimme der Vernunft in dieser Familie war, war Raja die Stimme des Dissens. Und egal wie sehr Palash versuchte, seine Autorität zu behaupten, Raja war immer bereit, seine Pläne zu untergraben und zu untergraben und ihn wie ein Kartenhaus zu Fall zu bringen. Und genau das hatte er an diesem Morgen getan.

Während Raja damit beschäftigt war, seinen Verstand gegen seinen Vater auszuspielen, stand Pom vom Tisch auf. "Ich muss es wirklich einen Tag nennen, ich bin absolut geschlagen."

Er verließ die drei, um ihre unlösbaren Differenzen beizulegen, und ging weg.

Aus irgendeinem Grund scheinen Palash und Raja sich heutzutage ständig gegenseitig an die Kehle zu gehen, brütete Pom. Vielleicht lag es daran, dass Raja sich an der Leine anstrengte, um sich von der Dominanz seines Vaters zu befreien, während Palash in seinem Wunsch, ihn zu zügeln, ebenso hartnäckig war. Diese Vater-Sohn-Beziehung war mit Schwierigkeiten behaftet, bis zu dem Punkt, dass Raja, als er noch ein Kind war, ein paar Mal von zu Hause weggelaufen war, was der Familie endlose Sorgen bereitete; schließlich hatte Hemlata Palash überzeugt, Raja bei seinen Onkeln in Kalkutta bleiben zu lassen und ihn in die La Martiniere Schule für Jungen aufgenommen.

La Marts war eine gehobene Stadtschule und Palash war alles andere als glücklich über den Abfluss in seiner Tasche; die Dinge verschlechterten sich, als Pom, der Raja immer sehr nahe stand, seinen Bruder viel zu sehr vermisste. Hemlata musste wieder einschreiten und ihren älteren Sohn ebenfalls nach Kalkutta schicken.

Da Palash es schaffte, sich die Hände seiner beiden Söhne zu waschen, übernahmen Hemlatas Brüder das Kommando, und die beiden Jungen wuchsen im Haushalt von Pugalia auf, während Palash und Hemlata in Phulpukur blieben.

Pom, der alle wissenschaftlichen Neigungen seines Vaters hatte, war ein außergewöhnlicher Schüler, der mühelos durch seine Schuljahre segelte. Raja war jedoch das sprichwörtliche Problemkind. Die Lektionen, die in einer Klasse voller einfallsloser Menschen gehalten wurden, entfachten nicht einmal einen rudimentären Funken Interesse. Jahr für Jahr schaffte er es einfach, sich festzuhalten, überschattet von seinem brillanten Bruder, aber total wohl in seiner Haut.

Das einzige Mal, dass er lebendig wurde, war, als er Schach spielte; und dann war er ganz in Flammen und die Existenz nahm eine kantige und herausfordernde Wendung. Es war Hemlata, die ihn in das Spiel eingeführt hatte, und Raja nahm es wie ein Fisch ins Wasser. Er war ein rasiermesserscharfer Kopf, wenn es um Schach ging; bald spielte er auf staatlicher Ebene und seine Erfolge wurden im Modern Chess Magazine und ChessBase India berichtet.

Jahre der Bewältigung der Mittelmäßigkeit hatten Raja zu einem Einsiedler gemacht, einem Introvertierten, der gewohnheitsmäßig vor der aufdringlichen Neugier der Presse und der Nachrichtenmedien zurückschreckte. Während sein Name in Artikeln auftauchte, stand er selbst nie für Interviews zur Verfügung und sein Privatleben wurde eifersüchtig bewacht und unter Verschluss gehalten.

Während seiner gesamten Schulzeit brütete Raja über sein Schachbrett und infolgedessen unternahmen seine Akademiker einen Wurf. Zum Glück für ihn sicherte er sich aufgrund seiner Schachkenntnisse die Zulassung zu einem renommierten College in Kalkutta und spielte dann auf nationaler Ebene und nahm zwei Jahre in Folge an der National Premier Chess Championship teil. Hemlata begleitete Raja zu den Austragungsorten der Meisterschaften in Jammu und Patna, wo er ganz in der Nähe der Spitze landete.

"Niemand kümmert sich um Leute, die ganz in der Nähe der Spitze enden... Entweder bist du der Topper oder gar nichts", überzeugte Raja seine Mutter, als er nach seinem Abschluss die Entscheidung traf, die formale Ausbildung abzubrechen. Er entschied, dass es Zeit für ihn war, sich ganz diesem Spiel zu widmen. Er meldete sich bei einigen Online-Schachakademien an, erzählte seinem Vater, dass er eine einjährige Pause einlegte, und verbrachte die meiste Zeit damit, sein Spiel zu verbessern. Sein Ziel war das Aeroflot Open, ein offenes Schachturnier, das jährlich in Moskau stattfindet.

Wie vorherzusehen war Palash mit Rajas Entscheidung bei weitem nicht zufrieden. Für ihn schien es, dass Raja auf einem selbstzerstörerischen Weg war, es war zweifelhaft, ob der Junge trotz seiner Leidenschaft für das Spiel etwas Bedeutendes erreichen würde. Palash wandte sich an Hemlata um Hilfe: "Bitten Sie ihn, zumindest nebenbei einen Job anzunehmen. Wenn er zustimmt, kann ich ihn als Teilzeitlehrer am Phulpukur College einstellen."

Raja sträubte sich erwartungsgemäß schon bei der Idee. "Vetternwirtschaft", erklärte er. "Nur weil Baba der Präsident des Leitungsgremiums ist, heißt das nicht, dass er dort ein Familienunternehmen führen kann... Außerdem habe ich nicht die Geduld zu lehren."

Was seine Eltern nicht wussten, war, dass Raja, während er sich für Online-Schachkurse einschrieb, auf die Idee gekommen war, dass es sich lohnen könnte, eine eigene Online-Akademie zu eröffnen, die interaktive Schachkurse anbietet, die Kindern unter vierzehn Jahren Eröffnungen, Strategie, Taktik und Endspiele beibringen.

Raja entdeckte bald, dass bengalische Eltern fest daran glaubten, dass gute Schachkenntnisse den Intellekt ihrer Kinder schärfen und ihre Konzentrationsfähigkeit entwickeln würden. Und da Raja als Schachspieler auf nationaler Ebene einigermaßen bekannt war, gab es einen stetigen Strom von Abonnenten seiner Klassen. Und dann hatte Raja Glück: Einer seiner Schüler nahm an der U14-Schachweltmeisterschaft in Montevideo, Uruguay, teil und sicherte sich die Position der Nummer drei der Welt. Danach öffneten sich die Schleusen; ehrgeizige Bongs waren entschlossen, ihre Kinder bei Raja einzuschreiben, jeder wollte ein Champion werden.

Pom, der bis jetzt ein stiller Beobachter der Heldentaten seines Bruders gewesen war, gab Raja einen guten Rat. "Überanstrengen Sie diese Kurse nicht, sie werden alle Stunden auffressen, die Sie für Ihr eigenes Training benötigen, wenn Sie wirklich auf die Aeroflot Open abzielen."

Pom strukturierte Rajas Tage in ausgewogene Slots für Online-Unterricht und Selbsttraining und ließ ihm Zeit, sich zu entspannen, vielleicht einen Hauch frischer Luft zu bekommen oder durch das Dorf zu streifen, wenn sein Herz es so wünschte.

Rajas Herz, so war es Pom jetzt klar, war allen Arten von Unfug ausgesetzt, und er verpasste kaum eine Chance, mit seinem Vater die Hörner zu verriegeln. Er hat jetzt einen Sport daraus gemacht, dachte er bedauernd; obwohl er selbst mit seinem Vater nicht einer Meinung war, irritierte Pom seinen Vater nie absichtlich. Es hat mir jedoch sehr viel Gutes getan, dachte er, wohl wissend, dass er morgen zu seiner vorgeschlagenen Braut geschleppt werden sollte, egal wie widerwillig, um Palashs Eigenheiten zu befriedigen.

Pom erinnerte sich daran, Papu am nächsten Morgen abzuholen, bevor sie nach Diamond Harbour aufbrachen. Er stellte den Wecker auf sein Telefon, legte sich schlafen und träumte von grünen Feldern, die sich in den letzten Strahlen der Sommersonne sonnten, als sich ein hübsches junges Mädchen einem makellosen weißen Auto näherte; sie blieb stehen, bevor sie auf den Fahrersitz rutschte, blickte auf und sah ihn direkt an; ihr seidig braunes Haar wehte in der Brise, das Rotkehlchenblau ihrer Kurti klammerte sich an ihre zarte Form... Seine Knochen schienen mit der Schönheit des Augenblicks zu schmelzen...er tauchte tief in den Traum ein.

Punkt, Kontrapunkt

Dita hat heute an der Assimilation gearbeitet. Sie hatte sich einen Sari von ihrer Mutter geliehen und sich sorgfältig für das College verkleidet, aber etwa eine Stunde in den Tag hinein war sie überzeugt, dass die Grundrealität der Institution tatsächlich unter die sprichwörtliche Null fiel.

Sie traf Alok und Praloy, zwei eifrige junge Männer, die das College-Büro besetzten, das einen sehr kleinen Raum mit vier Tischen und einigen Regalen für die Lagerung umfasste. Die dritte Tabelle war der Arbeitsbereich des Buchhalters Ashok, der damit beschäftigt war, Daten in ein übergroßes Hauptbuch einzugeben.

"Und wer besetzt den vierten Tisch?" fragte Dita. Sie sah ein paar Bücher auf dem Tisch liegen und war neugierig.

"Das ist meins", antwortete Dipten, sein Gesicht spiegelte seine ständig dyspeptische Veranlagung wider. "Ich bin der College-Bibliothekar." Er sah unerklärlich irritiert aus, als er die Bücher in die Hand nahm und sie nach dem Zufallsprinzip auf dem Tisch anordnete.

Ein hinterhältiger Verdacht rührte sich in Ditas Kopf. "Wo ist die Bibliothek? Kannst du es mir vielleicht zeigen?«, fragte sie.

Diptens Gesicht fiel wie ein entleerter Ballon. "Das ist die Bibliothek", murmelte er. "Dieser Tisch und zwölf Bücher."

Dita spürte, wie sich der Boden unter ihren Füßen verlagerte, blieb aber stehen, einfach weil es keinen zusätzlichen Stuhl gab, auf dem sie zusammenbrechen konnte.

Papu wählte diesen ziemlich unglücklichen Moment, um ins Büro zu schauen. Er hatte vor dem Campus darauf gewartet, dass Pom ihn auf dem Weg nach Diamond Harbour abholte, aber Pom kam zu spät, also beschloss Papu, eine Tasse Tee mit dem Büropersonal zu trinken und landete prompt mitten in dem Fiasko, das sich im Raum abspielte.

Ashok blickte aus dem Hauptbuch auf: „Es gibt kein Budget, um Bücher für die Bibliothek zu kaufen, Ma'am; wir hatten einen Buchzuschuss beantragt, aber dieser Antrag wurde, wie Sie wissen, abgelehnt." Er nahm seine Brille ab, die mit billigem schwarzem Plastik eingerahmt war, und massierte müde, blutunterlaufene Augen. Er versuchte, seiner Stimme einen Hauch von Optimismus zu verleihen. "Jetzt, wo Sie hier sind, bin ich sicher, dass Sie in der Lage sein werden, Bewerbungen zu formulieren, die für die University Grants Commission überzeugend genug sein werden, um uns mit angemessenen Ressourcen auszustatten."

Kurz gesagt, sie müsste bei Null anfangen, um dieses College wie ein echtes College aussehen zu lassen und nicht wie eine Parodie. Dita blanchierte, als sie die Unermesslichkeit der Herausforderungen erkannte, die vor ihr lagen.

"Lass uns rausgehen, etwas frische Luft könnte helfen?" Papu schlug vor, durch den Blick auf Ditas Gesicht zu erraten, dass sie sich fühlte, als würde jemand allmählich in Treibsand versinken.

Draußen angekommen, ging Dita zügig auf das Tor des Campus zu, als wolle sie so viel Distanz wie möglich zwischen sich und dem College-Büro schaffen. »Wird es eine tägliche Dosis solcher Schrecken sein?«, fragte sie Papu und erwartete nicht wirklich eine klare Antwort. Papu schwieg und wartete darauf, dass der Sturm der Emotionen nachließ. "Bin ich der einzige, der auf diese riesige Fülle von Herausforderungen trifft, oder ist es symptomatisch für all die jungen Colleges, die in Westbengalen entstehen?"

"Leider ist es das", bestätigte Papu. "Die Regierung verfolgt eine Alphabetisierungskampagne aufrichtig und ist bestrebt, Hochschulen im ländlichen Bengalen zu eröffnen. Vor ein paar Jahren erteilte es vielen Dörfern die Erlaubnis, ihre eigenen Colleges zu gründen, vorausgesetzt, sie hatten eine ausreichende Menge an Geld und Land, um damit zu beginnen. Die Regierung liefert den Rest der Mittel und der Infrastruktur, aber wie Sie sehen können, ist dies ein langwieriger und frustrierender Prozess."

Während Dita über die Situation nachdachte, schien sich Papus Aufmerksamkeit auf etwas anderes verlagert zu haben. Als sie sich umdrehte, sah sie einen jungen Mann, der Papu zuwinkte. Papu winkte zurück und erklärte mit einem Lächeln im Gesicht: "Pom ist endlich da!"

Pom ging schnell auf sie zu und hielt kurz inne, als er den gekrönten Blick auf Ditas Gesicht registrierte. Sie trug heute einen blauen Leinen-Sari; Blau muss ihre Lieblingsfarbe sein, dachte er. Nicht wirklich zur

Namoshkar-Liga gehörend, streckte er in der Einleitung seine Hand aus: "Hallo, ich bin Anupam Bose... und du musst Dita sein!" Sein Gesicht brach in ein warmes Lächeln, ein Lächeln, das seine Augen erhellte und offensichtliche Wertschätzung signalisierte.

Ein weiteres Paar helle Augen, breit und tiefgrau, bemerkenswert ähnlich denen, die sie gestern bezaubert hatten, dachte sie, als sie Pom die Hand schüttelte. Aber im Vergleich zum Teejungen war dieser Mann höflich und selbstbewusst, und sie sah Bewunderung in seinen Augen.

Aus nächster Nähe ist sie noch hübscher, dachte Pom, als er ihre zierlichen Gesichtszüge aufnahm, doe-eyed und verletzlich. Im Moment wurde ihr jedoch die Sorge ins Gesicht gepflastert. "Was ist los?" Pom richtete seine Frage an Papu, der ihn einfach in unbequemer Stille ansah.

"Fast alles", antwortete Dita dumpf monoton. "Ich bin in existenzieller Not!» Darüber hinaus wollte sie einem Fremden nicht viel verraten.

"Geht ihr irgendwohin?" Dita hatte Palashs ungeduldiges Gesicht gesehen, das aus den Fenstern eines Autos spähte, das auf der gegenüberliegenden Straßenseite geparkt war.

Papu warf einen hastigen Blick auf seine Uhr: "Ja, wir sind spät dran, wir müssen in einer halben Stunde in Diamond Harbour sein." Er warf Dita einen entschuldigenden Blick zu, dass er sie in einem Chaos zurücklassen musste, und schlug einen hastigen Rückzug in Richtung Auto. Palash Bose war nicht jemand, auf den du gewartet hast!

"Ich schätze, wir sehen uns dann", lächelte Pom, bevor auch er zum wartenden Auto aufbrach.

Dita war verwirrt: Sie dachte, sie hätte den Teejungen auf dem Fahrersitz des Autos gesehen. Sie schüttelte sich geistig, ich stelle mir überall graue Augen vor.

X

Als er wieder im Auto saß, wurde Pom von Papu und Raja gnadenlos gehänselt. Hollering vor Lachen sagte Raja zu Papu: "Du hättest die Geschwindigkeit sehen sollen, mit der Pom aus dem Auto gesprungen ist, als er dich mit Dita Roy sprechen sah."

"Also, wie war es, Bruder?" Raja zwinkerte Pom zu. "Aus nächster Nähe und persönlich?"

"Halt die Klappe, ihr zwei", murmelte Pom. Er konnte buchstäblich die kalten Wellen der Missbilligung spüren, die von Palash ausgingen, der auf dem Rücksitz saß. "Machen wir uns auf den Weg", sagte er; was er eigentlich meinte, war "Lasst uns diese Tortur so schnell wie möglich durchstehen."

Raja schaltete die Zündung des Autos ein, eines alten Botschafters, der seiner Meinung nach nur bei Oldtimer-Rallyes gefahren werden sollte, aber wie so viele andere Dinge in seinem Leben weigerte sich Palash, ein kraftstoffeffizienteres Fahrzeug zu kaufen. Seine Argumentation lautete: "Bei dieser Geschwindigkeit wirst du alles ändern wollen, was schlecht altert. Wirst du deine Eltern auch verlassen, wenn sie alt werden?" Es gab einfach keine Logik, diesen Punkt zu argumentieren, und seine Söhne hatten vor langer Zeit aufgegeben.

Als das Auto in den weitläufigen Bungalow am Fluss Hooghly rollte, waren sie bereits eine Stunde zu spät. Als Pom das Anwesen ansah, fühlte er sich ausgesprochen unwohl; versuchte sein Vater, ihn zu verkaufen, um diesen offensichtlichen Reichtum zu sichern? Girish Sarkar hatte nur eine Tochter; daher muss sie die alleinige Erbin seines Eigentums sein, das dem Anschein nach ziemlich substanziell zu sein schien.

Girish wartete unter dem Portikus des Hauses. In einem makellosen weißen Dhoti und Kurta gekleidet, versetzt von einem kunstvoll gestickten schwarzen Kaschmir-Schal auf seinen breiten Schultern, leuchteten seine angenehmen Gesichtszüge mit einem cherubischen Lächeln auf, als er sie begrüßte und nach innen führte. Raja wusste, dass Girish hinter diesem genialen Lächeln ein kluger und bemerkenswert kluger Mann war, der im Alleingang ein blühendes Geschäft führte. Was Raja nicht verstehen konnte, war, warum Girish das Bedürfnis verspürte, Verbindungen zwischen seiner Familie und der von Palash Bose herzustellen, abgesehen von der Tatsache, dass beide in diesem speziellen Gebiet mächtige Menschen waren.

Die Jungen saßen zusammengekauert auf einem weichen Sofa, etwas überwältigt von der Opulenz des Salons, in den sie eingeladen worden waren. Während Girish und Palash sich über Poms akademische Qualifikationen und seine Zukunftsperspektiven unterhielten, versuchten Rajas Gedanken, die Dynamik der Situation herauszufinden.

In der Zwischenzeit waren Pom und Papu damit beschäftigt, mit Palashs und Girishs Wiedergutmachung

Schritt zu halten, die sich allmählich in so etwas wie einen Geschäftsabschluss verwandelte. Sie hörten Girish ziemlich stark behaupten: "Hör mir zu, Palash. Ich mag deinen Sohn, und ich bin sicher, meine Tochter wird ihn auch mögen, aber du musst bedenken, dass Mishti sich vielleicht nicht mit einem Leben in Phulpukur zufrieden geben möchte. Sie hat einen eigenen Verstand, und ich werde sie nicht vom Gegenteil überzeugen können."

Palash widersprach: "Girish, Pom lebt in Kalkutta, er hat seine eigene Wohnung da draußen. Falls sie sich gut genug mögen, um zu heiraten, kann Mishti in Kalkutta leben."

Raja war noch verwirrter; er hatte kaum je gesehen, wie sich sein Vater so sehr zurückbeugte, um der anderen Person Raum zu geben. Palash muss etwas mehr wollen als das Geld, das dieser Heiratsvertrag mit Sicherheit bringen würde.

Zwei Begleiter betraten den Raum mit Tabletts, die mit Mughlai-Parathas und einer Auswahl an lokalen Süßigkeiten beladen waren. Das Gespräch wiegte sich; in der Eile des frühen Morgens, um nach Diamond Harbour zu gelangen, hatten die Jungen das Frühstück ausgelassen, jetzt gruben sie sich glücklich in die heißen Parathas.

"Zum Glück hat mein Vater nicht gesagt, dass ich das alles gemacht habe, um meine kulinarischen Fähigkeiten zu preisen", schlich eine fröhliche Stimme in den Raum. Die drei Jungen schauten auf, um ein Paar amüsierte Augen zu sehen, die sie vermessen. "Das sieht so ähnlich aus wie eine swayamvar sabha. Ich muss sagen, ich habe nicht wirklich erwartet, dass drei junge Männer auswählen ", sagte das Mädchen, als sie vor ihnen stehen blieb. In einem lässigen lachsrosa Salwar-Kameez gekleidet, war sie impdünn mit Haaren so schwarz wie dunkle Winternächte, die in einem wahnsinnigen Aufstand von Locken über die Schultern fielen. Der warme Honig ihrer Haut spiegelte die Lebensfreude einer sonnigen Persönlichkeit wider; im Großen und Ganzen verkörperte sie nicht gerade die Vorstellung einer errötenden Braut.

"Warum nur auswählen?" Rajas Augen tanzten vor Unfug. "Du kannst auch mischen und kombinieren!"

Das Mädchen drehte sich um, um Raja gegenüberzutreten. "Das ist böse, köstlich böse", sagte sie, ihre anfängliche Überraschung, gefolgt von einem Lachen. "Ich mag deinen Stil, wer auch immer du bist, und ich wähle dich", zeigte sie dramatisch auf Raja. "Sie werden mit diesen beiden in der Mix-and-Match-Sektion gut zurechtkommen."

"Vater", konzentrierte sie sich auf den zunehmend zerknirschten Girish, "ich habe einen Harem gefunden, wie es scheint; bitte unterschreibe den Deal mit dem Kopfhoncho dort", deutete sie auf Palash. "Und hol diese Jungs für mich."

Palash würgte fast an seinem Essen, Raja und Pom rollten vor Lachen, und Papu sah völlig unverblümt aus.

Verzweifelt versuchte Girish, einer Situation, die schnell außer Kontrolle geriet, etwas Vernunft zu verleihen, und versuchte, seine verirrte Tochter aufzuhalten. "Mishti, nicht alle Jungs sind zu haben..."

Mishti ließ ihren Vater nicht ausreden: "Willst du damit sagen, dass sie nicht kosteneffektiv sein werden?" Sie hielt inne und dachte anscheinend über die Komplexität der Situation nach. 'Hmmmmm…. Wenn ich nur einen haben kann, denke ich, dass ich mich mit ihm zufrieden geben werde ", wieder zeigte sie auf Raja.

Palash war stumm vor Bestürzung; das lief überhaupt nicht gut. Aber bevor er reagieren konnte, sprang Papu in den Kampf. "Du kannst ihn nicht haben", sagte er mit einem traurigen Heulen, zog Raja in eine Bärenumarmung und weigerte sich, ihn gehen zu lassen, "er gehört mir!"

Palashs Kiefer fiel zu Boden, er konnte kaum verstehen, was vor sich ging.

Während Raja in Papus Umarmung erstickt wurde, nahm Mishti einen kurzen Anruf entgegen: "Es scheint, dass dies ein" Buy one get one free "-Angebot ist! Passt mir gut, ich nehme es ", wandte sie ihrem Vater ein glückliches Gesicht zu.

Girish konnte seine Bestürzung kaum zurückhalten: "Selbst zwei sind nicht kosteneffektiv", benutzte er Mishtis Sprache, um es ihr zurückzuzahlen. "Eine ist", zeigte er auf Pom. "Und nur das."

Ich liebe es, objektiviert zu werden, dachte Pom mit einer Spur Bitterkeit, als er zum Ziel von Mishtis ungeteilter Aufmerksamkeit wurde.

"Vater hat gut gewählt", erklärte Mishti und sah Pom an. "Der sprichwörtlich große und gutaussehende Typ mit hellen Augen, der für ein gutes Maß hineingeworfen wurde."

Papu seufzte erleichtert und ließ Raja los... Gott sei Dank war Pom der Auserwählte! Seine Erleichterung war jedoch nur von kurzer Dauer: Palash sah wütend genug aus, um ihn mit bloßen Händen zu ersticken.

"Komm, lass uns auf die Terrasse gehen", beharrte Mishti. "Ihr drei", sagte sie und fing ihre unsicheren Blicke auf. "Du siehst für mich eher wie ein Pauschalangebot aus als alles andere. Lassen wir die Oldies ihre Rechnungen begleichen...sie werden uns nicht brauchen, während sie die geschäftliche Seite dieses Deals klären."

Der Blick von der Terrasse war atemberaubend: Das Blau des Flusses Hooghly streckte sich in den schützenden Himmel, ein Stückchen Fischerboote schwankte auf den sanften Wellen auf und ab, der zarte Geruch von fernen Jasmin wehte in der Brise.

Pom war von der Schönheit der Kulisse so verführt, dass er noch sprachloser wurde als sonst, aber Raja konnte nicht so leicht beeindruckt werden. Er quälte sich damit, Mishti über ihr weniger vorbildliches Verhalten zu befragen.

"Ich kann die Fragen spüren, die mit Schallgeschwindigkeit in deinem Kopf herumschwirren", sagte Mishti zu Raja und ihr Lächeln erhellte ihr Gesicht mit einem Gamine-Charme.

Raja entschied sich: Er mochte dieses schrullige Mädchen auf jeden Fall. "Du bist ein ziemlicher Schrei, weißt du? All diese Histrionics, du hast sie auch ganz gut hingekriegt. Aber Witze beiseite, sag mir, bist du wirklich an einer arrangierten Ehe für dich selbst interessiert?"

Pom drehte sich um und konzentrierte seine Aufmerksamkeit auf dieses ziemlich ungewöhnliche Mädchen, das ihre Antwort hören wollte. Mishti sah ihn mit einem stetigen Blick an und nahm sich Zeit, um Rajas Frage zu beantworten: „Ja, das bin ich." Sie schien nicht in der Stimmung zu sein, das zu erweitern; ihre Aufmerksamkeit hatte sich jetzt Papu zugewandt, sie sah ihn an und dann Raja: "Bist du wirklich ein Paar?", fragte sie, ihre Augen glitzerten vor Aufregung.

"Kein solches Glück, Raja wird mich nicht haben", antwortete Papu und sah Raja wehmütig an. Beide Brüder ignorierten ihn und hatten nur Augen für das Mädchen. Papu zog weg auf der Suche nach etwas mehr Nahrung.

Pom bestand nun darauf: "Warum solltest du dich für eine arrangierte Ehe entscheiden, Mishti? Warum heiraten Sie nicht einen Jungen Ihrer Wahl, jemanden, den Sie tatsächlich kennen, anstatt alles mit einem Fremden zu riskieren? Wir leben nicht im Mittelalter, falls du es nicht bemerkt hast?" Seine Missbilligung war offensichtlich.

Mishti begann auf der Terrasse auf und ab zu gehen und rang ihre Hände in Aufregung: "Dark Ages or not, believe me, I'm caught in a gothic nightmare. Ich bin die Herrin von allem, was ich überblicke, aber immer noch eine Gefangene im Schloss meines Vaters. Glaubst du, ich will mich nicht durchsetzen? Sich mit dem Mann meiner Wahl niederlassen? Wenn du es nur wüsstest «, holte sie tief Luft und nahm ihren Monolog wieder auf. "Jedes Mal, wenn ich jemandem nahe komme, wird diese Person von meinem Vater und seinen Schlägern gnadenlos überprüft und inspiziert. Nur wenige Menschen konnten die von meinem Vater gestellten Anforderungen erfüllen. Vergiss Freunde, ich habe nicht einmal richtige Freunde. Mein Vater schüchtert sie alle ein «, sagte sie bedauernd. "Der einzige Weg, diesen vergoldeten Käfig zu verlassen, ist, den Jungen nach Wahl meines Vaters zu heiraten. Und ehrlich gesagt, bin ich im Moment zumindest visuell ziemlich dankbar für seinen Geschmack."

Pom spürte, wie sich sein Gesicht erhitzte, als Mishti ihn mit unverfrorener Wertschätzung ansah. Raja genoss die Verlegenheit seines Bruders; dieses Mädchen zögerte nicht, ihre Meinung zu sagen; aber es gab einen nickenden Zweifel: "Dein Vater hat Schläger?"

Mishti schaute zum Fluss hinaus: "Ihr habt keine Ahnung, oder? Warum glaubst du, dass dein Vater so begierig darauf ist, eine Verbindung zu meiner Familie herzustellen?

"Palash Bose wird bei den nächsten Kommunalwahlen eine wichtige politische Figur sein, er wird als Kandidat für Shyamol Sathi antreten. Wir alle wissen, dass er in dieser Region immens beliebt ist, so dass die Chancen stehen, dass er definitiv gewinnen wird. Aber Palash Bose weiß, dass Raktokarobi nicht sanft in die Nacht gehen wird und befürchtet, dass der Kampf böse wird, weshalb er möchte, dass die Schergen meines Vaters ein undurchdringliches Netzwerk von Intelligenz und Sicherheit um ihn herum aufbauen.

"Lass dich nicht von der fröhlichen Persönlichkeit meines Vaters einnehmen", fuhr Mishti fort. "Er hat sein Reich nicht gegründet, indem er angenehm zu den Menschen war." Sie deutete auf den Fluss. "Fast der gesamte Verkehr auf diesen Gewässern wird von meinem

Vater kontrolliert, er ist rücksichtslos darin, seine Konkurrenten zu dezimieren, und jetzt hat er keinen mehr.

"Palash Bose weiß, dass Girish Sarkar als naher Verwandter ein bedeutender Schritt zur Verwirklichung seiner Wahlambitionen sein wird. Mein Vater hat Anupam gründlich überprüft und festgestellt, dass der Junge ihm gefiel. Außerdem, wenn Palash Bose zum lokalen MLA wird, hätte Dad durch einen Stellvertreter einen erheblichen politischen Einfluss und würde wahrscheinlich einen Teil seines Schwarzgeldes weiß machen."

Mishti scannte die Gesichter der beiden Brüder und registrierte beide identische Ebenen der Überraschung und des dämmernden Verständnisses.

X

Wenn er mit komplexen Problemen konfrontiert wurde, entwarf Raja oft ein mentales Schachspiel und versuchte, Probleme auf einem imaginären karierten Brett zu lösen. In diesem Moment synchronisierten sich die Schachfiguren, die ziellos in Rajas Kopf herumschwirrten, schließlich in einer fließenden Bewegung; er staunte über die klugen Bewegungen seines Vaters. Es war kristallklar, warum sein Vater so verzweifelt versucht hatte, Pom fast augenblicklich aus Kalkutta zu holen, und warum er sich nach hinten beugte, um Girish Sarkar zu verpflichten.

Arms akimbo, Mishti warf Pom eine Herausforderung vor. "Ich möchte so schnell wie möglich heiraten", verkündete sie, als wäre sie die ätherische, aber mächtige

Geliebte des Flusses, der hinter ihr floss. "Und ich habe keine Probleme, dich zu heiraten!"

Eine lange Tagesreise in die Nacht

Einen Monat später entspannte sich Dita, inzwischen mit ihrem Schicksal versöhnt, allmählich im Rhythmus des Lebens am Phulpukur College. Das Hin- und Herpendeln nach Salt Lake erwies sich als Herausforderung, aber da das College keinen Campus hatte, geschweige denn ein bewohnbares Personalquartier, hatte Dita keine große Option. Das Dorf selbst war von unüberwindlichen wirtschaftlichen Ungleichheiten durchsetzt, der Großteil der Bevölkerung waren bedürftige Bauern, der Rest war unerklärlich wohlhabend wie die Familie Pundit; es gab keine goldene Mitte zwischen diesen Extremen.

Dita hatte es jedoch geschafft, ein paar Freunde zu finden. Sahana Pundit war Ditas ständiger Begleiter; obwohl sie Teilzeitdozentin war, kam Sahana fast jeden Tag, um Dita in ihren anhaltenden Kämpfen und den Kinderkrankheiten, die das College regelmäßig erlebte, zu unterstützen.

Dita traf auch alle anderen Teilzeitdozenten, eine gemischte Tüte aufstrebender Lehrer, die ihre Posten an diesem College als Notlösung nutzten, bevor sie feste Stellen ihrer Wahl annahmen. Einige von ihnen waren hingebungsvoll, andere schwindelerregend, viele von ihnen viel zu uninteressiert; aber angesichts des Hungerlohns, den sie als Gehalt vom College bekamen, konnte Dita es ihnen kaum verübeln. Sie war nur dankbar, dass sie da waren, um den Unterricht zu besuchen. Seltsamerweise schien Tea Boy in Luft aufgelöst zu sein, niemand schien seinen Aufenthaltsort zu kennen, selbst die Büroangestellten fanden vage Antworten, als sie sie nach ihm fragte. Nach einiger Zeit gab sie auf zu fragen. Ein schwaches Unbehagen im Hinterkopf weigerte sich jedoch, wegzugehen; sie schuldete ihm immer noch Treibstoffgeld.

Die Studenten des Colleges stammten aus einem kuriosen Querschnitt der Gesellschaft; einige von ihnen waren Einwohner von Phulpukur, Söhne und Töchter lokaler Bauern und somit Literaten der ersten Generation. Mehrere Jugendliche kamen aus benachbarten Bezirken wegen ihrer unterdurchschnittlichen Punktzahlen in den staatlichen Vorstandsprüfungen. Einige von ihnen schienen sich mehr für studentische Politik als für ihr Studium zu interessieren. Dita war erstaunt, dass sie mit Partyflaggen herumstolperten, Slogans sangen und im Allgemeinen eine Galazeit vor ihren Klassenzimmern hatten. Sie fand es daher rätselhaft, dass die wenigen Lektionen Pflichtenglisch, die sie unterrichtete, mit übereifrigen Schülern gefüllt waren.

Sie fand später heraus, dass die meisten Schüler kein einziges Wort von dem verstanden, was sie sagte; sie kamen zu ihr und wunderten sich über ihren scheinbar abwegigen Akzent, die Art, wie sie sprach, und beschäftigten sich mühelos mit der Klasse. Ein paar verblendete Schüler hatten begonnen, eine Petition in Umlauf zu bringen - die anscheinend von vielen eifrigen Schülern unterzeichnet wurde -, in der sie aufgefordert wurde, den obligatorischen Englischunterricht in

Bengalisch zu leiten. Dita weigerte sich, sich noch mehr schockieren zu lassen, dachte sie zumindest!

Ditas Telefon summte, Tamali war in der Leitung. "Ja, Mama", antwortete sie geistesabwesend, als sie aus dem winzigen Fenster ihres Büros schaute und sah, wie sich viele der Studenten in Gruppen zusammendrängten und lebhaft redeten. In der Studentengemeinschaft war etwas im Gange.

"Dita", die beharrliche Stimme ihrer Mutter erregte schließlich ihre Aufmerksamkeit. "Ich brauche einen Gefallen, Liebling. Bob Banerjee, der Regisseur der Webserie, an der ich gerade arbeite, will vor Ort drehen und ist auf der Suche nach einem Dorf-College-Campus. Ich dachte, ich erkundige mich bei dir. Was denken Sie, wäre Ihr College-Campus eine praktikable Option? Bob hat es nicht eilig, er ist damit beschäftigt, die vorherigen Sequenzen abzuschließen, und wird in ein paar Monaten vor Ort mit den Dreharbeiten beginnen können."

Dita biss sich auf die Unterlippe und versuchte, den Risikofaktor herauszufinden: Das neue College-Gebäude war in vollem Gange, das Erdgeschoss und die ersten Stockwerke waren fertig; sie hoffte, dass auch die Grenzmauern und die Straße zum Haupteingang bald fertig sein würden. Den neuen Campus als Standort für eine Webserie zu haben, könnte eine gute Werbung für das College sein. Sie sagte ein zaghaftes "Ja" zu ihrer Mutter und versuchte aufzulegen.

Tamali war jedoch in der Stimmung zu reden. "Dita, schalte den Fernseher ein, wenn du einen in deinem Büro hast. Phulpukur wird auf einigen Kanälen erwähnt."

Dita war jetzt ganz Ohr. "Das ist seltsam! Phulpukur ist nur ein verschlafenes kleines Dorf, warum ist es in den Nachrichten?"

"Jemand aus Phulpukur hat das Aeroflot Open Chess Tournament gewonnen", sagte Tamali, ihre Aufregung zeigte sich in ihrer Stimme, begleitet von dem musikalischen Klingeln ihrer Armreifen. "Berichte kommen aus Moskau, es ist ein Inder, Anuraj Bose, und sie sagen, dass er ursprünglich aus dem Dorf Phulpukur stammt."

"Oh, ich habe nichts davon gehört, Mama. Ich muss mich wohl umsehen «, sagte Dita und verlor schnell das Interesse, als sie hörte, wie sich ein paar Jungen vor ihrem Fenster stritten. "Mama, ich muss jetzt gehen ", legte Dita auf und eilte aus ihrem Büro.

Alok, Praloy und Sahana befanden sich bereits mitten im Streit und versuchten, die Jungen davon abzuhalten, sich gegenseitig zu verprügeln. Eine kleine Menschenmenge hatte sich um sie versammelt. Dita war völlig ratlos, wie sie mit der Situation umgehen sollte. Plötzlich erhob sich eine stentorianische Stimme über die laute Auseinandersetzung: "Hör sofort auf! Ich werde solchen Hooliganismus auf meinem Campus nicht zulassen. Aufhören, Leute!"

Die rauflustige Menge teilte sich wie das Rote Meer vor Moses, als Devdutt, der Rektor des Heiligen Jakobus, sich auf den Weg ins Zentrum machte. "Wenn Sie ein Problem haben, das gelöst werden muss, wählen Sie bitte Ihre Vertreter aus und wenden Sie sich zivilisiert an Rektorin Ma 'am. Es gab nie eine vernünftige Lösung, unnötiges Chaos zu schaffen."

Die Auseinandersetzung fand, wie sich herausstellte, zwischen den studentischen Mitgliedern von Shyamol Sathi und Raktokarobi statt. Beide Parteien setzten sich dafür ein, Unterschriften für die Petition gegen den obligatorischen Englischunterricht zu erhalten, und versuchten, jeden, den sie finden konnten, zu bewaffnen, um das Dokument zu unterzeichnen.

Zwei kriegerisch aussehende Jungen folgten Dita in ihr Büro. Sie war erleichtert zu sehen, dass Devdutt ihr hoffentlich auch gefolgt war, um sie durch diese problematische Situation zu führen.

Als Devdutt im Büro war, warf er einen verärgerten Blick auf einen der Jungen. "Worum geht es in diesem Tumult, Rajeev? Ich dachte, ich hätte dir klar gemacht, dass du deine Politik von diesem Campus fernhalten musst! Habe ich dich nicht immer wieder daran erinnert, dass dies ein Schulcampus ist, auf dem deinem College vorübergehend Platz gegeben wurde? Meine Schüler sind jung, sie sind nur Kinder, ich will nicht, dass sie mit eurer Kleinparteipolitik korrumpiert werden! Warum ist das so schwer zu verstehen?"

Rajeev weigerte sich, sich von der Autorität einschüchtern zu lassen und erwiderte kämpferisch: "Ich verstehe nicht, warum Sie nur mich anschreien, Sir?" Ungeduldig bürstete er sein fettiges Haar mit einer Hand zurück und zeigte auf den anderen Jungen. "Er ist ebenso schuld."

Verzweifelt seufzend versuchte Devdutt Dita die Dynamik der Situation zu erklären. 'Rajeev ist der Studentenführer von Shyamol Sathi. "Er deutete mit einem missbilligenden Finger auf den anderen Raufbold, einen großen dunklen Jungen in einem schmutzigen roten T-Shirt und einer schäbigen Jeans, und fügte hinzu:" Das ist Utpal, der Vertreter von Raktokarobi. Ob Sie es glauben oder nicht, sie streiten sich darum, wer die größte Anzahl von Unterschriften sammeln kann, damit Sie für den obligatorischen Englischunterricht auf Bengalisch sprechen können."

Die lächerliche Situation erinnerte Dita an den Kampf zwischen den Big-Endianern und Little-Endianern in Gullivers Reisen, den beiden Fraktionen, die im Land der Liliput gegeneinander kämpften, um zu klären, welches Ende eines Eies zuerst gebrochen werden sollte. Die Lösung war in diesem Fall nicht allzu schwer zu finden. „Gemäß den Statuten der Universität von Kalkutta ist es für einen Dozenten obligatorisch, obligatorische Englischkurse in Englisch durchzuführen. Wenn Sie Probleme haben, den Kursen zu folgen, empfehle ich Ihnen, Google Translate zu verwenden ", erklärte Dita zuversichtlich.

Und das war 's.

Devdutt schien mit dem Urteil zufrieden zu sein; Sahana und Alok, die ebenfalls ins Büro gekommen waren, um zu sehen, wie die Dinge liefen, schienen erleichtert zu sein.

Die Jungen gingen, aber sie schienen nicht einmal im Entferntesten vom Ergebnis überzeugt zu sein. Sie waren wirklich perplex: Wusste diese Frau nicht, dass in einem Dorf, in dem es zu einer Herausforderung wird, zwei Mahlzeiten pro Tag zu gewährleisten, der Zugang zu WLAN ein Wunschtraum war, Google Translate in Ruhe zu lassen!

Devdutt ignorierte die verärgerten Schüler und ging mit einem Wort der Vorsicht zu Dita: "Es ist gut, dass du so fest warst, je mehr du versuchst, sie zu beruhigen, desto mehr geht es ihnen zu Kopf."

"Lass uns einen Happen aus der Kantine holen", schlug Sahana vor, als das Hüllenbaloo nachließ. "Sogar eine lauwarme Tasse Kaffee wäre willkommen."

"Puh! Was für ein Tag ", stimmte Dita zu, als sie sich gerne auf einen Kaffee in Sahana begab.

Der Tag war jedoch noch nicht vorbei. Der Anruf von Palash Bose kam gegen 14 Uhr. Er kam direkt auf den Punkt: "Ich habe gerade herausgefunden, dass einige Jungs aus Raktokarobi die Nationalflagge auf unserer College-Baustelle gehisst haben, zusammen mit ihrem eigenen Partybanner."

Dita war fassungslos. Nach ihrem Verständnis konnte in Indien die Nationalflagge am Tag der Republik oder am Tag der Unabhängigkeit gehisst werden, und beide Ereignisse waren längst vorbei. Warum sollte jemand die Nationalflagge so summarisch hissen wollen?

Palash schien ihre Gedanken gelesen zu haben, ziemlich unheimlich. "Du kannst die Flagge nicht an jedem Tag hissen, den du willst", erklärte er.

"Was ist jetzt zu tun?" fragte Dita, ihre Stirn runzelte sich vor Bestürzung.

"Offensichtlich muss die Flagge entfernt werden. Aber das Problem ist, dass niemand, der mit dem College verbunden ist, es tun kann ", schlich sich ein Hauch von Sorge in Palashs Stimme. "Die Raktokarobi-Fanatiker und ihr Anführer Arshad Ali haben ihre Hand gut gespielt; egal, wer die Flagge runterbringt, sie werden Foul weinen und den Kampf gegen Shyamol Sathi aufnehmen. Sie werden dir auch die Schuld dafür geben, dass du Shyamol Sathi unterstützt hast."

Dita traute ihren Ohren nicht. "Ich war so neutral wie möglich. Warum sollten sie mir die Schuld geben?"

"So wie ich es sehe, wäre es vernünftig für Sie gewesen, Rajeev zuzustimmen. Zumindest hätte Shyamol Sathi dir einen gewissen Schutz bieten können. Jetzt musst du dich mit Arshad Ali und seiner verzerrten Art von Politik auseinandersetzen."

Der schlaue alte Mann wusste alles über die jüngste Auseinandersetzung, so schien es. "Also was soll ich jetzt tun?" fragte Dita langweilig.

"Melden Sie eine Beschwerde bei der örtlichen Polizei an; sie werden kommen und die Flagge abnehmen. Niemand wird sich beschweren können, wenn die Polizei einspringt ", kam der kluge Rat.

Als sie versuchte, die Spinnweben der Verwirrung aus ihrem Kopf zu entfernen, beschloss Dita, Hilfe beim Büropersonal zu suchen. "Ich brauche bitte die Telefonnummer der örtlichen Polizeistation."

Alok hatte die Nummer auf seinem Handy gespeichert, zögerte aber, bevor er sie an sie weiterleitete. "Diese Nummer anzurufen, um Ihre Beschwerde einzureichen, wird Ihnen nicht helfen, Ma 'am; Sie müssen physisch zur Polizeistation gehen, sie benötigen Ihre Unterschrift, um die Beschwerde einzureichen."

Oh je, das verheißt nichts Gutes, dachte Dita. "Wie weit ist die örtliche Polizeistation?"

"Ma 'am, es gibt keine örtliche Polizeistation in Phulpukur", Alok konnte seine Notlage nicht verbergen. "Der nächste ist in Diamond Harbour."

"Das ist mehr als eine halbe Autostunde von hier entfernt", sagte Sahana, die nach ihrem Unterricht gekommen war, um das Anwesenheitsbuch zu unterzeichnen, bevor sie nach Hause ging. Die beiden Frauen sympathisierten mit Ditas Notlage und versuchten, eine Lösung für das Chaos zu finden. Aber es gab einfach keinen Ausweg. Dita müsste zur Polizeistation Diamond Harbour gehen.

Sahana tat das nächstbeste, was sie konnte, rief Pinku an, erklärte die Situation und fügte hinzu, dass sie Dita nicht alleine zu einer Polizeistation gehen lassen könne, also würde sie sie begleiten. Pinku sagte, er würde sich ihnen in fünfzehn Minuten anschließen und sie nach Diamond Harbour fahren.

"Sahana, ich muss zurück nach Kalkutta fahren, also denke ich, es wäre das Beste, wenn wir mein Auto nehmen", schlug Dita vor, als sie ihre Taschen abholten und zum Campus-Tor gingen. Alok folgte ihnen, nachdem er mehrere offizielle Dokumente in seine Tasche gesteckt hatte, für den Fall, dass die Polizei einen Beweis dafür wollte, dass das neu errichtete Gebäude tatsächlich der Hochschule gehörte. Dita schenkte Alok ein müdes, aber dankbares Lächeln, als sie sah, dass er entschlossen war, sie zu begleiten.

Pinku war bereits da, als sie am Tor ankamen, aber er war nicht allein. Und siehe da, der Teejunge war bei ihm. Ein dünner, kaum vorhandener Faden des Glücks schien sich um Ditas Herz zu wickeln. Er sieht ein bisschen anders aus, dachte Dita und erkannte dann, dass er besser gekleidet war als an dem Tag, an dem sie ihn zum ersten Mal traf. Die grauen Augen waren jedoch genauso attraktiv, beobachtete Dita, als ein Lächeln seine Augen erhellte.

"Der verlorene Sohn kehrt zurück, von wem weiß wo!" Dita lächelte zurück. "Du bist kein Teejunge, nehme ich an?"

"Nein", fuhr er lächelnd fort, "ich bin Raja."

"Häh! Das erklärt die Dinge kaum ", spottete Sahana. "Ich sehe, du bist zurück!"

"Er ist mit einem Knall zurück, findest du nicht? Pinku warf einen bewundernden Blick auf Raja, als sie alle in Ditas Auto stiegen. Es gab eine leichte Verzögerung, als Raja Schwierigkeiten hatte, auf den Fahrersitz zu gelangen, der so positioniert war, dass er eine viel kürzere Person aufnehmen konnte. Nachdem er die notwendigen Anpassungen vorgenommen hatte, schob sich Pinku neben Raja, mit Alok und den beiden Damen auf dem Rücksitz.

Aus dem einfachen Gepländel, das zwischen Raja, Pinku und Sahana floss, war ersichtlich, dass sie enge Freunde waren. Dita lehnte sich zurück und genoss ihre bequeme Kameradschaft. Sie wusste immer noch nicht, wo Raja hergekommen war, entschied aber, dass sie sich jetzt viel zu viele Sorgen machen musste und war sich sicher, dass sie es irgendwann herausfinden würde.

Sie wurden auf der Polizeistation Diamond Harbour königlich willkommen geheißen. Jeder schien Pinku zu kennen, sowohl wegen seines Familiennamens als auch wegen seiner politischen Zugehörigkeit. Die Einreichung des Falles war ein Kinderspiel, da der verantwortliche Offizier der Station selbst sich freiwillig meldete, nach Phulpukur zu gehen, um das Problem mit der Flagge zu lösen. Aus einer entfernten Ecke ihres erschöpften Geistes bemerkte Dita, dass Raja auch eine Behandlung erhielt, die an die Unterwürfigen der Polizei grenzte. Ich frage mich warum? fragte sie sich.

Sie verließen die Polizeistation mit dem Offizier im Schlepptau. Der Mann gab Dita nicht nur seine Telefonnummer und sagte ihr, sie solle ihn im Falle von Störungen im Zusammenhang mit Studenten anrufen, sondern meldete sich auch freiwillig, um sie zum Flussufer zu bringen. "Jetzt, wo du hier bist, musst du den Fluss Hooghly sehen. Mein Mann wird dich zu einer schönen Strecke führen, es ist nicht einmal fünf Minuten zu Fuß von hier entfernt ", bestand er darauf.

Dita warf einen Blick auf ihre Uhr. "Es ist schon sehr spät und ich muss nach Kalkutta zurückkehren. Ich mag es nicht, im Dunkeln auf den Autobahnen zu fahren, die Scheinwerfer des Gegenverkehrs können ziemlich blendend sein ", murmelte sie.

Sie muss eine stille Kommunikation zwischen Pinku und Raja verpasst haben, also war sie ziemlich überrascht, als Pinku sagte: "Raja ist heute auf dem Weg nach Kolkata, er kann dich vielleicht zurückbringen? In der Zwischenzeit kannst du dich ein wenig am Fluss entspannen?"

"Warum geht er nach Kalkutta?" fragte Dita dumm.

»Ich habe da oben einen Bruder, den ich schon lange nicht mehr getroffen habe«, bot Raja an.

"Weiß ich nicht! Für euch beide ist sogar ein Monat eine lange Zeit, geht und holt ihn ein und gebt ihm meine Liebe ", sagte Pinku als Sahana und er begann, zum Fluss zu gehen.

Dita und Raja folgten. Der Fluss floss in seinem eigenen zeitlosen Tempo, die Wellen liefen sanft zu ihren Füßen, als sie sich an den sandigen Ufern niederließen. Als Dita ihr Gesicht hob, um tief durchzuatmen, ihre perverse kleine Nase die frische Luft einnahm, die sie umgab, sickerte die Müdigkeit und Frustration des Tages aus ihrem Körper. Sie war froh, dass sie zum Fluss gekommen war, und sie war froh, dass sie Tea Boy an ihrer Seite hatte.

Raja konnte nicht umhin zu denken, dass Pom von der Schönheit des Augenblicks begeistert gewesen wäre - das türkisfarbene Wasser des Flusses, die kühle Abendbrise und eine helle und intelligente Frau für Gesellschaft - Pom würde sich freuen, Stunden in diesem ekstatischen Moment zu verbringen. Aber Raja war immer bereit, einen Schritt weiter zu gehen, unerforschte Gebiete zu erkunden, in diesen Moment im Wind einzutauchen, jeden Atemzug zu beleben, alle wahrscheinlichen Grenzen zu durchbrechen.

Raja bemerkte die begeisterte Aufmerksamkeit, mit der Dita auf den Fluss schaute, und wies auf die verschiedenen Arten von Booten auf den fließenden Gewässern hin. "Es ist ziemlich interessant, wissen Sie, die Bootsbauer von Bengalen haben selten eine formale Ausbildung, sie machen diese Schiffe einfach, indem sie die Spezifikationen visuell erraten. Da die Nachfrage nach solchen Booten gesunken ist, ist es leider eine fast ausgestorbene Fähigkeit."Raja deutete an, dass ein paar Boote vor ihnen auf und ab wippten und fuhr fort:"Das sind Patia-Boote, kleine Fischereifahrzeuge, die auf den Schultern des Fischers zurückgebracht und am Strand getrocknet werden können, sobald der Fischfang vorbei ist."

Rajas angeborenes Wissen über die Topographie des Landes überraschte Dita ebenso wie sein Versuch, sie in eine umfassende Erklärung der Rhythmen des Flusses und der Männer, die auf den Wellen ritten, hineinzuziehen.

Raja winkte einem vorbeifahrenden Boot zu, der Bootsmann winkte zurück. "Dies ist ein Khorokisti, sein Name stammt vom persischen Wort kasti, obwohl mir die persische Verbindung zum Fluss Bengalen unklar bleibt." Während Raja sprach, hatte sich das Boot genähert und Dita war überrascht, als Raja auf das Boot sprang, ihr die Hand reichte und sie mühelos darauf zog.

Der mahagonihäutige Bootsmann strahlte Raja an, offensichtlich glücklich, ihn zu sehen. "Es scheint eine Ewigkeit her zu sein, seit ich dich das letzte Mal gesehen habe; kurz bevor du nach Kolkata gegangen bist. Du bist jetzt so groß, größer als dein Vater, denke ich. Bist du nach Phulpukur zurückgekommen?"

"Nein, Dhiren kaka, ich bin nur für ein paar Tage hier", antwortete Raja und schaute auf den Fluss. "Es ist nicht sehr einfach, mit meinem Vater zu leben, weißt du", fügte er hinzu und warf Dhiren einen offenen Blick zu.

Dhiren kicherte: "Die Probleme haben sich in den Jahren, die ich sehe, nicht verändert!" Er erinnerte sich an eine Gelegenheit, als er Raja nach einem seiner Versuche, von zu Hause wegzulaufen, nach Phulpukur zurückgebracht hatte. Der verirrte Junge hatte sich auf einem mit Heu beladenen Boot versteckt und es geschafft, ziemlich weit zu segeln, bevor er gefunden wurde.

Und jetzt ist dieser unüberschaubare Junge zu einem sympathischen jungen Mann herangewachsen und hat eine so gewinnbringende Frau im Schlepptau, bemerkte Dhiren. Er wandte sich von ihnen ab, ruderte im Boot und summte eine Bhatiali-Melodie, während er sein Schiff flussabwärts kantete.

Der Fluss glitt zurück in die Gewässer des Bhagirathi-Hooghly, wurde unruhig und Dita verlor fast das Gleichgewicht, als sie versuchte, sich in die engen Grenzen des Bootes zu setzen. Raja streckte sofort die Hand aus, hielt sie mit schützenden Armen fest und zog sie in eine bequeme Gesellschaft. Graue Augen funkelten auf sie zu und wuschen ihre Ängste und Hemmungen in einer warmen Flut unerklärlicher Emotionen ab.

Rehäugig und verletzlich wiederholte Raja Poms Gedanken; die Rehaugen hielten ihn fest und warteten auf eine Antwort, als sie ihn in ihren Bann zog. "Also, wer bist du, Raja, wann erfahre ich, was jeder Bootsmann in dieser Gegend offensichtlich weiß?"

Raja war fasziniert von ihren Augen und klammerte sich an Strohhalme und murmelte: "Stelle mir keine Fragen und ich werde dir keine Lügen erzählen."

Zur Hölle mit Pom, war Rajas letzter bewusster Gedanke, bevor er seinen Kopf eintauchte und zarte Lippen in einem leidenschaftlichen Kuss festhielt; hinter ihnen funkelte der Fluss in der Abendbrise, die Welt schmolz dahin.

Söhne und Liebhaber

Poms Studio-Apartment in Süd-Kolkata war winzig, gerade gut genug, um als Junggesellenwohnung zu fungieren. Es befand sich im dreißigsten Stock eines Hochhauses, und die Brüder pflegten Milchgläser mit eiskaltem Bier, als sie auf das weitläufige Stadtbild hinunterblickten. Die Nacht war angebrochen, die Lichter der Stadt dimmten, was blieb, waren die blinkenden Rottöne der Ampeln.

"Es war, als würde ich sie stellvertretend küssen. Ich sah sie an und konnte die Vorstellung nicht auslöschen, dass sie genau so war, wie du es beschrieben hattest, alle doe-eyed und verletzlich, und ich konnte einfach nicht widerstehen ", schwang Rajas Stimme in dem stillen Raum mit.

"Ich weiß nicht, was mit mir los ist", fuhr Raja fort und warf Pom einen verzweifelten Blick zu. "Ich wusste, dass du sie magst." Er schien mit seinen Emotionen zu kämpfen, gefangen zwischen seiner bedingungslosen Liebe zu seinem Bruder und der Verzweiflung eines Moments des Verlangens, der ihn unbewacht erwischt hatte, ein Moment, der sich ungebeten hochgeschlichen hatte und jeden anderen bewussten Gedanken verschlang.

Pom spürte eine tiefe Welle der Sympathie für seinen Bruder, einen jungen Mann, der darum kämpfte, seine Emotionen zu kontrollieren, und offensichtlich erbärmlich versagte. Er hatte Raja noch nie so unsicher gesehen; sein Schurke eines Bruders war normalerweise frech und selbstbewusst, und Pom wollte verzweifelt die Situation lindern.

"Oh! Also muss ich dich jetzt zu einem Duell herausfordern, oder? Da du mein Mädchen direkt vor meiner Nase gut und wahrhaftig gestohlen hast?" Pom gehänselt. "Nenne deine Waffe, Junge, ich treffe dich morgen bei Tagesanbruch am Ufer des Bhagirathi-Hooghly.

"Wenn ich es mir recht überlege, gib mir meine Lanze, während du deine Drumsticks haben kannst", lachte Pom.

"Das ist die beste Wahl aller Zeiten", Rajas Bärenumarmung drohte Pom fast zu ersticken. "Wo hast du die Drumsticks bestellt?"

"Hör auf, mich zu behandeln, Raja, du brauchst mich nicht zu Tode zu ersticken", kämpfte Pom um Atem, als Raja ihn mit etwas Reue losließ. "Die Drumsticks werden vom chinesischen Festland kommen", keuchte er und landete einen verspielten Schlag auf Rajas Wange.

"Nur Trommelstöcke?" Raja schien enttäuscht zu sein.

"Nein, du Fresser", neckte Pom. "Kenne ich dich nicht? Du wirst das ganze Werk wollen! Ich habe Dim Sum, gebratenen Szechuan-Reis, Chili-Hühnchen und Pfefferkrabben mit Darsan und Vanilleeis zum Nachtisch bestellt." Rajas glückliches Gesicht war alles, was Pom brauchte, "ich sehe, es passt zu deinem Stil ", kicherte er.

"Baba wäre mit chinesischem Kolkatastyle-Essen überglücklich gewesen; er hasst Mamas Dal-Roti, Rajma-Chawal-Menü!" sagte Raja.

"Was hat er darüber zu sagen, dass du die Aeroflot Open gewonnen hast? War er glücklich, als du zurückkamst?" Pom war neugierig, er hatte diesen Teil des Familiendramas verpasst, da er an den letzten Wochenenden nicht nach Phulpukur hinuntergehen konnte.

"Er war glücklich genug mit dem Preisgeld. Ich denke, er hat inzwischen herausgefunden, dass es manchmal gutes Geld in diesem Spiel gibt, und es bringt Ihnen auch ein bisschen internationale Anerkennung. Ansonsten ist er eher ambivalent ", klang Raja nachdenklich. "Ich dachte, ich würde immer noch kalte Stimmung bekommen ", hielt er inne, bevor er hinzufügte:"Du hättest Mama sehen sollen, sie hatte die Hälfte von Phulpukur zum Mittagessen angerufen, um zu feiern; die Leute waren immer noch damit beschäftigt zu essen, als ich herauskam, um Papu und Pinku zu treffen."

»Der Grund für diese kalte Stimmung ist nicht sehr schwer herauszufinden, Raja«, schluckte Pom sein Bier. "In diesem Moment ist Baba eminent verwirrt; im Tierreich ist eine verwirrte Kreatur auch ein in die Enge getriebenes Tier und verhält sich willkürlich, weil er nicht wirklich den richtigen Weg nach vorne finden kann. Baba ist, wie für alle offensichtlich, ein zu energischer Mann, um nach der Pensionierung zu Hause zu sitzen. Der Präsident des Leitungsorgans des Phulpukur College zu sein, ist bestenfalls eine Notlösung; sein wahrer Ehrgeiz liegt in der Politik, und er möchte einen beeindruckenden Einstieg in die politische Arena Westbengalens machen."

Pom hielt an, um die Türklingel zu beantworten, das Essen war angekommen. Die Brüder stellten das Essen auf den Tisch und schnüffelten anerkennend, als orientalische Aromen durch den Raum trieben. Pom fuhr fort: "Baba hatte eine Schwerlaststrategie, da der Präsident des Leitungsgremiums sicherstellt, dass er die volle Loyalität der studentischen Mitglieder von Shyamol Sathi hat; auch das Büropersonal, falls Sie es nicht bemerkt haben, neigt sich dazu. Sein nächster Schritt war, sich einen zuverlässigen Verbündeten zu sichern, hier kommt Girish Sarkar ins Spiel; Baba dachte, er hätte einen einigermaßen guten Plan im Ärmel und bot mir Mishti an."

"Ich dachte, du mochtest Mishti sehr, also wo ist der Haken?» Raja war neugierig.

Poms Augenbrauen schossen hoch: "Und hier dachte ich, du wärst derjenige, der über Mishti beredt wurde."

Raja erstickte fast an seinem Essen: "Wann habe ich diesen Eindruck hinterlassen?"

Pom seufzte seinen unvorsichtigen Bruder an: "Neulich hast du auf der Terrasse ihres Hauses buchstäblich deine Zustimmung für das Mädchen geweckt!"

"Fick dich, Pom. Mishti war bereit, aus deinen Händen zu essen «, kitzelte Raja. "Ich habe in den letzten einem Monat keinen einzigen Gedanken an Mishti verschont. Und wenn ich mich richtig erinnere, war sie sehr lautstark in ihrem Wunsch, dich zu heiraten! Du warst ihre

Augenweide; wo stehe ich bei all dem? Ernsthaft, greif zu, Bruder!"

"Fick dich auch, Bruder", konterte Pom. "Weil Baba irgendwie an der Idee festgehalten hat, dass Mishti dich mir vorzieht, und da ich festgelegt habe, dass ich ein paar Monate brauche, um darüber nachzudenken, ob ich heiraten will oder nicht, denke ich, dass sein Verdacht die Form unbestreitbarer Tatsachen angenommen hat! Er denkt, ich vertusche nur deine Abwesenheit und dass ich darauf warte, dass du zurückkehrst und es mit Mishti klärst! Er betrachtet dich jetzt als die Wurzel allen Übels.

"Außerdem ist er sich der Dynamik zwischen Papu und dir nicht sicher", fuhr Pom mit böser Freude fort. "Die Art und Weise, wie ihr euch an diesem Tag umarmt habt, hat ihn zum Nachdenken gebracht!"

Raja wurde sprachlos. Pom nutzte das Versagen der Stimmbänder seines Bruders aus und stellte seine Hypothese geschickt auf: "Schau dir jetzt das gesamte Fiasko aus Babas Blickwinkel an, Raja, und du wirst verstehen, warum er verärgert ist. Du hast sein erstes Treffen mit Dita Roy sabotiert, du hast ambivalente Signale in Bezug auf Girishs Tochter ausgesendet und du hast ihm die Idee gegeben, dass ich Dita Roy mag! Die Folge ist, dass Mishti dich heiraten will, aber du bist ziemlich glücklich in der Bequemlichkeit von Papus Umarmung."

Die Schachfiguren in Rajas Kopf gerieten außer Kontrolle. "Ich brauche einen steifen Drink", stöhnte er. "Dieses Bier hilft nicht."

"Dies ist ein Minenfeld, das du selbst geschaffen hast, und jetzt, da die Dinge außer Kontrolle geraten, kannst du dich nicht zurücklehnen und beschweren. Jetzt gibt es keine Optionen mehr, Raja, wir müssen es tatsächlich ausfechten ", klang Pom todernst. "Ich denke, du verschärfst die Situation, indem du Dita deine Identität nicht verrätst. Sie wird es vielleicht nicht gut nehmen, wenn sie erkennt, dass du der Sohn von jemandem bist, den sie heutzutage als ihren Erzfeind ansieht."

"Pom, das ist genau der Grund, warum ich es ihr nicht sagen kann, zumindest nicht jetzt; ich möchte nicht, dass sie wegen der gegenseitigen Feindseligkeit zwischen Baba und ihr weniger an mich denkt." Raja schien des Ganzen müde zu sein. "Es ist verrückt", seufzte er.

Sie beendeten ihr Essen in kameradschaftlicher Stille und streckten sich dann vor dem riesigen Fernsehbildschirm an der Wand aus, um in den Darsan und die Eiscreme zu graben.

"Ich war so stolz, als sie die Nachricht überbrachten, dass du die Meisterschaft gewonnen hast, es war auf mehreren Kanälen, aber es gab keine Videoclips, sie erwähnten nur deinen Namen", Pom war sich der Zurückhaltung von Raja bewusst, im Rampenlicht zu stehen.

"Es ist nicht so, als würden die Leute sterben, um etwas über Schachmeisterschaften auf der ganzen Welt zu erfahren; es ist nicht so, als wäre es Cricket oder Fußball, mit einer satten Fangemeinde. Schach hat eine sehr begrenzte Anzahl von Liebhabern, so dass sich niemand wirklich zu sehr beschwerte, als ich mich weigerte, Interviews zu geben. Ich möchte mich nur für einige Zeit zurückhalten ", erklärte Raja. "Diese Welt ist zu viel mit uns."

"Wordsworth", bemerkte Pom. "Du und deine Liebe zu den englischen Barden, vielleicht hättet ihr Literatur studieren sollen." Vielleicht finde ich Dita deshalb so attraktiv ", sinnierte Raja." Wer weiß? "

"War es nur dieser eine Kuss am Fluss?" Pom war neugierig. "Du hast sie nach Hause gefahren, oder?"

"Ich fuhr sie nach Hause, aber auf dem Rückweg gab es sehr wenig Gespräch. Sie schlief auf meiner Schulter ein. Ich glaube, ich habe eine gefrorene Schulter ", lachte Raja.

"Baba hat ihr heute einen fröhlichen Tanz gezeigt", teilte Raja seine Besorgnis mit Pom. "Unruhe unter den Schülern in Bezug auf ihre Klassen, und dann der sinnlose Unsinn über ein Fahnenhebeproblem; arme Seele, als wir bereit waren, zurückzufahren, war sie völlig erschöpft... Wie auch immer, wie ist der Status zwischen dir und Mishti jetzt?"

Pom stöhnte: "Dieses Mädchen macht mich verrückt, Raja. Sie weigert sich, Nein als Antwort zu akzeptieren. Ich habe keine Probleme gegen sie als solche, aber ich habe ernsthafte Bedenken, die Tochter eines zufälligen Mafiosos zu heiraten, denn am Ende des Tages ist es das, was Girish Sarkar ist.

"Sie verfolgt mich in den sozialen Medien, sie hat es geschafft, meine Telefonnummer zu bekommen und alles zu schlagen, was sie vor einer Woche hier in meiner Wohnung auf mich hereingebrochen hat."

"Das sagst du nicht!" Raja war verblüfft, dass Mishti so aufdringlich sein konnte.

"Sie benutzte den Vorwand, die Wohnung sehen zu wollen, in der sie sich niederlassen sollte, sobald sie mich heiratete", spiegelte Poms Stimme sein Erstaunen über Mishtis Kühnheit wider. "Sie war sich völlig sicher, dass ich irgendwann Ja zur Ehe sagen würde; dass es nur eine Frage der Zeit war, bis ich zustimmte."

Pom sah Raja an und senkte seine Stimme zu einem Flüstern: "Ich tat das Einzige, was ich konnte, um mich aus dieser hoffnungslosen Situation zu befreien."

"Was hast du getan, Pom? Was haben Sie getan?"fragte Raja mit Beklommenheit.

"Ich sagte, ich sei in Dita Roy verliebt und ich wollte sie heiraten!"

Die beiden Brüder sahen sich einen langen Moment lang an, bevor sie in raues und unheiliges Lachen ausbrachen.

Die Wintergeschichte

Der Dezember kam; die harten Strahlen der Sommersonne wichen dem schwachen Licht des Winters; die Bewohner von Phulpukur seufzten erleichtert, als die Tage merklich kühler wurden; sie zogen ihre muffigen Decken aus und lüfteten sie in der Sonne und bereiteten sich auf die langen Winternächte vor. Die Vorfreude lag in der Luft, der Eröffnungstag des Campus des Phulpukur College rückte näher.

Biltu, der Bürojunge, war von den Füßen gerannt und sprintete bei hundert Besorgungen von Säule zu Säule: Er verteilte Flugblätter, die die Einweihung im ganzen Dorf ankündigten, organisierte Erfrischungen für die Eingeladenen und bestellte beim Dorfblumenhändler Girlanden und Blumensträuße, die erforderlich waren, um die Würdenträger am großen Tag willkommen zu heißen.

Alok, Praloy und Ashok verbrachten schlaflose Nächte damit, Gelder für diesen Anlass zu arrangieren und nach den Launen der Mitglieder des Leitungsgremiums zu tanzen, die alle unterschiedliche Wünsche hatten, die erfüllt werden mussten. Selbst die normalerweise fügsamen Pinku und Papu verwandelten sich plötzlich in hartnäckige Monster, die Wutanfälle auslösten, wenn ihre Forderungen nicht sofort erfüllt wurden.

Palash Bose schwelgte wie üblich in seiner Rolle als Chorleiter, orchestrierte Bewegungen, streckte die Hand nach der Crème de la Crème von Shyamol Sathi in Kalkutta aus und trieb alle mit seinen Stimmungsschwankungen in den Wahnsinn. Dita versuchte, sich so weit wie möglich zu beherrschen, wurde aber dennoch einmal zu oft Ziel seiner glühenden Kommentare. Der Mann hatte den Mut, Dita zu sagen, dass sie am Tag der Einweihung keine High Heels tragen sollte, da sie einen symbolischen Marsch vom Schulcampus zum College unternehmen würden. Er bat sie auch, ihre Sonnenbrille nicht zu tragen - sie waren zu modisch, meinte er, und ließen sie in Phulpukur völlig fehl am Platz aussehen. Um das Ganze abzurunden, schlug er auch vor, dass es für sie tatsächlich bequem wäre, wenn sie sich irgendwo im Dorf Phulpukur niederlassen würde: Sie könnte mehr Zeit für Angelegenheiten der College-Verwaltung aufwenden und auch den Treibstoff sparen, den sie regelmäßig verbrannte, indem sie von Salt Lake auf und ab fuhr. Dita konnte ihre Irritation kaum kontrollieren, wies seine Einmischung jedoch als die Eigenart eines rechthaberischen Patriarchen zurück.

Um die Sache noch schlimmer zu machen, hatte Raja ihr einen verschwindenden Trick beigebracht und verschwand nach dem Abend, an dem er sie nach Kolkata fuhr, in Luft aufgelöst. Ihr wurde klar, dass sie seine Telefonnummer immer noch nicht hatte und es ihr zu peinlich war, Sahana danach zu fragen. Da sie ihre leidenschaftliche Umarmung nicht vergessen konnte, schämte sie sich, dass sie nicht einmal seinen vollständigen Namen kannte, und fühlte sich zu peinlich, ihre Kollegen nach ihm zu fragen, falls ihre Fragen zu unnötigem Klatsch führten. Sie fragte sich ernsthaft, ob es Sinn machte, Zeit zu investieren, um überhaupt an diesen irrenden jungen Mann zu denken. Bei einigen Gelegenheiten hatte sie gehört, wie Palash auf seinem Handy schimpfte und tobte, und Rajas Name schien während dieser Gespräche wiederholt aufzutauchen. In solchen Zeiten war Dita froh, dass Raja Palash in diesem Maße irritieren konnte, und war fast bereit, ihm seine Fehler zu verzeihen.

X

Palash Bose hatte niemanden, mit dem er sein Elend teilen konnte: Selbst Hemlata taubte gegenüber seinen Beschwerden, heutzutage gab es zu viele von ihnen, dachte sie, und überließ ihn seinen Geräten. In den letzten Monaten hatte Girish ihn wiederholt angerufen, um sich nach dem Status des Heiratsantrags zwischen den beiden Familien zu erkundigen. Palash versuchte, so viel Ausweichmanöver wie möglich zu unternehmen und ging oft so weit, seine Anrufe zu ignorieren, bis eines Tages Girish zum Bose-Haushalt kam und die Bombe fallen ließ, die Pom Mishti übermittelt hatte, dass er sie nicht heiraten wollte. Anscheinend war er in Dita Roy verliebt.

Palash wurde vor Wut sprachlos. Was hatte er getan, um zwei so hartnäckige Söhne zu verdienen?

Hemlata trug die Hauptlast seines Zorns, weil er zwei undankbare Gören zur Welt gebracht hatte, von denen keiner bereit war, Palash zu helfen und zu unterstützen, wenn er sie wirklich brauchte. Ein frustrierter und wütender Vater sollte um jeden Preis vermieden werden;

daher weigerte sich Pom, sich von Kalkutta abzuwenden und ignorierte Palashs Anrufe kurzerhand. Palash erkannte, dass er die Situation mit Girish beheben musste, und zwar wirklich bald, bevor Girish seine Hände von Palashs Plänen wusch.

Aus purer Verzweiflung beschloss er, Raja, der in Tamil Nadu war, zur Teilnahme an der ONGC-Schachmeisterschaft anzurufen. Das Gespräch zwischen Vater und Sohn war so hitzig, dass es fast brennbar war.

Raja hatte gerade ein langwieriges und ziemlich angespanntes Spiel beendet, als sein Handy zu summen begann. Es war sein Vater in der Leitung. Raja runzelte die Stirn; sein Vater rief ihn nicht oft an; ein Schauer der Sorge ging ihm durch den Kopf, als er auf den Anruf antwortete.

Palash glaubte nicht daran, ein Gespräch mit formellen Feinheiten zu eröffnen, also kam er direkt auf den Punkt. "Raja, du musst Pom etwas Verstand einflößen, der dumme Junge weigert sich, Mishti zu heiraten."

"Aber das ist sicherlich Poms Vorrecht, Baba, wie kann ich ihn vom Gegenteil überzeugen?" Raja demurred.

"Ihr zwei seid dick wie Diebe, Raja", bellte Palash in das Telefon. "Wenn ihn jemand überzeugen kann, dann du."

"Warum sollte ich ihn überzeugen wollen, Baba? Wenn er Mishti nicht heiraten will, ist es seine Entscheidung. Und ich verstehe nicht, warum du Bedingungen in seinem Leben diktieren willst. Es ist höchste Zeit, dass du das Recht auf individuelle Entscheidungen akzeptierst und aufhörst, ihm zu diktieren.'

Palash bemühte sich, sein Temperament zu zügeln. "Als nächstes wirst du mir wohl auch sagen, dass du von seinen Plänen weißt, Dita Roy zu heiraten? Ich kann mir nicht vorstellen, wann oder wo sie deinen Bruder trifft, um solche unsterblichen Proteste der Liebe und des Engagements auszudrücken!"

Raja war sprachlos. Gerüchte sind wie chinesische Flüstern, erkannte er, jede Person fügt ihnen ihre eigenen Informationen hinzu, bevor sie sie weitergeben. Die Gerüchtekünstler hatten offensichtlich einen Feldtag in Phulpukur: Das nächste, von dem er wahrscheinlich hören würde, war das Hochzeitsreiseziel des glücklichen Paares.

Raja unterdrückte ein Lachen und murmelte: "Das ist auch seine Wahl, Baba. Wenn er Dita Roy heiraten will und Dita Roy ihn heiraten will, wer sind wir, um sie aufzuhalten?"

"Es wird für die ganze Familie gleichbedeutend mit Hara-Kiri sein, Raja. Girish Sarkar wird die Ablehnung nicht freundlich annehmen ", schrie Palash.

"Aber sicher kannst du Pom nicht bitten, sein Glück zum Wohle der Familie zu opfern, oder insbesondere zu deinem Wohle, Baba? So wie ich es sehe, kannst du nicht am meisten von dieser Allianz mit Girish Sarkar profitieren?"

Zornig senkte Palash seine Stimme zu einem bedrohlichen Flüstern. "Da du dir so große Sorgen um das Wohlergehen deines Bruders machst, werde ich mich nicht gegen ihn stellen, wenn er wirklich Dita Roy heiraten will.

"Mishti wird jedoch in unsere Familie heiraten! Girish hat vorgeschlagen, dass, wenn es nicht Pom ist, es du sein musst, Raja! Ich hoffe, du verstehst die Konsequenzen, wenn du Girish leugnest, jetzt ist es nicht einmal eine Wahl, es ist eine vollendete Tatsache!"

Diesmal war es Raja, der in die dröhnende Stille schrie - der verzweifelte Schrei eines verängstigten Mannes, der gehängt, gezogen und gevierteilt werden soll.

Wolfssaal

Als sich die kurzen Wintertage in die Schläfrigkeit langer, düsterer Nächte auflösten, hatte Dita Mühe, vor Einbruch der Dunkelheit nach Hause zu gelangen; an manchen Tagen geriet sie nach dem normalen College-Zeitplan in sinnlose Sitzungen der Leitungsgremien und fand es schwierig, in diesen späten Stunden nach Kalkutta zurückzukehren. Lange Strecken der Autobahn waren ohne ausreichende Straßenbeleuchtung, und sie fuhr oft durch kilometerlange völlige Dunkelheit, die nur von den Scheinwerfern des vorbeifahrenden Verkehrs beleuchtet wurde.

An einem solchen Abend kam Ditas Auto zum Stillstand, als ein wildes Tier aus der dichten Vegetation sprang, die Phulpukur umgab, kurz bevor die Dorfstraße in die Autobahn überging. Ihr Herz raste vor dem Schock, Dita beobachtete vorsichtig die Kreatur, die nur einen Fuß von der vorderen Stoßstange ihres Autos entfernt stand. Es hatte ein kurzes und unscharfes gräulich rotes Fell mit grauen Untertönen und einen ausgeprägten dunklen V-förmigen Aufnäher auf den Schultern. Seine Gliedmaßen, bemerkte Dita, waren blasser als sein Körper. Seine Augen glitzerten wie Edelsteine und spiegelten die Brillanz der Scheinwerfer des Autos wider, und Dita konnte fast ein wildes Heulen erkennen, als sie ihr Auto mit wilder Irritation ansah. Dita wartete mit wachsender Beklommenheit und betete, dass das Tier nicht näher kommen würde. Nach etwas, das wie ein Zeitalter schien, schlüpfte es in die Dunkelheit eines nahegelegenen Hains. Dita seufzte erleichtert und fuhr weiter.

Am nächsten Tag erreichte Dita das College spät, nur um eine kleine Menschenmenge in ihrem Büro zu finden, die sich in gedämpften Tönen unterhielt und in der zentralen Attraktion im Raum zustimmend nickte. Dies war ein riesiger Palisandertisch mit einem makellosen Stück Milchglas, um das sich die Menge versammelt hatte. Dita grinste. Der Tisch war eine deutliche Verbesserung gegenüber dem klapprigen Plastiktisch, der ihr Büro auf dem Schulcampus geschmückt hatte. Sie war persönlich gegangen und hatte College-Möbel bestellt, nachdem sie von der Regierung einen Zuschuss für kleine Möbel erhalten hatten; ihre Petitionen und Briefe an die Behörden trugen offensichtlich Früchte für das College.

Es war keine gemeine Leistung, auch in Palashs Augen einen Schimmer von Wertschätzung zu entdecken, dachte Dita. Kurz bevor sein Gesicht seinen gewohnten geschlossenen Blick annahm, drehte er sich um, um die beiden Männer vorzustellen, die neben ihm standen. "Das ist Aditya Pundit, der Sohn des Gründungsvaters unseres Colleges; er war am Tag der Einweihung hier, konnte dich aber nicht in all der Menge treffen; und das ist Girish Sarkar, ein Geschäftsmann und sehr lieber Freund von mir.

"Das ist ein sehr schöner Tisch, muss ich sagen", bemerkte Palash, als Dita alle bat, Platz zu nehmen, immer noch unsicher, warum sich heute so viele Leute in ihrem Zimmer versammelt hatten. Palash zeigte noch einmal die ziemlich unheimliche Angewohnheit, ihre

Gedanken zu lesen, und lächelte: "Nein, wir haben uns nicht hier getroffen, um Ihre neueste Akquisition zu bestaunen. Ich habe alle, die sich hier versammelt haben, auf Notfallbasis angerufen, weil Phulpukur vor einer unvorhergesehenen Herausforderung steht - Wolfsangriffe."

Ein Gemurmel aufgeregter Gespräche brach aus, als die im Raum anwesenden Mitarbeiter und Lehrer begannen, ihre erschütternden Erfahrungen mit dem streunenden Wolf zu erzählen.

Aditya Pundit übernahm das Kommando. Es gab etwas in seinem Verhalten, das jeden dazu brachte, sich aufzusetzen und ihm Aufmerksamkeit zu schenken: Schließlich war er der Sohn eines ehemaligen Dacoit und einer der berühmtesten Jäger der Region.

"Nach der Beschreibung dieser Kreatur scheint es ein indischer Wolf zu sein", erklärte er. „Im Allgemeinen ist diese Art in Regionen mit rotem Boden in und um West Midnapore zu finden. Normalerweise legen Wölfe keine großen Entfernungen zurück, ich kann nicht wirklich herausfinden, wie es hierher gekommen ist; aber ein beruhigender Gedanke ist, dass diese Tiere nicht aggressiv werden, bis sie angegriffen oder verletzt werden."

"Aditya, das Problem ist, dass wir die Natur des indischen Wolfes kennen, aber die Dorfbewohner in dieser Region leider nicht. Allein der Anblick des Wolfes versetzt sie in Panik ", erklärte Girish. "Wir können von ihnen kein rationales Verhalten erwarten; nach allem, was wir wissen, können sie sich versammeln und anfangen, den

Wolf mit Stöcken und Steinen zu jagen, was völlige Verwirrung und Chaos schafft."

"Genau deshalb möchte ich präventiv handeln", erklärte Aditya. "Lasst uns einen kleinen Suchtrupp organisieren und die Bereiche scannen, in denen der Wolf gesehen wurde, beginnend mit dem Ort seiner letzten Sichtung."

Alle nicken zustimmend. Dita beschloss, sich zu äußern. "Eigentlich glaube ich, dass ich es letzte Nacht gesehen habe. Ich fuhr zurück nach Kalkutta, und diese Kreatur überquerte die Straße direkt vor mir, gerade als ich auf die Autobahn wollte."

Ein weiteres Summen aufgeregter Konversation spülte durch den Raum. "Woher wissen wir, dass es ein einsamer Wolf ist und nicht ein ganzes Rudel?» Dipten, der Bibliothekar, klang ängstlich.

Aditya Pundit versuchte ihn zu beruhigen: "Der indische Wolf bewegt sich selten in Rudeln", aber Dipten schien nicht einmal im Entferntesten überzeugt zu sein.

Girish unterstützte Aditya: "Es ist nur ein Wolf, kein Grund, sich so viele Sorgen zu machen. Sowohl Aditya als auch ich sind lizenzierte Jäger. Wir werden unsere Waffen bei uns haben, nur um sicher zu sein."

"Pinku und Papu werden sich dir anschließen", sagte Sahana. "Beide sind auch lizenzierte Jäger."

"Dann ist es also entschieden. Machen wir uns in einer Stunde auf den Weg. Wir haben ein riesiges Stück Land zu vermessen ", sagte Aditya, als er aufstand, um zu gehen.

"Vielleicht kann ich dir dort helfen, da ich denke, dass ich die letzte Person bin, die es entdeckt hat. Es macht Sinn, dass ich dich begleite «, bot Dita zaghaft an.

Aditya war beeindruckt. Die junge Frau war intelligent und mutig, vielleicht ein bisschen tollkühn, aber er freute sich über ihr Angebot zu helfen. Es würde ihnen die Nachverfolgung erleichtern. Er nickte zustimmend.

Palash weigerte sich, von der Suchtruppe ausgeschlossen zu werden. Als sie aus dem Raum traten, flüsterte er Girish zu: „Ich bin kein Jäger, aber ich möchte mitkommen. Wenn du dieses dumme Mädchen nehmen kannst, kannst du mich auch nehmen. Der einzige Haken ist, dass ich keine Waffe habe."

Girish lachte und flüsterte: "Ich werde dir eine Schrotflinte leihen, keine Sorge." Er deutete Dita an und sagte: "Du hast einen gewaltigen Gegner, Palash. Das ist kein albernes Mädchen. Kein Wunder, dass sie

hat es geschafft, Pom zu verzaubern."

Palash Bose hatte keine Gegenerwiderung dazu.

X

Die kleine Gruppe von Jägern marschierte zu Adityas Haus, wo Papu und Pinku auf sie warteten. So war Radha bereit für ein typisches Bong-Mittagessen mit Reis, Dal, Gemüse und Fischcurry, um sie zu stärken, bevor sie sich auf den Wolfspfad begaben. Persönlich war sie davon überzeugt, dass der Wolf inzwischen die Grenze überquert haben und nach Bangladesch ausgewandert sein muss.

Während sie aßen, rief Palash Hemlata an, um sie wissen zu lassen, dass er heute zu spät nach Hause kommen könnte. Es war Freitag, und Pom war für das Wochenende heruntergefahren und Raja war aus Tamil Nadu zurück. Palash erwartete heute Abend ein volles Haus zum Abendessen.

Hemlata war jedoch verblüfft: "Warum willst du Wolf aufspüren? Sie wissen nichts über Tracking, und in Ihrem Alter könnte es ein unnötiges Risiko sein." Ihre Söhne unterhielten sich lebhaft im Hintergrund, also appellierte sie an sie. "Leute, euer Vater geht los, um einen Wolf zu jagen! Ich denke, er ist verrückt geworden, du solltest versuchen, ihn aufzuhalten." Palash konnte die Frustration kaum aus seiner Stimme heraushalten. "Hör auf, so dramatisch zu sein, Hemlata, es ist kein menschenfressender Tiger, den wir jagen; selbst dieses ahnungslose Mädchen, Dita, ist Teil der Gruppe und niemand schlägt sich darüber den Kopf ", schimpfte er.

"Was? Dita muss genauso verrückt sein wie du!" Hemlata war am Ende." "Warum sollte sie einer Tracking-Party beitreten wollen? Es macht keinen Sinn ", hustete sie. Mittlerweile hatte sie die volle Aufmerksamkeit ihrer Söhne, zwei graue Augenpaare sahen sie mit einem Ausdruck an, der nur als Entsetzen bezeichnet werden kann.

X

Es war Mittag, als der Suchtrupp endlich losging. Dita führte Girishs massiven SUV zu der Stelle, an der sie dem Tier am Vorabend begegnet war. Die Männer stiegen aus dem Auto und verschwanden in der dichten Vegetation, die auf beiden Seiten der Straße lag. Sogar Jai, der Fahrer, kroch heraus, um sich dem Kampf anzuschließen, nachdem er sie angewiesen hatte, das Fahrzeug nicht zu verlassen.

Dita saß da und wartete und wartete und wartete noch etwas. Weil es Winter war, hatte Jai die Klimaanlage des Autos nicht angezogen, und Dita begann sich klaustrophobisch zu fühlen, als sich das Innere des Fahrzeugs allmählich erhitzte. Irritiert und wütend, weil sie sich freiwillig in diese Situation gebracht hatte, ignorierte sie die winzige Stimme der Besorgnis, die zaghafte Warnungen flüsterte und ausstieg. Die Luft draußen war frisch und rein mit einem Hauch von Kälte. Endlich etwas entspannt zog sie ihre AirPods heraus und steckte sich in ihre Lieblingsmusik ein. Dieses Tier wird sicherlich nicht zweimal in so kurzer Zeit die gleiche Straße überqueren, argumentierte sie; aber dann hatte sie Murphys wichtigstes Gesetz völlig außer Acht gelassen: Alles, was schief gehen kann, wird schief gehen.

Dort stehend, ganz allein in der Wintersonne, erkannte Dita, dass sie knochenmüde war. Die letzten Monate des Auf- und Abfahrens von Salt Lake nach Phulpukur - mit dem zusätzlichen Druck, täglich unvorstellbaren Herausforderungen ausgesetzt zu sein, und der unerklärlichen Feindseligkeit von Palash Bose - zogen sie nach unten. Sie fragte sich, ob es sich lohnte, diesen Kampf fortzusetzen. Billie Eilish krächzte in ihre Ohren,

Ich hoffe, eines Tages schaffe ich es hier raus, auch wenn es die ganze Nacht oder hundert Jahre dauert...

Der Text von "Lovely" hallte durch ihren Körper, linderte unversöhnliche Frustrationen und ließ sie schläfrig werden.

Eine plötzliche Bewegung fiel ihr auf. Im Halbschlaf trat sie in den Schatten der Bäume, die 'Lovely' -Sängerin drängte sie dazu,

Ist es nicht schön, ganz allein

Herz aus Glas, mein Geist aus Stein zerreißt mich, Haut zu Knochen.

Als das Lied zu Ende war, hatte sie sich tief in das Unterholz gewagt, umgeben von alten Bäumen, die von smaragdgrünem Moos und ein paar Schmetterlingen umgeben waren, die um Blumen flatterten, die außerhalb der Saison blühten. Dita blickte zurück, aber sie konnte die Straße nicht mehr sehen.

Sie schaltete die Musik aus und wählte Sahanas Nummer. "Ich glaube, ich bin verloren", gestand sie mit ausdrucksloser Stimme. Sie hörte ein Keuchen am anderen Ende; Sahana, die eine Million Meilen entfernt zu sein schien, stellte ihr Fragen, die sie nicht beantworten konnte. Sie sah sich verzweifelt um, um Sahana ein Wahrzeichen zu geben, aber alle Bäume schienen identisch zu sein, sie wusste nicht einmal, um welche Art von Bäumen es sich handelte. "Schmetterlinge, ich dachte, du siehst diese zerbrechlichen Kreaturen im Winter nicht; aber wenn du es tust, bedeuten sie Hoffnung und Erneuerung", klang Ditas Stimme verträumt. "Ich kann sehr viele Flügel sehen, die in der Wintersonne flattern", bemerkte sie, als sie sich niederließ, um die Aussicht zu bewundern. Versteinert wählte Sahana Pinku.

Der Suchtrupp, der auf die Jagd nach einem Wolf gegangen war, begann nun nach Dita zu suchen. Girish schimpfte weiter mit Jai, weil er Dita ganz allein auf der Straße gelassen hatte, als sie sich paarweise ausbreiteten, um sie zu finden.

Als Sahana dazu kam, Raja anzurufen, waren die Brüder bereits auf der Straße und fuhren wie verrückte Männer, um sich dem Suchtrupp anzuschließen. Sahana erwähnte die Schmetterlinge, von denen Dita sprach. »Gib mir ihre Telefonnummer«, bellte Raja.

Dita starrte immer noch auf die Schmetterlinge und ihre schönen Flügel, versöhnte sich mit der Tatsache, dass sie in ein paar Stunden den Flügeln der Moskitos weichen würden, die die Winternächte in dieser Gegend heimsuchten. Sie dachte über diesen mürrischen Gedanken nach, als ihr Telefon summte: Es war eine unbekannte Nummer. An jedem anderen Tag reagierte sie nicht auf unbekannte Nummern, aber heute, weil sie dachte, sie sei verloren und habe nichts Besseres zu tun, reagierte sie auf den Anruf und erwartete geistig, dass es sich um ein zufälliges Callcenter handeln würde, das versuchte, sie dazu zu bringen, in etwas zu investieren.

Eine Stimme, die vage vertraut klang, brach in ihre Träumerei ein: "Wo genau bist du?" Es lag ein Grundton von Panik in dieser Stimme.

"Warum sollte ich es dir sagen? Außerdem kann mich selbst Google Maps in dieser gottverlassenen Wildnis nicht finden", sagte sie abweisend.

Er zischte seine Missbilligung. "Dita, sei ernst; Wolf oder kein Wolf, es wird bald dunkel, wir müssen dich vorher aufspüren!"

"Aber ich kann dir wirklich kein bestimmtes Wahrzeichen geben", antwortete Dita und bemühte sich, sich aus der Trägheit zu befreien, die sich auf sie gelegt hatte. "Ich kann nur Bäume sehen, sonst nichts", murmelte sie.

"Dita, sieh dich um", beharrte die Stimme am Telefon. "Kannst du herausfinden, ob die Bäume irgendwo etwas weniger dicht sind?"

Unsicher, aber sie versuchte, den Anweisungen der Stimme zu folgen, und ging in die Richtung, in der sie glaubte, dass die Bäume geringfügig ausdünnten. Sie machte ein paar Schritte, blieb stehen und ging dann wieder vorwärts. "Ich glaube, ich kann einen kleinen Wasserkörper zu meiner Linken sehen", informierte sie die Stimme. "Es sieht aus wie ein Seerosenteich, aber es gibt keine Blüten." Die Stimme stieß ein Jubelgeschrei aus!

"Dita, es gibt nur einen Seerosenteich in der Nähe, halte ihn links und gehe geradeaus, du wirst zu einer Lichtung kommen, warte dort, wir kommen und holen dich ab!"

"Raja", krächzte sie. "Bist du das?"

"Wer sonst würde sich um dich kümmern, verrücktes Blässhuhn, das du bist!", kam die dumme Antwort. "Warte auf der Lichtung; wandere nicht mit den Schmetterlingen davon."

Raja beendete den Anruf und wählte Papus Nummer. "Du wirst sie auf der Lichtung in der Nähe der Kastanienbäume finden. Hol sie dir, bevor sie zu weiteren unbekannten Orten marschiert."

Pom beäugte Raja fragend: "Ich dachte, du hast ihr gerade versprochen, dass du sie bekommen wirst; sie wird dich erwarten!"

"Pom, du vergisst, dass Baba auch da sein wird. Es hat keinen Sinn, ein Familiendrama im Freien zu haben. Er hat bereits einige ernsthaft verrückte Ideen in seinem Kopf, lasst uns die Sache nicht komplizieren."

Dita wartete geduldig auf der Lichtung, wo der Suchtrupp sie schließlich einholte, aber es gab keine Anzeichen von Raja. Irgendwie war Dita nicht allzu überrascht. Zumindest hatte sie es geschafft, seine Nummer zu retten.

Viel Lärm um nichts

Girish Sarkar lieh großmütig seinen SUV und seinen Fahrer, um Dita nach Hause zu bringen. Die Missgeschicke des Tages hatten ihren Tribut von ihr gefordert, und sie hatte nicht die Kraft, sich zu beschweren. In Girishs Schema der Dinge ist es immer gut, deine Gegner deiner Gedanken nicht bewusst zu halten, sie aus nächster Nähe zu studieren und auf eine Gelegenheit zu warten, zuzuschlagen. Er hatte Dita bereits als eine gewaltige Herausforderung bezeichnet; nachdem er sie getroffen hatte, verstand er, warum Pom sie Mishti vorziehen würde - sie war nicht nur hübsch, sie war scharf und intelligent, was sich in der Art und Weise zeigte, wie sie das College leitete.

Girishs Fahrer Jai kehrte mit vielen Geschichten über Dita und ihre Familie zurück. Offensichtlich hatte er unaufhörlich mit ihr gesprochen, während er sie nach Kolkata fuhr. Girish hörte aufmerksam zu, als Jai enthüllte, dass Ditas Vater ein in Delhi ansässiger Archäologe war, der eine herausragende Position beim Archaeological Survey of India innehatte. Weil er ausgiebig reiste, hatte Ditas Mutter beschlossen, in Kolkata zu bleiben, anstatt die Familie im Handumdrehen um die Welt galoppieren zu lassen.

Schließlich schaltete Jai wie ein Zauberer, der ein Kaninchen aus einem Hut zieht, den Fernseher in Girishs Arbeitszimmer ein. Er blätterte durch mehrere Kanäle, bevor er sich auf dem beliebten Kanal Kolkata Calling niederließ, wo er aufgeregt auf einen Charakterdarsteller in einer seiner Webserien hinwies. "Das ist Tamali Roy, Dita Ma 'ams Mutter." Hände auf die Wangen, er setzte sich auf den Teppich, um sie anzustarren.

"Oh! Und Dita Ma 'am erwähnte noch etwas anderes «, erinnerte sich Jai. "Sie sagte, dass Bob Banerjee, der Produzent und Regisseur der meisten Webserien, die auf Kolkata Calling ausgestrahlt werden, bald nach Phulpukur kommen wird. Er will auf dem College-Campus für ein neues Projekt drehen, an dem er arbeitet."

Girish war beeindruckt von Jai's Detektiv-Talenten. Bewaffnet mit diesen neuesten Informationen konnte er nicht anders, als Ditas Weitsicht zu schätzen, der Kamerateam Zugang zu gewähren, um auf dem Campus zu filmen und sich einen Ruf für das College jenseits von Phulpukur zu verdienen. Er fragte sich, wie Palash auf diese Informationen reagieren würde; Ditas Entscheidung würde Palash definitiv wieder untergraben. Es war Palashs Hoffnung, dass er, nachdem er der lokale MLA geworden war, befähigt werden würde, den Ruf des Phulpukur College im Staat aufzubauen, aber Ditas Schritt hatte seinen Ambitionen vorgegriffen und würde der College-Popularität und sofortigen Ruhm bringen.

Persönlich war Girish der Meinung, dass, egal wie sehr Palash sich als Alpha-Männchen der Familie etablieren wollte, seine Frau und seine Söhne eindeutig einen eigenen Verstand hatten. Aber wer war er, sich zu beschweren? Selbst Mishti erwies sich heutzutage als völlig unverbesserlich. Wir ernähren eine Generation undankbarer Kinder, dachte er bedauernd.

Dies waren fast die gleichen Gedanken, die sich in Palashs Kopf abspielten, als er seine Schrotflinte nach Hause schleppte; in dem Hurlyburly der Jagd nach Dita hatte sich die Gruppe chaotisch zerstreut und Palash war nicht in der Lage, die Waffe an Girish zurückzugeben. Als er das Eigengewicht der unbenutzten Waffe schleppte, fragte er sich, woher Papu wusste, dass Dita auf der Lichtung sein würde. Er hatte sehr wenig Vertrauen in die heutige Jugend. Sie waren immer im Unfug, und selbst Dita schien ein Dummkopf zu sein: Warum sollte sie einen verschwindenden Trick machen wollen?

Palash machte sie direkt dafür verantwortlich, dass sie die Gelegenheit verpasst hatte, den Wolf aufzuspüren. Während das Suchteam im Kreis herumlief und versuchte, Dita zu finden, hatten die Dorfbewohner den Wolf in der Nähe des Büros der Shyamol-Sathi-Partei entdeckt; die Forstbehörde hatte Notrufe von Phulpukurianern erhalten und mit überraschender Geschwindigkeit eingegriffen, um das Tier zu fangen und wegzubringen. Anscheinend gab es auch eine Medienberichterstattung, aber er hatte alles verpasst.

Hemlata war froh, dass Palash wieder in einem Stück war und hinkte in die Küche, um dem Koch Anweisungen zu geben. Palash zog die Waffe in sein Schlafzimmer und trat sie unter das Bett, weg von neugierigen Blicken. Hemlata würde einen Anfall bekommen, wenn sie ihn mit einer Waffe sähe. Er machte sich eine mentale Notiz, um sie so schnell wie möglich an Girish zurückzugeben. Zum Glück waren die Jungen nirgends zu sehen.

Ein paar Stunden später, als sich die Familie schließlich zum Abendessen niederließ, griff Palash das Thema von

Poms Ehe wieder auf. "Mein Herumtollen über diese Ehe scheint eine Übung in Sinnlosigkeit zu sein, aber da Pom offensichtlich von Dita angetan ist..."

"Wann hat Pom Dita getroffen?" Hemlata war verwirrt. "Soweit ich weiß, bist du es, der Dita regelmäßig trifft."

Raja lachte: "Ma, unterstellst du, dass es Baba ist, der geschlagen werden sollte, weil er mehr mit Dita interagiert?"

Hemlata ignorierte Rajas etwas respektlose Bemerkung. "Pom, wann hast du Dita getroffen?", fragte sie und hielt Pom mit einem zornigen grauen Blick fest. Pom sah Raja hilflos an: Ihre Mutter könnte schlimmer sein als die spanische Inquisition, wenn sie etwas wissen wollte!

"Ich glaube, ich habe sie ein- oder zweimal im Vorbeigehen getroffen", murmelte Pom.

"Und einmal im Traum auch", brachten Rajas Informationen ihm einen Tritt ins Schienbein unter den Tisch.

"Ein- oder zweimal? Bitte angeben?", fuhr Hemlata hartnäckig fort. "Und was genau meinst du mit "nebenbei"?"

"Ich habe sie an dem Tag, an dem sie zum College kam, aus der Ferne gesehen", antwortete Pom. "Ein anderes Mal traf ich sie für ein paar Momente, während ich Papu auf dem Weg nach Diamond Harbour abholte."

Hemlatas Augenbrauen schossen überrascht in die Höhe. "Und auf der Grundlage dieser flüchtigen Begegnungen hast du entschieden, dass du sie heiraten willst?"

»Die Traumbegegnung war nicht so flüchtig, Ma. Pom ließ sich damit Zeit ", quietschte Raja vor Schmerz, als Pom ihn erneut trat.

Hemlatas graue Augen trübten sich vor Besorgnis.

Dita weiß davon?"

"Nein." Pom begann, deutlich unbehaglich auszusehen.

"Also, du bittest uns im Grunde zu glauben, dass du ein Mädchen heiraten willst, das du für ein paar Sekunden getroffen hast und das sich vielleicht nicht einmal deiner Existenz bewusst ist?" Hemlatas Gesicht verblasste vor Unglauben. "Und offensichtlich kennt sie deine Gefühle nicht oder teilt sie nicht, das heißt, wenn du tatsächlich Gefühle hast? Wen willst du verarschen, Beta?"

"Wann habe ich dir jemals gesagt, dass ich sie heiraten möchte?" POM abgesichert. "Ihr arbeitet nur imaginäre Szenarien aus; ihr hört mir nicht wirklich zu."

Palash war jetzt fast apoplektisch. "Wie kannst du sagen, dass wir uns Dinge vorstellen? Du hast Mishti gesagt, dass du sie nicht heiraten willst."

"Ich habe Mishti gesagt, dass ich sie nicht heiraten will. Diese Antwort war ihr jedoch viel zu einfach; sie passte nicht gut zu ihrem Ego, sie brauchte einen berechtigten Grund, warum sie abgelehnt wurde. Also habe ich mir den besten Grund ausgedacht, den ich mir vorstellen konnte - ich habe sie mit Ditas Namen abgefackelt."

Dieses Geständnis hatte unterschiedliche Auswirkungen auf die Zuhörer. Palash war wütend, Hemlata schien selbstgefällig, dass sie Pom die Wahrheit auswringen konnte, und Rajas Gesicht spiegelte eine teuflische

Freude wider. "Der Name war in seinem Unterbewusstsein verankert, weshalb er ihm so leicht von der Zunge rutschte", erklärte Raja. "Arme ahnungslose Mishti, sie weiß nicht, dass sie mit einem Ideal kämpfen muss und nicht mit einer echten Frau."

Palash warf Hemlata einen warnenden Blick zu und beschloss, die Verantwortung zu übernehmen. "Da Raja sich der Bedürfnisse von Poms Unterbewusstsein so bewusst ist, sollten wir den vorgeschlagenen Bräutigam für Mishti ändern! Girish selbst hat seinen Wunsch geäußert, Raja zu seinem Schwiegersohn zu machen."

"Aber Mishti ist weder das Ideal noch die eigentliche Frau, die ich heiraten möchte", protestierte Raja. "Bekomme ich nicht eine

in meiner eigenen Ehe sagen?"

"Nein", antwortete Palash kurz.

Raja wandte sich an Pom und intonierte in einem Bühnenflüstern: "Habe ich dir gesagt, ich bin mit Papu durchgebrannt? Es ist alles geplant."

Pokergesichtig fragte Hemlata: "Weiß Papu von Ihren Plänen?"

Suchandra Roychowdhury

Stolz und Vorurteil

No ifs, ands, or buts; Bob Banerjee verkörperte das populäre Image des exzentrischen Filmregisseurs. Ein Kopf aus wildem, unzähmbarem Haar, eine Brille, die ständig auf seinem Kopf positioniert ist, als ob er seine überquellenden Locken an Ort und Stelle halten wollte, anstatt sie zur Verbesserung der Klarheit seiner Sicht zu verwenden, schien dieser drahtige und energische Mann alles durch die Perspektive seiner Kamera abzubilden. Es schien ihm nichts auszumachen, dass sich eine beträchtliche Menge um sie versammelt hatte, die die Schauspieler und die Crew mit eklatanter Neugier anstarrte. Die Schüler nahmen an der Show teil, wann immer sie freien Unterricht hatten, einige von ihnen hofften, dass ihre Gesichter in Massenszenen auftauchen könnten.

"In einem anderen Leben wäre er ein Pirat mit seinem Fernglas gewesen, Captain Bob auf dem Deck der Hispaniola", wies Dita auf Tamali hin, als Mutter und Tochter in der Wintersonne standen und Bob zusahen, wie er um den Campus rannte und versuchte, den perfekten Ort für seinen Schuss zu finden.

Von den Blicken, die immer wieder auf sie zukamen, war es offensichtlich, dass Tamalis ein bekanntes Gesicht auf dem Bildschirm war; Ditas Büropersonal trabte immer wieder auf und ab, um Tamali und Bob zu treffen. Tamali war nicht wirklich daran gewöhnt, im Mittelpunkt der Aufmerksamkeit zu stehen, und genoss den Moment tatsächlich. Sahana kam auf Pinku und Papu, die sich so freuten, Tamali zu treffen, dass sie immer wieder darauf bestanden, dass sie ihr Zuhause besuchen sollte. Es war eines der ältesten Herrenhäuser im Dorf, erklärten sie, als ob das es für sie attraktiver machen würde.

Aus dem Augenwinkel sah Dita, wie Alok versuchte, ihre Aufmerksamkeit von der Vorderseite des Bürogebäudes auf sich zu ziehen. Was kann jetzt falsch sein, dachte Dita düster, als sie sich ins Büro beeilte. Wie sich herausstellte, handelte es sich bei dem Hullabaloo um den bengalischen Lehrer Agni und sein eher anstößiges Verhalten gegenüber einem Schüler namens Seema. Wütende Stimmen prangerten die Art und Weise an, in der Agni Seema wiederholt ins Visier genommen hatte, und baten sie, während seines Unterrichts auf der Vorderbank zu sitzen. Wenn sie zurückträte, würde Agni ihr mit der Aussicht drohen, sie in seinem Fach zu enttäuschen. Die Schikanen dauerten schon eine ganze Weile an, bis Agni schließlich seine egoistischen Absichten offenbarte und seiner bedrängten Studentin die Heirat vorschlug.

Viele Monate lang wiederholte Agni in seinen Klassen, dass er aus einer einigermaßen wohlhabenden Familie stammte und prahlte mit den Kleidungsmarken, die er trug, und den neuesten Versionen von Handys, die er trug. Während Seema sich blass und schlank bewegte und an der Spitze der Klasse saß, zu verlegen, um auch nur Augenkontakt mit Gleichaltrigen aufzunehmen, pries Agni dem Mädchen immer wieder seinen eigenen Marktwert. Schließlich beschlossen die Schüler seiner Klasse, die Sache selbst in die Hand zu nehmen. Ihre Beschwerden kamen aus zwei berechtigten Blickwinkeln: Erstens waren sie im Lehrplan weit hinterher, weil der

Dozent zu sehr damit beschäftigt war, mit seiner Kleidung und seinen Telefonen und seinem allgemein überlegenen Lebensstil zu prahlen; zweitens war es schmerzhaft zu sehen, wie Seema solche Belästigungen schweigend ertrug.

'Natürlich muss gegen den fehlerhaften

lehrerin ", versuchte Dita, die aufgeregten Schüler zu beruhigen. „Seien Sie versichert, dass wir geeignete Schritte unternehmen werden, um die Situation zu bereinigen. Kehren Sie zu Ihren Kursen zurück; die Geschäftsführung wird sich darum kümmern.'

Nachdem sich die Schüler zerstreut hatten, versuchte Dita, die Wut zu kontrollieren, die aufflammte. "Das ist inakzeptables Verhalten", sagte sie zu Alok in einem eisigen Ton. "Wir müssen Agni für mindestens ein paar Tage suspendieren, um einen Präzedenzfall zu schaffen, dass ein solches Verhalten von keinem Lehrer toleriert wird."

Alok nickte nicht überzeugend, während Praloy murmelte: "Agni ist ein aktives Mitglied von Shyamol Sathi; es könnte schwierig sein, ihn zu suspendieren, ohne den Zorn der Partei einzuladen. Außerdem steht er Palash Bose sehr nahe. Eine Suspendierung würde die Zustimmung des Leitungsorgans erfordern, und irgendwie glaube ich nicht, dass sein Präsident zustimmen würde. Es wäre schließlich ein Gesichtsverlust für Sie, Ma 'am."

Dita weigerte sich, sich einschüchtern zu lassen. "Aber wenn ich mich nicht wehre, wird es für mich ein

Gesichtsverlust bei meinen Schülern sein." Sie nahm ihr Telefon und wählte Palash Boses Nummer.

X

Palash eilte zum College-Campus und wollte nicht, dass Dita eine einseitige Entscheidung traf, die sie später verfolgen könnte. Girish Sarkar und Mishti, die Palash besuchten, beschlossen, ihn zu begleiten. Mishti war ganz aufgeregt über die Aussicht, endlich Dita zu treffen.

Seltsame Anblicke und Geräusche begrüßten sie, als sie den Campus betraten. Eine Reihe von Kameras rundeten den Rasen neben der neu installierten Kantine ab; Menschenschwärme flitzten in die Gegend hinein und wieder hinaus. Als sich die menschliche Wand bewegte und schwankte, entdeckte Palash einen ziemlich wild aussehenden Mann, der dramatisch gestikulierte. Ohne sich anzustarren, konnte Palash nicht anders, als anzustarren.

Girish räusperte sich laut. "Ich sehe also, dass Dita es tatsächlich geschafft hat, Bob Banerjee nach Phulpukur zu bringen.» Bob wer? «, fragte Palash.

Mishti hatte bereits begonnen, auf die Menge zuzugehen; als sie Papu entdeckte, winkte sie aufgeregt und beugte sich vor, um einen Blick auf die Schauspieler zu erhaschen. Pinku drehte sich um, um ein Mädchen zu sehen, das wie eine lose Kanonenkugel in die Menge raste. Papu lächelte mit unverdünntem Vergnügen. "Das ist Mishti", sagte er aufgeregt und stellte dem Mädchen Pinku vor.

Unbeeindruckt von der unmissverständlichen Desertion seiner Tochter deutete Girish bedauernd auf die Menge:

"Palash, manchmal ist es auch sinnvoll, die Populärkultur einzuholen, man kann seinen Kopf nicht immer in Büchern und politischen Manifesten vergraben."

Palash ignorierte den Jibe, wie Girish fortfuhr: "Bob Banerjee ist ein produktiver Regisseur und Produzent, der fast im Alleingang für eine Flut von Super-Hit-Web-Serien verantwortlich ist, die in den letzten Jahren aus Kolkata Calling herausgekommen sind. Er ist so exzentrisch, wie sie nur kommen, aber seine Crew und Schauspieler verehren buchstäblich den Boden, auf dem er geht."

Palash schien auf den Punkt verwurzelt zu sein: "Aber warum ist er hier? Woher hat er von Phulpukur gehört?"

"Tamali Roy ist einer der gefragtesten Schauspieler in Bobs Team", erklärte Girish. "Sie ist Ditas Mutter. Ich denke, Bob war auf der Suche nach einem Dorfcampus, um eine neue Serie zu drehen, und so ist das alles passiert."

Palash fragte sich, warum Girish so viel über alles wusste. Während sie die Spielereien der Menge im Auge behielten, gingen sie in einem gemächlichen Tempo auf das College-Büro zu.

Ein extrem aufgeregter Agni wartete in Ditas Büro auf sie. Rot im Gesicht und zitternd vor Wut stürzte er sich auf Palash und Girish wie ein wütendes Tier, das seiner Beute beraubt wird. "Ich verstehe einfach nicht, warum Dita Ma'am einer solchen Verleumdung ein Ohr leiht. In diesen Anschuldigungen steckt nicht einmal ein Jota Wahrheit."

"Setzen Sie sich und erklären Sie genau, was passiert ist", schnitt Palash ziemlich grob in Agnis Tirade ein.

Agni war von Palashs Ton überrascht und fing an zu murmeln: "Dieses Mädchen hat in meinen Klassen nicht aufgepasst, also ließ ich sie in der ersten Reihe sitzen. Sie lernt langsam... Ich glaube nicht, dass sie die Art von Anstrengung verstand, die ich wirklich unternahm, um sie auf den neuesten Stand zu bringen."

"Das ist nicht die Version, die wir von den Schülern gehört haben", warf Dita ein.

Agni flammte wieder auf. "Fabrikationen, alle von ihnen, und alle von ihnen politisch motiviert. Wenn ich mich nicht irre, ist Seema mit Utpal, dem Studentenleiter von Raktokarobi, zusammen. Sie haben es zu einem Teil ihrer Agenda gemacht, mich ins Visier zu nehmen, weil sie denken, dass ich Shyamol Sathi unterstütze."

Palash hatte sehr wenig Geduld mit Agnis Histrionik. Um das Problem so schnell wie möglich zu lösen, bat er Alok, Utpal und Rajeev, die Studentenführer der beiden Parteien, zu erreichen.

Dita sah Palash an: "Du willst ernsthaft, dass ich glaube, dass Rajeev jetzt nicht trainiert wurde, um dieser Situation eine politische Farbe zu geben? Ihr Leute habt tödliche Kabalen da draußen!'

Sicherlich, sobald Utpal und Rajeev den Raum betraten, wurde es eine Frage der Verschmutzung einer politischen Fraktion gegen die andere, in der Agnis Vergehen in den Hintergrund trat. Rajeev wollte beweisen, dass Utpal seine Freundin geschickt als Köder eingesetzt hatte, um Agni und Shyamol Sathi zu diffamieren, während Utpal höllisch beweisen wollte, dass Seema ins Visier genommen wurde, weil sie seine Freundin war, und er Raktokarobi anführte.

Das Argument ging endlos weiter, und Dita erkannte, dass all dies nur eine Ablenkung war, um Agni vom Haken zu lassen. Ihre war vielleicht die einzige neutrale Stimme in diesem Meer des Chaos, aber sie war sich sicher, dass Palash sie außer Kraft setzen würde.

Müde von allem, bat sie die Jungen, außerhalb des Raumes zu warten, um die endgültige Entscheidung der Regierung zu hören. Ungeachtet der Risiken, denen sie sich ausgesetzt sah, äußerte sie ihre Meinung: "Für mich scheint es eine Verletzung des Verhaltenskodex zu sein, der zwischen einem Erzieher und seinem Schüler bestehen sollte. Als Bildungseinrichtung müssen wir die Idee aufrechterhalten, dass sich jeder Schüler, der unser Klassenzimmer betritt, nicht vom Lehrer bedroht oder belästigt fühlt. Ist das nicht eine Grundvoraussetzung?"

Sie hielt inne, um ihre Gedanken zu sammeln: "In diesem Fall denke ich, dass Agni zumindest eine symbolische Suspendierung vornehmen sollte, weil sie einige ernsthafte Bedenken in der Studentengemeinschaft ausgelöst hatte. Er muss sich eine Auszeit nehmen, um zu verstehen, warum er nicht in der Lage war, Vertrauen und Zuversicht bei seinen Schülern zu schaffen. Und er muss sich definitiv bei dem Mädchen entschuldigen, wir wollen nicht, dass unser College eher mit Einschüchterungsgeschichten als mit Aufklärung in Verbindung gebracht wird."

Es herrschte völlige Stille im Raum. Wilde, dachte Girish, das Mädchen zieht nicht an ihren Schlägen. Das kam bei

Palash nicht gut an; sein Gesicht ähnelte einer Gewitterwolke, als er um die Kontrolle kämpfte.

Als Mishti mit Papu und Pinku den Raum betrat, schien es, als wäre sie in ein Minenfeld getreten, das voller versteckter Sprengstoffe war, die bereit waren, bei der geringsten Provokation in Flammen aufzusteigen. Auf den ersten Blick sah Mishti ein gefrorenes Tableau, in dem ein Waif eines Mädchens bereit war, die Hörner mit den mächtigsten Männern in Phulpukur zu verriegeln. Mal sehen, ob sie sich behaupten kann, dachte Mishti.

"Auf der anderen Seite, wenn wir den unbegründeten Behauptungen der Schüler nachgeben und einen Lehrer so willkürlich bestrafen, senden wir dann wirklich die richtige Botschaft aus?" Palash brüllte. "Denken Sie daran, Sie sind auch ein Lehrer, wenn Sie Agni als Präzedenzfall setzen, weiß niemand, welche Anklagen sie als nächstes einbringen werden; sie könnten sich ermächtigt genug fühlen, Sie auch herauszufordern."

"Wir werden diese Brücke überqueren, wenn wir dazu kommen", sagte Dita abweisend. In jeder Hinsicht ähnelten diese beiden zwei Kämpfer in einer Arena, die bereit war, bis zum Tod zu kämpfen. Keiner von ihnen sah bereit aus, einen Zentimeter zu geben.

Während alle mit angehaltenem Atem auf einen Höhepunkt warteten, gab Papu einen Kauderwelsch ab: "Seema ist das dritte Mädchen, mit dem du in diesem College eine Ehe vorgeschlagen hast, Agni?", fragte er unschuldig. »Je jünger, desto besser, so scheint es«, zwinkerte er dem verblüfften Agni melodramatisch zu.

Dita hatte sich auf den letzten Showdown mit Palash vorbereitet, und in diesem kampfbereiten Zustand brauchten Papus Worte eine ganze Minute, um unterzugehen. Eine fremde und unerwartete Reaktion erhob ihren schelmischen Kopf irgendwo tief in ihrer Seele, eine Blase folgte der anderen, leicht, sprudelnd, aber beharrlich. Zur Überraschung aller brach sie in Gelächter aus, ein freudiges Geräusch, sogar in ihren eigenen Ohren, und dann zwinkerte sie Papu zu.

"Da hast du es", präsentierte sie ihren Fall der improvisierten Jury. "Agnis Ruf ist kaum der einer makellosen Lilie. Wir werden wie Narren erscheinen, wenn wir ihm bedingungslose Unterstützung gewähren."

Schließlich wurde beschlossen, dass Agni sich für die folgenden fünf Tage freiwillig nicht zum Dienst melden würde. Er würde diese Zeit nutzen, um Seema zu begutachten und sich bei ihm zu entschuldigen.

Während der anschließenden Ruhepause im Gespräch nutzte Girish die Gelegenheit, Mishti Dita vorzustellen, da Palash, der damit beschäftigt war, sich um selbst wahrgenommene Beleidigungen seines Egos zu kümmern, kein Interesse daran zeigte, die Formalitäten zu erledigen. Zu Ditas Überraschung hielt Mishti ihre Wertschätzung nicht zurück: "Das war wirklich ein Anblick, Palash kaka hat endlich seinen Gegner getroffen!", schwärmte sie und beugte sich vor, um zu flüstern: "Kein Wunder, dass Pom sein Herz an dich verloren hat! Es hat sich so gelohnt zu verlieren, muss ich sagen."

Dita war verwirrt, „Pom wer?" In der Angst der letzten Stunden fiel es ihr schwer, sich auf einen Namen zu konzentrieren, dem sie nie besondere Aufmerksamkeit geschenkt hatte?

Das war kaum die Antwort, die Mishti erwartet hatte.

Zu diesem Zeitpunkt betrat Aditya Pundit den Raum, gefolgt von zwei Begleitern, die unter dem Gewicht eines riesigen Objekts kämpften, das ein lebensgroßes Porträt eines Mannes zu sein schien, der in einem schweren Holzrahmen mit Reben und Rosen montiert war. Papu und Pinku konnten ihren Augen nicht trauen, denn vor ihnen, gemütlich und bequem in der unpassenden Umgebung, war das Porträt ihres Großvaters, Durjoy Pundit, der sagenumwobene Dacoit von Phulpukur.

"Das Porträt ist endlich fertig", verkündete Aditya mit großem Stolz und sah sich nach Zustimmung um. "Es sollte in die Hall of Fame kommen, aber da wir noch nichts dergleichen haben, wo schlagen Sie alle vor, dass ich das aufstelle?"

Niemand wusste wirklich, wo er diese Ungeheuerlichkeit hinstellen sollte, und selbst Girish schien seine Zunge verloren zu haben. Schließlich krächzte Palash: "Stell es dort hin." Alle drehten sich um, um ihn anzusehen: Er zeigte auf den Wandfleck direkt über Ditas Stuhl, an der Spitze des eleganten Palisandertisches.

Bob Banerjee, der die Dreharbeiten für den Tag abgeschlossen hatte, war gekommen, um Dita in ihrem Büro zu treffen. "Genau die richtige Rache", nickte er zustimmend, als alle ihn anstarrten. "Wenn das Porträt beschließt, einen Sturz zu machen, während Dita in diesem Stuhl sitzt, könnte es sie einfach auf der Autobahn in den Himmel starten.

"Ich werde das notieren", fuhr er fort, "eine Mordwaffe mit verstecktem Anblick, die verwendet wird, um den ahnungslosen Auftraggeber in meiner Serie zu töten. Was für eine innovative Idee ", kicherte er.

Tamali, die Bob in den Raum gefolgt war, blanchierte bei dem makabren Gedanken; das blutrote Bindi auf ihrer Stirn schien vor Wut schillernd! Wenn Blicke töten könnten, wäre Palash Bose schon ein paar Mal tot gewesen, da fast jeder im Raum ihm böse Blicke gab.

Weihnachtsgeschichte

Weihnachten lag in der Luft, und Biltu, der Bürojunge, war erleichtert. In den letzten Tagen, bevor das College für die Winterpause schloss, war er von den Füßen gerissen worden und lief herum, um den schrillen Anforderungen der Lehrer und des Büropersonals gerecht zu werden. Endlich waren sie alle für die Feiertage nach Hause gegangen; Biltu räumte nach ihnen auf, so gut er konnte, schloss das Haupttor des Colleges ab und ging eifrig in zwei Wochen Freiheit hinaus. Er hatte vor, mit seinen beiden Schwestern nach Kalkutta zu gehen: Sie wollten den Zoo besuchen, das Nationalmuseum besuchen, in einem Phaeton um das Victoria Memorial herumfahren und all die Dinge tun, die man an einem Wintertag in Kalkutta tut.

In der Tat ist der Winter ein Wahnsinn für die Bewohner von Kalkutta; es ist die Zeit des Jahres, in der sie ihre Affenmützen und übergroßen Strickjacken herausziehen und Frauen beginnen, ihre Saris und Kurtas mit den kaschmirischen Tüchern zu kombinieren, die sie im Laufe der Jahre angesammelt haben. Es ist die Zeit des Jahres, in der Sie sich mit Nolen-Gur-Sandesh und Rasogolla verwöhnen lassen und sich vor Flurys anstellen, um ein Stück ihrer Pflaumenkuchen zu essen, und dann zu Nahoum's auf dem Neuen Markt springen, um sich in der sündhaften Freude ihrer einzigartigen Obstkuchen zu suhlen. Es ist schließlich die Zeit des Genusses!

So kam es, dass Arko an einem knackigen Wintermorgen endlich

gelang es, Dita davon zu überzeugen, dass es sich lohnte, zum Frühstück bei Flurys Schlange zu stehen. Arkos Begeisterung war ansteckend, gelinde gesagt, und bald bestellte Dita ein riesiges und üppiges Frühstück. "Ich werde nie in der Lage sein, so viel zu essen", seufzte sie, bestellte es aber trotzdem.

Für Arko war es wie eine Wunschliste; er bestellte ein Huevos-Rancheros-Frühstück im spanischen Stil mit Spiegeleiern, würzigem Speck und gegrilltem Cajun-Hähnchen mit einer Auswahl an Brot und Saft. "Das ist genug, um eine Armee für zwei Tage zu ernähren", stöhnte Dita. Arko hatte solche Sorgen nicht, er wartete sehnsüchtig auf das Essen.

Die Geräusche des klirrenden Bestecks, die geflüsterten Gespräche, die köstlichen Aromen, die in der Luft wehen, fügten sich zu einem Gefühl sorgloser Trägheit hinzu; es ist im Moment der irdischen Glückseligkeit am nächsten, dachte Dita, als sie ihren Tee trank. Arko war jedoch ein Energiebündel und wollte, dass Dita ihn über die neuesten Anekdoten aus ihrem College informierte.

"Im Moment passiert nicht viel, Arko. Ich möchte, dass dieser Urlaub entspannt und friedlich ist ", sagte Dita, betrachtete die Backbleche und versuchte zu entscheiden, ob sie den Appetit hatte, sich einem zu hingeben.

"Wie wäre es mit einem Geliebten? Hast du ihn in letzter Zeit gesehen?" Arko beharrte.

"Eine Schwalbe macht keinen Sommer", ungebeten und unerwünscht, ein Hauch eines Schattens schwebte in den

Tag, was sich in dem plötzlichen eingeklemmten Blick auf Ditas Gesicht widerspiegelte. "Du kannst ihn aufgrund von zwei Begegnungen und einem Anruf nicht meinen Geliebten nennen. Das nächste, was ich weiß, ist, dass du eine feste Freundin haben wirst, und ich werde immer noch versuchen herauszufinden, was Raja vorhat ", neckte Dita ihren Bruder. "Mach dein Essen fertig und dann können wir ein paar Kuchen bestellen?"

Arkos Gesicht leuchtete bei der Aussicht, dieses leckere Frühstück mit Kuchen zu beenden, der es nun für wert hielt, einige Juwelen der Weisheit mit seiner Schwester zu teilen. "Didi, du bist nicht gerade ein schwindelerregendes Mädchen aus dem neunzehnten Jahrhundert, das darauf wartet, dass der Mann die Initiative ergreift. Greifen Sie zu! Was nützt es, sich in Selbstmitleid zu suhlen - wenn du wirklich an ihm interessiert bist, nimmst du dein dummes Telefon und rufst ihn an. Du solltest seine Nummer haben, weil er dich an dem Tag angerufen hat, an dem du dich verlaufen hast."

Dita gab vor, in das Dessertmenü eingetaucht zu sein, während ihr Verstand ein stilles Vergnügen auslöste: Sie hatte Rajas Nummer gespeichert, wenn es tatsächlich seine Nummer war, von der er angerufen hatte. Sie überprüfte heimlich ihr Telefon, als Arko ihr über den Tisch zuzwinkerte und die letzten Bissen von seinem Teller polierte. "Mach weiter", ermutigte er. "Kümmere dich nicht um mich."

Dita zerquetschte den letzten Rest der Unentschlossenheit und drückte auf das Anrufsymbol auf ihrem Bildschirm. Die Antwort vom anderen Ende war sofort: "Sag mir nicht, dass du wieder verloren bist?", neckte die Stimme.

"Ja", Ditas Stimme schimmerte mit einem Lächeln. "Ich musste den Verstand verlieren, bevor ich dich anrief."

"Verloren oder nicht, es ist immer ein Vergnügen, deine Stimme zu hören", klang Raja aufrichtig erfreut.

"Also, was machst du heute?", Er rutschte mühelos in das Gespräch. "Ich nehme an, es ist Winterpause für dich?"

"Auch eine dringend benötigte", witzelte Dita, "eine zweiwöchige Pause von Palash Boses Possen! Dieser Kerl ist entschlossen, mich verrückt zu machen «, vertraute Dita Raja an und dachte, er sei die einzige Person in Phulpukur, die sich gegen diesen schlauen Fuchs behaupten könne. Tatsächlich hatte sie ihn schon einige Male gegen Palash antreten sehen.

Es gab eine erhebliche Pause, bevor Raja die offensichtliche Frage stellte: "Was hat er jetzt getan?"

Dita lachte: "Frag mich, was er nicht getan hat, um mir Unannehmlichkeiten zu bereiten! Es ist eine lange Geschichte, Raja, zu viel, um sie am Telefon zu erzählen. Ich werde es dir eines Tages persönlich sagen!"

"Nenne den Tag", glaubte Raja, wie immer, an Einzelheiten, er war keiner, der baumeln gelassen wurde.

"Bist du jetzt in Phulpukur?" fragte Dita.

Wieder eine kurze Pause, bevor Raja antwortete: "Nein, nicht in Phulpukur. Ich bin in Delhi."

Es ist immer so schwierig, den Aufenthaltsort dieses Mannes herauszufinden. »Was machst du in Delhi?«, fragte sie.

"Du willst mich das alles am Telefon fragen, oder?" Raja wich der Frage aus. "Ich nehme morgen früh den Flug nach Kalkutta, falls du mich immer noch treffen willst? Salt Lake ist ziemlich nah am Flughafen, nicht wahr?" Raja stieß an und überwand die stille Unentschlossenheit, die von ihrer Seite aus sichtbar war. "Wir können uns irgendwo ein schnelles Frühstück holen und uns deine Leidensgeschichten anhören. Ich habe immer noch den Morgen zur Verfügung, nach dem ich mich um einige Familienangelegenheiten kümmern muss."

"Also bist du nicht ganz der einsame Wolf, den ich mir vorgestellt habe, du hast auch eine Familie?" Dita hedged und fragte sich, ob es klug war, Rajas Forderung so leicht nachzugeben.

Raja seufzte; Familie war nichts, was er gerade mit Dita besprechen wollte. "Lass uns zuerst mit deinen von Palash Bose verursachten Problemen fertig werden und später über meine Familie sprechen?", klang er vorsichtig und vernünftig.

Eine schwache Spur von Unbehagen schlich sich in das Gespräch ein: Dita wunderte sich, warum Raja über seine Familie so verschwiegen war. Aber sie arrangierte ein Treffen mit ihm am Flughafen, weil sie befürchtete, dass er in geheimen persönlichen Räumen verschwinden würde, wenn sie ihn am Morgen nicht treffen würde. Sie war verärgert, stimmte aber trotzdem zu.

Arko, der das Gespräch schamlos belauscht hatte, hatte einige Fragen an seine Schwester, als es vorbei war. »Was hat er in Delhi gemacht?«, fragte er. "Was macht er im Allgemeinen außer dir Tee zu servieren?"

Dita war sofort in der Defensive, "Er hat mir nur einmal Tee serviert", sie warf Arko einen schüchternen Blick zu. "Ich habe keine Ahnung, was er tatsächlich macht; ich habe auch keine Ahnung, was er in Delhi gemacht hat."

Arko, inzwischen so voller Essen und Kuchen, dass er bereit zu platzen schien, ließ sich in einem Zustand der Erstarrung nieder und beschäftigte nur einen begrenzten Teil seines Gehirns, um Ditas mysteriösen Mann herauszufinden.

"Wer ist sein Bruder? Irgendeine Ahnung von seiner Familie?"Arko war über seine Jahre hinaus weise und seufzte ungläubig, als er erkannte, dass Dita absolut nichts wusste.

Der einzige Hoffnungsschimmer am Ende eines sehr dunklen Tunnels war, dass dieser Mann, da er in Delhi ein- und ausflog, nicht gerade ein Bettler sein konnte. "Vielleicht ist er ein Agent für RAW oder so, sie haben ihr Hauptquartier in Delhi", vermutete er. "Das erklärt all diese seltsame Geheimhaltung." Mit Brillenaugen versuchte Dita, Arkos Theorien zu verstehen.

An diesem Abend teilte Dita beim Abendessen Arkos Ideen mit ihrer Mutter. Tamali war offen zweifelhaft: "Arko hat alle möglichen verrückten Ideen, er könnte dich genauso gut davon überzeugen, dass Raja ein intergalaktischer Zeitreisender ist", schnaufte sie.

Arko war jedoch überzeugt, dass er Recht hatte. "Warte nur, Raja wird eine Flut von Skeletten aus seinem Schrank springen lassen", sagte er voraus.

X

Am nächsten Morgen war Rajas Verhalten am Flughafen ausgesprochen seltsam. Als er Dita beim Verlassen der Ankunftstore entdeckte, eilte er sie schnell zu einem wartenden Auto. Er schien wegen etwas akut nervös zu sein, erkannte Dita, als sie Sorgenlinien bemerkte, die in dieses auffallend attraktive Gesicht eingraviert waren. Sie war völlig ratlos, warum Raja es so eilig zu haben schien; aus dem Augenwinkel glaubte sie, drei Männer mit Kameras zu sehen, die auf sie zu liefen, zwei Frauen, die Girlanden trugen, versuchten ebenfalls aufzuholen. Bevor sie herausfinden konnte, was vor sich ging, schaffte es das Auto, einen reibungslosen Ausstieg aus dem Ankunftsbereich durchzuführen. Warum hat er ein Auto mit Chauffeur? Dita fragte sich, als Arkos Annahmen immer wieder im Hinterkopf auftauchten.

Als Raja im Auto war, schien er etwas erleichtert zu sein und seine intensiven grauen Augen leuchteten vor Freude auf. "Es ist fast drei Monate her, seit ich dich das letzte Mal gesehen habe, nicht wahr?" Sein Ton war so einfach und unschuldig, dass Dita fast bereit war, alles zu ignorieren. Die Neugier hat sie jedoch überwältigt. "Wer waren diese Leute, die dich verfolgt haben? Warum haben Sie ein Auto mit Chauffeur? Wohin gehen wir?" Dita sah Raja mit so etwas wie Verdacht an.

Raja gab vor, verblüfft zu sein: "Wer hat mich verfolgt?"

"Diese Leute mit Kameras, ich glaube, ich habe Chirag Mukherjee gesehen, den berüchtigten Paparazzo", versuchte Dita zurückzublicken, aber inzwischen hatte das Auto so viel Geschwindigkeit gesammelt, dass sie nicht einmal den Ankunftsbereich sehen konnte, geschweige denn die Leute, die dort warteten.

"Warum sollten Leute mit Kameras mich verfolgen, Dita? Ich bin kaum Shah Rukh Khan «, lachte Raja laut. "Was dieses Auto betrifft, hat mein Bruder es mir geschickt. Dies ist das Auto seiner Firma und es wird mich bei ihm absetzen."

Er warf einen Blick auf Dita und versuchte herauszufinden, ob er genug überzeugt hatte, und fügte hinzu: "Wenn es dir nichts ausmacht, nehme ich mir ein paar Minuten Zeit, um mein Gepäck abzulegen, und dann können wir ausgehen."

Dita sah ihn aufmerksam an. Es gab einen so eklatanten Unterschied zwischen dem bescheidenen Jungen, den sie zum ersten Mal getroffen hatte, und diesem klugen und gutaussehenden jungen Mann, dass sie zweifelhaft blieb. Arko hatte ihr gesagt, dass Geheimdienstagenten Meister der Tarnung seien und verschiedene Arten von Looks überzeugend durchziehen könnten. Aber das beantwortete immer noch nicht die Frage, warum die Leute ihm mit Kameras nachliefen.

Die Schachspieler in Rajas Kopf waren heute zweifellos nervös. Als sie Wellen der Angst von Dita aufnahmen, waren sie verwirrt darüber, wie sie die nächsten Züge ausspielen sollten. Er erkannte, dass er in seinem Eifer, sie zu treffen, bereits ein paar Schlampige gemacht hatte; er hätte damit rechnen müssen, dass die Presse ihm heute sicher folgen würde. Er hatte vor zwei Tagen die Internationale Schachmeisterschaft von Delhi gewonnen und einen der russischen Großmeister besiegt, und ein paar Journalisten in Kalkutta, insbesondere Chirag Mukherjee, wollten unbedingt ihre Häppchen bekommen.

In Anbetracht der Tatsache, dass Dita immer noch auf einem Weg der kopfüber Kollision mit Palash Bose war, wollte Raja seine Identität nicht preisgeben, bis er sich absolut sicher über ihre Gefühle für ihn war. In dem Moment, in dem sie herausfindet, dass ich Anuraj Bose bin, wird sie eine gründliche Hintergrundprüfung durchführen und herausfinden, dass ich Palash Boses Sohn bin, dachte Raja bedrückt. Einfach der perfekte Weg, um jede romantische Vorstellung zu sabotieren. Aber er würde nicht kampflos aufgeben, entschied er tapfer.

Dita trug eine bescheidene weiße Fabindia-Tunika, gepaart mit türkisblauen Ria Menorca Espadrilles, und Raja fand es extrem schwierig, seine Augen von dieser zierlichen Vision wegzureißen. "Hör auf zu starren", schimpfte Dita, als sie aus dem Auto stiegen und den Aufzug zu Poms Wohnung nahmen.

Raja hielt die Tür, damit Dita eintreten konnte, und rollte sein Gepäck in Poms Wohnung. Im dreißigsten Stock gelegen, hatte es einen malerischen Blick auf die Stadt. Die Möbel waren spärlich und spiegelten dennoch ruhige Eleganz wider. Raja muss ein Juwel von einem Bruder haben, dachte Dita, als ihre Augen auf eine Auswahl von Früchten und Müsli fielen, die auf dem Esstisch aufgestellt waren, neben zwei Krügen mit kalter Milch und Eistee und einer kleinen Schüssel mit Honig.

Raja schickte Pom eine mentale Umarmung, der offensichtlich sein Bestes versucht hatte, Raja das Frühstück zu geben, bevor er ins Büro ging. "Perfekte Gelegenheit für mich, Gastgeber zu spielen", scherzte Raja und bat Dita, sich um das Essen und den Tee zu kümmern.

Dita lächelte nostalgisch. „Kaum die Art von Tee, die du mir an meinem ersten Tag auf dem College serviert hast; das sieht so plüschig aus, das war so erdig", ganz unbewusst beugte sie sich zu ihm vor, gefangen in diesem süßen kleinen Moment aus der Vergangenheit. Als sie aufblickte und sie wirklich weit nach oben schauen musste, fanden sie diese bezaubernden grauen Augen, die in ihre Seele bohrten; Was passiert, wenn ich ihn jetzt küssen will? fragte sie sich respektlos, ich werde nicht einmal in der Lage sein, ihn zu erreichen; sie wurde an einen Karan-Johar-Film erinnert, in dem Jaya auf einem Fußschemel stehen musste, nur um Amitabh zu umarmen. Dieses geistige Bild überzeugte sie von der Absurdität ihres Wunsches, Raja zu küssen, und sie wandte sich ab.

Raja war verwirrt über die gemischten Signale, die Dita aussandte. In einem Moment tanzten die Schachfiguren in seinem Kopf vor Freude über ihre herkommenden Blicke, und im nächsten fielen sie flach auf ihr Gesicht, als sich ihre Stimmung dramatisch änderte. Also machte er, was er für einen klugen Schachzug hielt - er schlug einen hastigen Rückzug, um sich zu erfrischen, bevor er sich auf den Weg machte, um die Stadt zu erkunden.

Dita seufzte erleichtert auf, als Raja verschwand, sie fühlte sich sehr unsicher; sie hatte einen lauernden Verdacht, dass Raja etwas vor ihr verbarg, gleichzeitig schien ihr Unterbewusstsein sie dazu zu drängen, den Tag zu nutzen, unabhängig von den Konsequenzen.

Höchste Zeit, dass ich aufhörte, über die Situation nachzudenken, schimpfte Dita, als sie sich ein hohes Glas Eistee mit Zitrone einschenkte, einen Teelöffel Honig hinzufügte und ihn schlürfte, während sie auf die Stadt hinunterblickte. Irgendwo hinter den Wänden konnte sie Geräusche von Billy Joel hören, der "The Stranger" herausbrachte, und Raja pfiff mit der Musik. Ziemlich bedeutsam, bemerkte sie zerstreut.

Der Nebel, der das frühmorgendliche Stadtbild von Kolkata bedeckte, löste sich allmählich auf, obwohl ein paar Stränge verweilten, um mit dem dunstigen Sonnenlicht Peekaboo zu spielen. Auf ihrem Leuchtturm sitzend, konnte sie sich vorstellen, wie der Wind durch das Grün rauschte, als sich die Stadt auf einen weiteren hektischen Tag vorbereitete. Eine Stille verschlang sie, ein Frieden, der so tief war, dass er sie in seine endlose Tiefe einzutauchen schien, und sie fühlte sich so leicht wie eine Feder, die über der Stadt schwebte.

Und dann neigte sich die Welt um ihre Achse. Zwei starke Arme hoben sie hoch, diese grauen Augen funkelten vor Unfug, der Kopf voller feuchter Haare glänzte immer noch vor Feuchtigkeit, und sie schmolz in die Umarmung. Wassertropfen spritzten auf ihre Wangen, als Raja spielerisch sein Haar schüttelte; ihr Lachen war ein freudiges Geräusch, als sie ihr Gesicht in einer stillen Einladung hob.

Raja starrte sie für einen endlosen Moment an, bevor sie herabstürzte, um ihre Lippen mit einer fieberhaften Leidenschaft zu beanspruchen. Tage der Angst und Unentschlossenheit brannten in der glühenden Hitze der Umarmung aus, doch die Angst vor Ablehnung untergrub Rajas Selbstvertrauen, als er versuchte, die dunklen Geheimnisse seiner Identität beiseite zu schieben. Wer weiß, wie diese Dame, die sich wie ein Kätzchen in seine Umarmung schmiegt, reagieren wird, sobald sie seine wahre Identität herausfindet? Muss er wirklich für die Sünden seines Vaters bezahlen?

Er schob die düsteren Gedanken rücksichtslos beiseite und watete tief in den Kuss hinein; sie schmeckte nach Honig und Zitrone, dachte er, als er ihre Lippen knabberte und den süßesten Mund plünderte. Pom ist wieder als Stellvertreter hier, bemerkte er, es ist sein Eistee mit Zitrone, der den Geschmack dieser Umarmung ausmacht.

Dita zitterte unter dem sinnlichen Ansturm. Die silbernen Armreifen, die sie sich von Tamali geliehen hatte, klirrten wahnsinnig gegen das Glas in ihren Händen. Tee und Raja zusammen buchstabierten Unfug: In ihrer Umarmung geriet das Glas fast aus Ditas Händen und verschüttete Tee auf ihre Kurta. Kalte Bäche aus dem hohen Glas liefen über ihre Haut, sickerten durch ihre dünne Tunika und machten sie halbtransparent. Der Honig im Tee hat noch mehr Verwüstung angerichtet. "Du bist ein klebriges Durcheinander", flüsterte Raja, als er in die Wärme ihrer Haut kuschelte.

Das Eis des Getränks und die Hitze ihrer Haut trugen seltsame Dinge zu Rajas Gleichgewicht bei, als er sie auf dem Sofa niederließ. Sie zog ihn zu sich und weigerte sich, ihn gehen zu lassen. Vom berauschenden Duft des Honigs mitgerissen, küsste er hungrig ihre Lippen, ihr Gesicht und ihren Hals. Seine Hände schienen einen eigenen Geist zu haben, als sie ihre zierliche Form erforschten, ein seltsames Bündel von Weichheit und wilder Hitze, das entschlossen war, ihn in Brand zu setzen. "Pom wird mich töten", er war von plötzlicher Reue getroffen. "Wir vermasseln sein Sofa."

"Dann wechseln wir die Positionen. Du bist weniger klebrig als ich «, sagte sie, drückte ihn auf dem Sofa zurück und zog sich ein wenig zurück, um die Aussicht zu genießen. Erschrocken blickten graue Augen auf sie zurück, als sie sanft zwei klebrige Finger in seinen Mund stieß. Sein Kopf fiel zurück, als seine Zunge um die honigsüßen Eindringlinge rollte. "Lass uns den besten Honig-Zitronen-Tee machen, den du je hattest, Raja", flüsterte sie und knabberte an seinen Ohren, bis er nach Luft schnappte. Als er die Nässe ihrer Tunika auf seiner Haut spürte, flehten seine Hände sie an, sie auszuziehen; sie hob wieder ihren Kopf, königlich wie ein Schwan, als sie vor den Augen ihres schönen Jungen trank.

Dita entfernte sich aus der Umarmung, stand auf, zog ihre Tunika mit träger Leichtigkeit aus und öffnete ihren BH; sie bückte sich und zog den benommenen Jungen hoch: "Wir haben dieses Sofa durcheinander gebracht, lass uns ein Bett finden, auf dem wir richtig herumspielen können."

Rajas Stimme klang sogar in seinen eigenen Ohren heiser: "Bist du sicher, Dita?"

"Ja", flüsterte sie, als sie in ihn schmolz, mit brennender Haut vor Verlangen. "Nie mehr so!"

Raja hob sie mit einem Keuchen auf und ging zum Schlafzimmer, als sie murmelte: "Wer ist Pom?"

Raja war über die Frage überrascht; er sah sie mit offener Neugierde an: "Warum?"

"Mishti hat mir erzählt, dass jemand namens Pom in mich verliebt ist", murmelte sie, als sie Rajas Überraschung mit einem heißen und fordernden Kuss bedeckte.

Die Überreste des Tages

Die beiden Brüder gaben die Idee auf, an diesem Abend zurück nach Phulpukur zu fahren und stattdessen zum Abendessen in die Park Street zu fahren. Die Luft um sie herum brummte vor Bewusstsein für die Fröhlichkeit, die mit Weihnachten kommen würde; Ladenfronten funkelten mit Lichterketten und Weihnachtsbäumen in ausgewachsenem Dekor wetteiferten um die Aufmerksamkeit der Fußgänger. Peter Cat hatte wie üblich eine kleine Schlange von erwartungsvollen Gästen vor sich: Pom und Raja warteten geduldig auf ihren Tisch.

Pom lehnte sich an eine der Säulen vor dem Restaurant zurück und zündete sich eine Zigarette an; seine Augen folgten dem Rauchring, als er sagte: "Ma hätte uns heute zu Hause erwartet."

"Ich weiß", sah Raja von Pom weg. "Ich musste meinen Kopf frei bekommen, bevor ich nach Phulpukur zurückkehrte, Babas Verhalten in Sachen College war alles andere als vorbildlich."

Pom blies einen weiteren Rauchring aus und wartete auf weitere Erklärungen von Raja.

Raja griff nach der Zigarette aus Poms Hand und versuchte selbst einen Rauchring zu blasen. „Jetzt sehen wir beide aus wie Gandalf, als er in Der Herr der Ringe zum Auenland zurückkehrt." Raja sah seinen Bruder liebevoll an. "Danke auch für das schöne Frühstück", lächelte er. "Die einzige Mahlzeit, die ich heute hatte."

Pom schwieg; er war Raja immer mit einem Vaterbeichtvater verwandt gewesen und wusste, dass sein Bruder einen turbulenten Tag hatte und nur reden und sich entspannen wollte.

Raja beäugte Pom spekulativ: "Weißt du, irgendwie fühle ich immer deine Gegenwart zwischen Dita und mir. Du glaubst es vielleicht nicht, aber heute, mitten in allem anderen, fragte sie mich: "Wer ist Pom?"

"Das ist weit unter dem Gürtel, willst du mir sagen, dass sie sich überhaupt nicht an mich erinnert?" POM verpackte Rajas Ohren in scheinbarer Wut. "Um Himmels willen, das Mädchen dezimiert mein Ego", lachte er. "Und hier dachte ich, ich hätte einen großen Einfluss gehabt, als ich sie traf."

"Zilch, nada, überhaupt nichts!" Raja fügte fröhlich Salz zu Poms Wunde hinzu. Ein geschlossener Blick senkte sich auf Poms Gesicht. Raja war verwirrt, hatte er es irgendwie geschafft, Poms Gefühle zu verletzen? Sicherlich nicht?

Aber Pom sah Raja nicht einmal an, sein Blick war auf etwas hinter seinen Schultern gerichtet. Raja folgte seinem Blick; ein Mädchen war aus einem massiven SUV gestiegen und näherte sich ihnen mit grimmiger Entschlossenheit.

"Oh fuck", waren die einzigen Worte, die aus Rajas Mund kamen. Die entspannte Atmosphäre verschwand genauso schnell, wie die Rauchringe in Luft aufgelöst waren, als Mishti die beiden Brüder in das Restaurant marschierte.

"Der Name meines Vaters reicht aus, um fast überall in dieser Stadt einen Tisch zu sichern", bot Mishti als Erklärung an, als ein gepflegter Kellner ihren Tisch anzeigte.

"Ich denke, wir alle werden die Chelo-Kebabs haben wollen", informierte sie den Kellner und wandte sich dann an die Brüder, "du kannst vielleicht deine Getränke bestellen?"

"Schraubendreher", intonierten die Brüder stumpf, da es offensichtlich war, dass sie von Mishti königlich verschraubt werden sollten.

Mishtis heutiges Aussehen war weit entfernt von ihrem üblichen salwar-gekleideten Selbst. Gekleidet in eine figurbetonte schwarze Jeans und ein Seidenhemd mit Animal-Print, ihre Haare mit einer komplizierten Schließe zurückgebunden, ähnelte sie einer tödlichen Katze auf der Jagd.

"Woher wusstest du, wo du uns findest?" Raja war perplex.

"Die Tochter meines Vaters zu sein, hat manchmal auch einen Vorteil", räumte Mishti ein. "Ich ließ Pom folgen."

Raja würgte an seinem Schraubenzieher, Pom stotterte, aber Mishti wirkte unbeirrt, zufrieden und zuversichtlich.

"Meine Männer folgen Pom seit den letzten Wochen", fuhr sie mit einer gewissen Unbekümmertheit fort, "seit ich herausgefunden habe, dass Dita nicht einmal weiß, wer er ist! Also, ich frage mich, hier ist ein Mädchen, das keine verdammte Ahnung hat, wer Pom ist, und Pom sagt mir, dass er sie heiraten wird?"

POM ein harter kalter Blick, "Vielleicht möchtest du es erklären?"

Raja fragte sich, wie Pom sich aus dem Grab seines eigenen Grabens befreien würde. Würde er Mishti direkt sagen können, dass er sich nicht auf Mafioso-Links in seinem Leben gefreut hat? Wäre er in der Lage, ihr das zu sagen und lebend von diesem Ort wegzugehen?

Die Chelo-Kebabs kamen: saftige Hähnchenbissen und Hammelseekh-Kebabs auf einem Bett mit duftendem Reis, gekrönt mit Klecks goldener Butter und Spiegelei. Es war zu schön, um warten zu können, und Raja und Pom schenkten ihm ihre volle Aufmerksamkeit und ignorierten Mishtis Anfrage.

Da Mishti sah, dass die Brüder nicht scharf darauf zu sein schienen, Erklärungen anzubieten, versuchte er einen anderen Ansatz. "Ich verstehe vollkommen, warum du von diesem Mädchen so überwältigt bist, Pom, obwohl ich nicht sehe, wann und wie du sie getroffen hast? Sie ist absolut würdig, dein Traummädchen zu sein; Ich habe noch nie jemanden gesehen, der sich so kühn für das einsetzt, was sie für richtig hielt, gegen einen Raum voller alter Füchse!" Sie hielt inne, um die Auswirkungen ihrer Worte abzuschätzen.

Zwei Paar leuchtend graue Augen wurden jetzt auf sie trainiert. Mit einer Stimme, die stille Bewunderung widerspiegelte, fuhr Mishti fort: "Es war ein Anblick zu sehen, dass der Verzicht auf ein Mädchen keinen Zentimeter nachgab, sie nahm es einfach hin."

Raja warf Pom einen bedeutsamen Blick zu, dies muss die Hintergrundgeschichte von Ditas jüngster Feindseligkeit mit ihrem Vater sein. Pom kicherte; Raja war aus offensichtlichen Gründen nicht in der Lage gewesen, diese Probleme mit Dita zu besprechen. Umgekehrt war Dita immer noch im Dunkeln über Raja.

"Ich habe an diesem Tag eine Lektion gelernt", nickte Mishti nachdrücklich. "Es lohnt sich, für das zu kämpfen, was du willst."

Raja fand wieder einmal sein Herz voller Bewunderung für Mishti; sie könnte versuchen, sich raffiniert zu benehmen, aber sie war im Herzen nur ein junges Mädchen. Raja beugte sich vor und nahm ihre Hand in seine. "Es lohnt sich, dafür zu kämpfen", beruhigte er sie.

Poms Augenbrauen trafen die Decke: „Wofür wirst du kämpfen?" Er hatte ein sinkendes Gefühl, dass er die Antwort bereits kannte.

"Für dich, Pom, nur für dich", klang Mishti gründlich überzeugt.

»Du gehst, Mädchen«, sagte Raja enthusiastisch. "Jetzt, wo wir sortiert sind, lassen Sie uns ein Dessert bestellen", ignorierte er Poms wütenden Blick und signalisierte dem Kellner für die Speisekarte.

"Brauchst du noch mehr Getränke, um dich zu stärken, Mishti?" fragte Raja mit scheinbarer Besorgnis. "So wie ich es sehe,

POM wird auch nicht kampflos ausgehen."

"Und so wie ich es sehe", erinnerte Pom Raja, "hat Baba versucht, dich mit Mishti in Ordnung zu bringen; als wir Phulpukur erreichen, hat er vielleicht schon ein Date im

Sinn, um euch beide zu heiraten", beendete er selbstgefällig.

Rajas Gesicht fiel wie ein durchstoßener Ballon, "Sünden des Vaters", intonierte er.

Mishti war jedoch nicht in der Stimmung, niedergeschlagen zu werden. "Lass uns diesmal das Sagen haben", war sie nachdrücklich. Raja schien verblüfft zu sein. "Und wie machen wir das nur? Dein Vater und mein Vater geben in Phulpukur und Diamond Harbour den Ton an."

All dies, während Pom Mishtis Reaktionen studiert hatte und versucht hatte, die Schwere ihrer Gedanken zu ermitteln. "Ich denke, sie spricht davon, die Machtstruktur zu untergraben", sinnierte er. "Guerilla-Taktik, vielleicht?"

Mishti nickte bestätigend, bevor sie erklärte, wie sie mit der Situation umgehen wollte. "Einige der Männer meines Vaters sind mir treu. Wenn es hart auf hart kommt, werde ich sie bitten, Raja zu entführen und ihn an einem unbekannten Ort festzuhalten, bis wir den Sturm überstehen."

Höllenglocken, dachte Raja. Der Albtraum bleibt bestehen.

In der Zwischenzeit lachte Pom auf Rajas Kosten: "Fantastisch! Wenn du das wirklich durchziehen kannst, wirst du zwei schlaue alte Männer des größten Vergnügens ihres Lebens berauben!"

Harte Zeiten

Schweren Herzens schloss Biltu die Tore des Colleges auf; jetzt, da die Feiertage vorbei waren, war er positiv besorgt über die bevorstehende Sitzung. Die College-Weinrebe hatte es aus gutem Grund, dass Veränderungen im Gange waren und so mancher Kampf über den Palisandertisch des Direktors gewonnen oder verloren werden würde. Die Studentenratswahl stand vor der Tür, und alle im Dorf erwarteten sie mit viel Beklommenheit.

Palash Bose wusste, dass sein Mandat darin bestehen würde, Shyamol Sathi einen reibungslosen Erfolg zu sichern. Dita hatte keine Ahnung von dem politischen Drama, das sich entfalten würde. In ihrem letzten Posten als Teilzeitdozentin an einem Mädchencollege in Kalkutta interessierte sich niemand wirklich für Politik und sie hatte gesehen, wie Mädchen buchstäblich andere zwangen, um die Plätze zu kämpfen. Sie hatte keine Ahnung, wie aus der Tiefe sie bei den bevorstehenden Wahlen im Phulpukur College sein würde.

Dies war übrigens das erste Mal, dass die Studenten des Phulpukur College um den Rat kämpften; sie hatten dies bisher nicht tun können, weil das College keinen eigenen Campus hatte, was eine Voraussetzung für die Durchführung der Wahlen ist. Jetzt, da der Campus fertig war, waren Raktokarobi und Shyamol Sathi bereit, bis zum bitteren Ende zu kämpfen. Banner und Party-Manifeste wurden gedruckt und bereit, auf frisch gestrichene Wände geklebt zu werden. Das Raktokarobi-Partysymbol, das die fünfblättrigen, trichterförmigen roten Oleander trägt, die von grünem Laub aus lanzenförmigen Blättern versetzt werden, wetteiferte um den Ehrenplatz mit dem Shyamol Sathi-Logo der grünen Kleepflanze vor einem kahlen weißen Hintergrund, dessen vier Blätter angeblich Glauben, Hoffnung, Liebe und Glück repräsentieren.

Dita war verwirrt von der bloßen Vorstellung, dass Kandidaten ihre Poster auf jedem verfügbaren Platz im College aufhängen. "Auf keinen Fall! Ich kann nicht zulassen, dass sie die Wände des Colleges mit ihren hässlichen Plakaten verunstalten. Kandidaten, die an einem Wettbewerb teilnehmen, können sich in einzelnen Klassen an die Schüler wenden. Das sollte mehr als genug sein."

Alok, der die Grundrealität solcher Wahlen kannte, entschied sich zu widersprechen. "Sie hören nicht auf die Vernunft, wenn sie im Namen der Politik aufgestachelt werden. Die Grenzen des Respekts zwischen Lehrer und Schüler werden in der Hitze des Augenblicks hoffnungslos ausgehöhlt."

Sahana war auch beunruhigt. "Sie verhalten sich wie Fanatiker. Ich habe sie in Aktion gesehen, es ist ziemlich gefährlich ", warnte sie Dita. "Sei sehr vorsichtig bei den Entscheidungen, die du triffst."

Dita wies Alok an, eine Mitteilung herauszugeben, in der die Schüler aufgefordert wurden, keine Plakate an den Wänden anzubringen. Sie wandte sich dann dringenderen und lohnenswerteren Angelegenheiten zu: Das College hatte sich für mehrere neue Fächer im Bachelor-

Abschlusskurs beworben, wobei Englisch eines davon war.

Die Herausforderung bestand darin, dass es, als die Fachexperten der Universität Kalkutta feststellten, ob das College über ausreichende Ressourcen zur Unterstützung des Kurses verfügte, unerlässlich war, über einen guten Bestand an Büchern zu den verschiedenen Themen in der Bibliothek zu verfügen. Leider war das der offensichtlichste Fallstrick für ihr College: Es gab keine Bibliothek und es gab keine Bücher. Um dieses Problem zu umgehen, hatte Dita einen bedeutenden Teil ihrer eigenen Sammlung literarischer Texte mitgebracht. Heute Morgen war sie damit beschäftigt, ihren Namen von den meisten von ihnen zu löschen; sie würde sie dem College spenden, dachte sie.

X

Dita schaute aus ihrem Fenster und sah Bob Banerjee und sein Schauspielerteam mit ihrer Crew einmarschieren. Drei der beliebtesten Stars aus Bobs Produktionshaus würden heute ihre Szenen drehen, hatte Tamali ihr mitgeteilt. Dita schob die Bücher weg und ging zu ihrer Mutter, während die Aufnahmen arrangiert wurden.

Tamali wies Dita auf die drei charismatischen Schauspieler hin, die für Bobs Webserie populäre Zuschauerzahlen erzielten. Während Dita sie aus der Ferne bewunderte, war Tamali überrascht, dass Biltu einen roten Plastikstuhl neben sie stellte. Eine elegante Frau näherte sich ihnen. Sie war in einen einfachen rot-weißen Baumwoll-Sari gekleidet, ihr Haar war mit einer Schnur frischen Jasmin zurückgebunden und umrahmte ein Gesicht von ungewöhnlicher Schönheit; Tamali bemerkte, dass sie mit einem leichten Hinken ging.

Als Hemlata lächelte, erhellte das Lächeln ihre Augen. Sie hatte ihre Aufregung nicht kontrollieren können, als sie hörte, dass Rahul Sen, Prithvi Thakur und Dhruv Mukherjee heute alle bereit waren zu schießen, und als eingefleischter Fan konnte sie diese Gelegenheit nicht verpassen. Sie hatte auch Tamali erkannt, ihre charakteristische rote Bindi, die ihrem Gesicht eine pikante Wärme verlieh, während sie am Spielfeldrand wartete.

"Namoshkar, ich bin Hemlata", stellte sie sich Tamali vor. Ihr Bengali war nicht perfekt, aber in einem fröhlichen Ton geliefert, es war angenehm. "Du musst Tamali Roy sein. Ich habe dich in so vielen Rollen gesehen, dass dein Gesicht das bekannteste in dieser Menge ist. Es ist mir eine Freude, Sie persönlich kennenzulernen."

Hemlatas Lächeln war so aufrichtig, so echt, dass Tamali sich dieser siegreichen Frau gegenüber sofort warm fühlte. "Ich bin so froh, wenn die Leute mir tatsächlich sagen, dass sie sich auch aus meinen Nebenrollen an mich erinnern", gestand Tamali Hemlata und streckte instinktiv die Hand aus, um ihre Hände zu nehmen. Ihr klingelnder Armreif klang nach einer fröhlichen Note der Zustimmung. "Es gibt mir ein gutes Gefühl über mich selbst, weißt du?"

Hemlata setzte sich auf den Plastikstuhl, manchmal schmerzten ihre Beine, wenn sie zu lange stand. "Ich mag deine Arbeit wirklich, Tamali, deine Shows waren oft wie eine Rettungsleine für mich", schaute sie auf ihre Beine hinunter, versteckt unter den Falten ihres Sari. "Da ich nicht so viel herumlaufen kann, bin ich meistens zu Hause, lese meine Bücher oder schaue mir die eine oder andere Webserie an."

Hemlatas Blick verlagerte sich auf Dita und ein weiteres strahlendes Lächeln folgte. Etwas veränderte sich in Ditas Unterbewusstsein, eine uneingestandene Anerkennung, ein flüchtiges Gefühl der Vertrautheit, als sie die anmutige grauäugige Frau beobachtete. »Du musst Dita sein, ich habe so viel von dir gehört«, sagte Hemlata sanft. "Tatsächlich höre ich Tag für Tag von dir."

Dita war verwirrt, warum sollte Hemlata immer wieder von ihr hören, war sie in Phulpukur so beliebt? Oder unpopulär?

Hemlata war sich des Unbehagens von Dita nicht bewusst und fuhr fort: "Ich möchte auch einige Bücher spenden, wenn es bei Ihren Bemühungen hilft. Ich habe ziemlich viel über Philosophie und Geschichte."

Dita war neugierig: "Verzeih mir, wenn ich etwas verpasse, aber woher wusstest du, dass wir uns für Geschichts- und Philosophie-Jonours bewerben?"

"Oh je, es ist so nachlässig von mir", entschuldigte sich Hemlata. "Ich

wissen viel über dieses College, weil mein Mann der Präsident des Leitungsgremiums ist." Dita schnappte nach Luft. Diese schöne Frau war mit diesem alten Fuchs verheiratet! Ein Teil der Begeisterung, die sie beim Treffen mit Hemlata erfahren hatte, zerstreute sich bei der Erwähnung von Palash Bose. Aber wenn die Dame helfen wollte, wer war sie, um sie zu verleugnen? Dita entschuldigte sich höflich unter dem Vorwand, eine Klasse zum Unterrichten zu haben, und zog weg.

Hemlata lächelte Tamali bedauernd an: "Keine Liebe ist zwischen den beiden verloren gegangen, und ich weiß, wie schwierig Palash manchmal sein kann."

Tamali lächelte: „Oh! Meine Tochter ist auch eine Sturkopf! Überlass die beiden ihren Geräten und konzentriere dich auf die drei gutaussehenden Kerle da drüben. Möchtest du sie treffen?"

»Auf jeden Fall«, sagte Hemlata. Sie fischte in ihrer Tasche nach ihrem Handy: "Lass mich Mishti anrufen, sie würde sich freuen, dich alle kennenzulernen! Du hast da einen eingefleischten Fan!"

Tamali nickte: "Ich glaube, ich habe sie einmal getroffen; ein sehr enthusiastisches Mädchen."

Die drei jungen Männer kamen glücklich herüber, als sie von Tamali gelockt wurden; Bob war damit beschäftigt, sein Kamerateam zu belästigen, so dass die drei Schauspieler an einem losen Ende waren. Hemlata winkte Biltu zu, um weitere Stühle zu holen. „Dies ist ein ziemlich intelligenter Campus für ein Dorf. Ich habe nicht wirklich mit einem so weitläufigen erwartet «, bemerkte Dhruv. "Bob ist so glücklich mit der Location, dass er sich nicht entscheiden kann, an welchem seiner Lieblingsplätze er heute mit den Dreharbeiten beginnen möchte."

Prithvi starrte Hemlata unterdessen mit begeisterter Aufmerksamkeit an. "Warum den Campus nur schätzen, wenn ich in der Gegenwart von so schönen Menschen bin?"

Tamali lachte, als Hemlata errötete: "Immer der Flirt, Prithvi!"

Rahul ließ sich neben Hemlata nieder. "Aber warum kann er nicht sagen, dass sie schön ist, wenn sie so offensichtlich atemberaubend ist? Die Schönheit liegt im Auge des Betrachters, nicht wahr?«, fügte er hinzu und gab Hemlata einen offenen Blick.

Hemlata konnte sich nicht erinnern, wann Palash sie das letzte Mal mit Wertschätzung in seinen Augen angesehen oder ihre Schönheit kommentiert hatte; er war ein durchaus praktischer Mann und sie war nur eine feste Größe in der täglichen Routine seines Lebens und eine Mutter für seine Kinder. Vor langer Zeit hatte sie sich mit ihrem Schicksal versöhnt und sich nicht ein einziges Mal beschwert. An diesem Nachmittag fühlte es sich jedoch schön an, im Mittelpunkt der Aufmerksamkeit zu stehen, so erfunden oder falsch es auch sein mag, sich für einen flüchtigen Moment glücklich zu fühlen und keine Sorge in der Welt jenseits dieses Freudenkreises zu haben.

Bob schloss sich der Gruppe an, nachdem er die letzten Details für das Shooting geklärt hatte. Er sah Hemlata mit unerschrockener Begeisterung an und fragte: "Wer ist diese charmante Dame, der ich nicht vorgestellt wurde?"

"So dramatisch, ihr alle", kicherte Hemlata. "Aber du hast mich so gut fühlen lassen, zum ersten Mal in diesem reifen Alter zu flirten, scheint Wunder zu wirken. Ich bin so froh, dass ich euch alle heute getroffen habe! Ich bin schon so lange ein begeisterter Fan, jetzt lerne ich dich endlich hinter der Leinwand kennen; du machst so viel mehr Spaß, als ich erwartet habe! Und keine sternenklaren Wutanfälle?"

"Kein solches Glück für uns", zog Rahul eine dramatische Enttäuschung durch. "Der Löwenanteil der Wutanfälle in dieser Crew geht an Bob! Wir sind alle so sehr seinem Ego verfallen, dass wir keine Zeit für uns selbst haben."

"Du undankbar!" Bob jagte Rahul hinterher und brüllte vor scheinbarem Piqué. Die Gruppe zerstreute sich auf einer Welle guter Laune; die Aufnahme war fertig und die Kamera war bereit zu rollen.

Hemlata hielt Tamali für ein paar Sekunden zurück: "Wäre es zu sehr eine Zumutung, Sie alle um Autogramme zu bitten? Ich würde sie gerne als Andenken an diesen Nachmittag haben und sie mit Anupam und Anuraj teilen."

Tamali war gerührt: Während die Fans regelmäßig nach Autogrammen von den beliebten Schauspielern und Bob fragten, kamen sie sehr selten auf sie zu; Hemlata, die auch nach ihrem Autogramm fragte, schien eine so nachdenkliche Geste zu sein.

»Natürlich«, sagte Tamali glücklich. "Ich werde mich darum kümmern", und dann fragte sie aus Neugier: "Wer sind sie, Anupam und Anuraj? Möchtest du, dass Prithvi, Rahul und Dhruv bestimmte Nachrichten für sie schreiben?'

"Es ist für meine Söhne", antwortete Hemlata. "Sie werden sich nur darüber freuen, dass ich mir Autogramme von Schauspielern gesichert habe, die ich immer wieder überschwemme. Meine Söhne leisten mir manchmal Gesellschaft, aber sie sind keine begeisterten Wächter.'

Während der nächsten zwei Stunden der Dreharbeiten schwebten die Namen von Hemlatas Söhnen immer wieder in Tamalis Bewusstsein: Sie fragte sich immer wieder, was genau sie herausfinden wollte; der Zinnober ihres Bindis begann zu pochen wie das sprichwörtliche dritte Auge, und sie war sich sicher, dass ihr etwas fehlte.

Anupam und Anuraj.

Hemlata war mit Palash Bose verheiratet.

Anupam Bose und Anuraj Bose.

Sie hatte irgendwo den Namen Anuraj Bose gehört. Aber wo?

Sie blickte auf, eine der Kameras war auf ihr Gesicht gerichtet. Ein paar Meter entfernt brütete Bob über einem Monitorbildschirm.

Schatten verschoben sich und zerstreuten sich; und dann fielen die Teile des Puzzles langsam an ihren Platz. Natürlich! Sie hatte diesen Namen auf dem Fernsehbildschirm gesehen; mehrere Moderatoren und Nachrichtensprecher hatten diesen Namen erwähnt.

Anuraj Bose. Das Schachwunder.

Er war Hemlatas Sohn?

Bleak House

Utpal traute seinen Augen nicht: Der Direktor hatte tatsächlich einen Hinweis angebracht, der Wahlplakate auf dem Campus einschränkte; in Utpals Augen schien es einer Verletzung der verfassungsmäßigen Rechte gleichzukommen. Unsicher, wie er reagieren sollte, fischte er sein Handy aus der Tasche und wählte Arshad Alis Nummer.

Arshad war einer der Vertreter von Raktokarobis Oberkommando; Geduld war nie seine Stärke gewesen, und als Utpal ihn anrief, um das Problem in Bezug auf Wahlkampfplakate zu klären, gerieten seine schießwütigen Instinkte in Schwung.

"Wie kannst du diese Frau das Sagen haben lassen?", kochte die Kriegslust in seinem Ton über. "Sie hat keine Ahnung, wie Studentenwahlen durchgeführt werden."

"Dita Ma 'am ist im Allgemeinen sehr neutral und besonnen", argumentierte Utpal mit Arshad. "Sie hat uns in Seemas Fall wirklich geholfen, wenn du dich erinnerst?"

Arshad blieb nicht überzeugt. 'Shyamol Sathi hat eine stärkere Präsenz als wir, sie werden sich nicht an die kleinlichen Einschränkungen des Direktors halten. Wir müssen handeln, bevor sie gewaltsam hereinkommen und ihre Poster überall an den Wänden des Colleges aufhängen.

"Diese Frau ist die Wurzel aller Probleme hier", fuhr Arshads Tirade fort. "Wir können nicht zulassen, dass sie sich in alle Angelegenheiten einmischt. Hol sie ab, wenn sie heute aus Phulpukur fährt. Lass mich ein bisschen Verstand in sie bohren!"

"Nimm sie hoch?", wiederholte Utpal dumm; seine aufgeregten Finger fanden ein kleines Loch im Ärmel seines ausgefransten roten T-Shirts und begannen in stiller Unruhe daran zu ziehen.

"Ja, ja", schnitt Arshad ungeduldig ein. "Ich werde einige meiner Männer mit einem Auto zu deinem College schicken. Du übernimmst von dort aus die Verantwortung und bringst sie zu unserem Partybüro in Maniktala. Ich warte dort auf dich."

"Aber, Arshad, das ist wie Entführung", quietschte Utpal; das Loch im Ärmel klaffte auf, als seine alarmierten Finger unbewusst tiefer in den ausgefransten Stoff grub.

"Halte deine Stimme leise", kam die irritierte Antwort. "Es ist kaum eine Entführung; wir werden sie einfach den Fehler ihrer Wege verstehen lassen und sie gehen lassen. Du brauchst deswegen nicht zu schlafen!'

Utpal befand sich in einer Zwickmühle - Arschad war ein Mann mit begrenzten intellektuellen Ressourcen und unbegrenzten unappetitlichen Fähigkeiten. Obwohl Utpal verpflichtet war, Arshads Diktat zu befolgen, war er nicht von der Durchführbarkeit eines solchen fischigen Systems überzeugt.

Ohne Utpal zu wissen, sollten ihm die Dinge aus der Hand genommen werden, weil er ein paar Meter entfernt stand, vorgab, das Pinnwand zu studieren, und ungeduldig sein fettiges Haar zurückdrängte, war Rajeev, der selbsternannte Studentenführer von Shyamol Sathi. Er war schamlos abgehört worden und näherte sich Utpal, der in einem hektischen Zustand war und buchstäblich in das Telefon schrie, daher war es nicht sehr schwierig herauszufinden, was Arshad und er vorhatten.

Sobald Utpal auf den Rasenflächen hinter dem Büro verschwand und verzweifelt mit den Armen schlug, stürzte Rajeev in ein leeres Klassenzimmer, wählte Palashs Nummer und wiederholte schnell, was er mitgehört hatte.

Palash war unverpflegt. "Sie abholen? Sie ist kaum ein Sack Kartoffeln, den sie jederzeit abholen werden! Außerdem ist sie eine sehr schwierige Frau. Wenn sie sich entschieden hat, sich nicht zu fügen, wird sie sich wehren «, fügte Palash hinzu, als er die Länge seiner kleinen Bibliothek auf und ab ging. "Wir können uns von Raktokarobi nicht so einschüchtern lassen, wir müssen ihrem Schritt entgegenwirken und ihre haarsträubenden Pläne stoppen.

"Gherao scheint die einzige Lösung zu sein", fuhr Palash nachdenklich fort, als würde er die Vor- und Nachteile der Situation abwägen. "Hast du genug Schüler, um einen Ghirao zu inszenieren, Rajeev? Du musst schnell handeln und alle überraschen; niemand darf den College-Campus verlassen.'

Rajeev unterstützte die Idee mit Begeisterung. "Meine Jungs werden bereit sein, sofort zu handeln, Sir, und ich werde sie bitten, diskret zu sein."

"Es wird einfach sein, den Gherao zu arrangieren und deine Streikposten auf dem Campus einzurichten", sinnierte Palash. "Glücklicherweise hat das College nur einen Ein- oder Ausgang, so dass Sie nur das Haupttor des Campus abschließen müssen. Bitten Sie Ihre Jungs, sich darauf vorzubereiten, das Tor mindestens für ein paar Stunden zu halten. Tun Sie es so schnell wie möglich. Dies wird Arshads Pläne völlig sabotieren, und wenn Dita den Forderungen Ihrer Partei nachgibt, wird Shyamol Sathi bei den bevorstehenden Wahlen der unangefochtene Gewinner sein."

»Brillanter Plan, Sir«, wollte Rajeev unbedingt loslegen. "Welche Anforderungen sollten wir stellen?"

"Bitten Sie die College-Behörde, Ihnen zu erlauben, Ihre Manifeste aufzustellen; bitten Sie sie, Ihnen während der College-Stunden ausreichend Zeit zu geben, um mit den Studenten zu sprechen und sie zu Ihren Gunsten zu beraten", riet Palash. "Ich bin sicher, dass Dita sich zumindest anfangs nicht daran halten wird, also sei bereit für ein langwieriges Gherao. Stellen Sie sicher, dass Sie genügend Nahrung und Wasser haben. Möglicherweise müssen Sie auch das Nötigste im Inneren bereitstellen." Palash wiederholte die Grundregeln:"Sie werden zu keinem Zeitpunkt Gewalt eindringen lassen. Und halte mich auf dem Laufenden."

Rajeev summte mit Anweisungen, die sofort ausgeführt werden sollten, und rannte los, um seine Truppen um sich zu versammeln; unterdessen hyperventilierte Palash, der während des Gesprächs sehr zuversichtlich geklungen hatte, innerlich; er betete, dass die Dinge reibungslos laufen würden und es kein problematischer

Protest sein würde. Aber leider hatte er die Unzuverlässigkeit seines eigenen Temperaments nicht berücksichtigt.

Wie sich herausstellte, standen sowohl das Schicksal als auch die Familie im Widerspruch zu ihm.

So wie Rajeev Utpals Gespräch belauscht hatte, so war auch Raja ein stilles Publikum des Gesprächs seines Vaters gewesen, während Palash damit beschäftigt war, seine Pläne mit dem Shyamol Sathi Studentenführer zu formulieren. Raja war in Palashs Bibliothek auf der Suche nach einer Kopie von Bobby Fischers My 60 Memorable Games gegangen. Die Bibliothek befand sich in einer abgelegenen Ecke des Hauses, in die sich die anderen Mitglieder des Haushalts selten wagten. Raja war schockiert und alarmiert über die Art und Weise, wie sein Vater versuchte, einen Gherao zu mikromanagen.

"Du bist absolut unverbesserlich, das weißt du, oder? Du hast gerade einem Jungen geraten, einen Gherao zu organisieren?" Raja konnte die Verurteilung in seiner Stimme kaum verbergen.

"Da du so viel von dem Gespräch gehört hast, musst du erkannt haben, dass dies der einzige Weg war, wie wir Raktokarobi davon abhalten konnten, Dita Roy abzuholen und sie dazu zu bringen, Gott weiß was zuzustimmen? Diesem Arshad-Freund ist überhaupt nicht zu trauen."

"Nein", Raja war standhaft. "Das war nicht der einzige Ausweg. Du hättest Dita anrufen und sie warnen können, anstatt es in ein politisches Projekt zu verwandeln, um billige Werbung für Shyamol Sathi zu machen. Wenn man Arshad nicht trauen kann, kann man auch Palash Bose, dem Politiker, nicht trauen ", knirschte Rajas Gesicht mit offensichtlicher Missbilligung. "Ich denke, du solltest Rajeev anrufen und es stoppen, bevor die Dinge außer Kontrolle geraten. Die Studentenpolitik ist bestenfalls volatil, man weiß nie, wo alles enden könnte!'

Palash sah Raja mit schlecht kontrollierter Irritation an. "Pläne sind bereits in Bewegung, sie können jetzt nicht gestoppt werden. Ich habe nicht die Absicht, sie zurückzuziehen. Meine Pläne zu sabotieren ist das, was Ihnen auf natürliche Weise einfällt, aus Gründen, die ich nie ergründen konnte; Sie haben noch nie Alternativen oder praktikablere Lösungen gefunden. Behalte deine Missbilligung für dich, ich habe weder die Zeit noch die Neigung, auf deine Worte zu hören."

Raja wurde von der offensichtlichen Feindseligkeit gestochen. "Welche Alternativen hätte ich dir geben können? Wovon redest du?"

Palash trat bereits aus der Bibliothek, aber Rajas Anfrage ließ ihn innehalten. Er drehte sich um und schlug aus: "Du weißt, nicht wahr, dass ich, wenn ich um den MLA-Sitz kämpfen soll, eine starke politische Unterstützung brauchen würde? Im Moment kann ich mich nicht zurücklehnen und Raktokarobi die Bedingungen für die Studentenwahlen diktieren lassen; es ist ein politisches Manöver und muss auf einer politischen Plattform beantwortet werden, und das versuche ich zu tun! Ich muss diese Runde gewinnen, denn zwischen dir und Pom hast du meine Chancen auf eine Allianz mit Girish Sarkar sabotiert. Wenn ich diese Unterstützung hätte, müsste ich mich nicht nach kleineren Fraktionen umsehen, um mich zu stützen! Girish wäre eine große Hilfe gewesen."

Voller Wut häufte Palash weitere Vorwürfe gegen Raja an. "Du bist nur ein egoistisches Gör, das mit deiner eigenen Schachkarriere beschäftigt ist. Du hättest Mishti auch als eine gute Ergänzung für dich selbst betrachten können, da Pom offensichtlich nicht interessiert war; aber nein, warum solltest du deinem Vater überhaupt helfen wollen?'

Raja war von diesem viszeralen Angriff überrascht. "Aber Mishti zu heiraten war nie eine Option für mich", murmelte er. "Ich mochte schon jemand anderen."

Bei der Erwähnung dieser scheinbar unbekannten Person spürte Palash, wie die Welt um ihn herum in Flammen der Wut aufging. Da er seine Wut nicht länger kontrollieren konnte, eilte er aus dem Raum, schloss die Tür mit einem durchschlagenden Knall und schloss sie ab. "Alle deine Optionen sind jetzt in meinen Händen", brüllte er und schüttelte seine Fäuste in der Luft. "Lass mich sehen, wie dir diese andere Person hilft."

Als Raja hörte, wie Palashs Schritte immer weiter die Gänge hinuntergingen, erkannte er mit Entsetzen, dass sein Vater ihn in einem Raum eingesperrt hatte, den nur sehr wenige Menschen besuchten, und er hatte nicht einmal ein Telefon, um Pom um Hilfe zu rufen.

Entführt

Mishti sprang aus dem Auto und stolperte fast in ihrer Eile, um zum Drehort zu gelangen. Aber warte, was waren das für bunte Banner, die im Wind flatterten, ein Meer schwarzer Köpfe, die vor dem College-Tor gegeneinander frästen? Slogans, die die Meinungsfreiheit priesen, wehten kakophon in die faule Nachmittagsluft und rührten alle, die sich in Hörweite befanden, aus ihrer üblichen Siesta-ähnlichen Apathie heraus. Unverständnis trübte ihre Sicht. Was war los?

Plötzlich zogen zwei Paare starker Arme sie nach hinten und legten ihr eine Augenbinde über die Augen; jemand schob ihr ein Stück Stoff in den Mund, bevor sie vor Verzweiflung schreien konnte. Sie wurde kurzerhand abgeholt und in ein wartendes Fahrzeug geworfen. Der Motor brüllte in Aktion.

"Ruf Arshad an und sag ihm, dass wir das Mädchen haben", die rauen Hände, die sie festhielten, hatten eine ebenso raue Stimme. "Wir haben Utpal aber nicht bekommen, ich glaube, er wurde eingesperrt."

Arshad war auf dem Lautsprecher und schrie: "Warum sollte jemand Utpal einsperren wollen? Was zum Teufel ist los?"

Eine andere Stimme brach ein und versuchte, die Situation zu erklären: "Es gibt jetzt ein Gherao im College. Shyamol-Sathi-Anhänger haben die Tore verschlossen und protestieren gegen etwas. Viele Schüler und Lehrer sind gesperrt

drinnen, denke ich, Utpal auch. Er war überrascht, wie es scheint, er schaffte es nicht, herauszukommen."

Es gab eine kurze Pause, als Arshad diese Informationen verarbeitete. "Hat jemand gesehen, wie du Dita Roy abgeholt hast? Du hast gerade gesagt, dass vor dem Haupttor eine ganze Menge war, hat jemand gesehen, wie ihr euch diese Frau geschnappt habt?"

"Auf keinen Fall", die raue Stimme war schroff. "Alle Augen waren auf das College-Tor gerichtet, niemand interessierte sich dafür, was auf der gegenüberliegenden Straßenseite geschah. Wir sind jetzt auf dem besten Weg...sollten Maniktala in etwa einer Stunde erreichen."

Arshad schien zufrieden zu sein und das Gespräch endete.

Mishtis Gedanken hallten von stillen Schreien wider. "Lasst mich gehen, lasst mich gehen, ihr verdammten Idioten, ich bin nicht Dita Roy!" Sie drängelte sich auf dem Autositz herum und versuchte, ihre Wut deutlich zu machen. Von ihren Entführern völlig ignoriert, setzte sie ihre rachsüchtige und vergeltende, aber gedämpfte Tirade fort. "Wartet nur, wartet nur, ihr Oafs! Du hast nicht nur das falsche Mädchen abgeholt, sondern auch eine gefährliche Tochter! Sobald mein Vater davon erfährt, wird er Hackfleisch aus dir machen."

Aber dann, dachte sie vergeblich, wer wird meinen Vater informieren?

X

Jai hatte es etwas eilig, er hatte einige Besorgungen für Girish zu erledigen. Nachdem er Mishti in der Nähe des Colleges abgesetzt hatte, kehrte er das Auto um und blieb dann prompt inmitten einer Menge von Studenten stecken, die zum College-Tor eilten. Er senkte das Fenster und spähte hinaus, um herauszufinden, was los war. Junge Jungen und Mädchen strömten mit Scharen von Shyamol Sathi-Bannern, weißen Fahnen mit ineinander verschlungenen limettengrünen Kleeblattblättern, ihre Gesichter leuchteten vor Aufregung, als sie sich den rhythmischen Gesängen anschlossen, die die Luft zerrissen. Als sie sich in einer Gruppe um das College-Tor versammelten, begann sich die Straße vor ihm zu klären, und durch die versetzten Lücken dachte Jai, er habe etwas sehr Seltsames gesehen. Gleich auf der anderen Straßenseite zwangen zwei Männer ein Mädchen in ein Auto; nach ihrer Kleidung zu urteilen, schien das Mädchen Mishti zu sein.

Panik ergriff Jai, als er versuchte, sich mit ertönendem Horn durch die Menge zu bewegen. Der Mob vor ihm begann, ihm schmutzige Blicke zu geben, weigerte sich, sich zu bewegen und ignorierte die dringenden Hornstöße; Jai beobachtete ungläubig, wie sein Auto schnell von einer menschlichen Welle verschlungen wurde. Unsicher, was er tun sollte, schaltete er den Motor aus, nahm sein Telefon, wählte Mishtis Nummer und wartete ängstlich. Vielleicht hat er sich doch geirrt, es war vielleicht nicht Mishti, den er in einem schwarzen Toyota Innova gebündelt sah. Das Telefon klingelte am anderen Ende…es klingelte weiter, aber es gab keine Antwort. Bei Vollgas-Panikalarm wählte Jai jetzt Girishs Nummer.

X

Versuchen Sie, sich so sehr sie konnte auf die Dreharbeiten zu hin und wieder zu konzentrieren, ein Gefühl des Unbehagens ergriff Hemlata. Aus dem Augenwinkel bemerkte sie etwas Aufregung um das Haupttor des Campus. Bevor ihr Verstand überhaupt anfangen konnte zu verarbeiten, was vor sich ging, schlossen sich die Eisentore mit einem durchschlagenden Klirren und rauflustige Schreie zerrissen die ruhige Nachmittagsluft. Hemlata sprang buchstäblich aus ihrer Haut, als rasende Schreie die Stille zerstörten, die sich auf dem Campus angesiedelt hatte: „Dita Roy, hai hai! Hai hai, Dita Roy! Inquilab zindabad!" Fanatische Stimmen trieben die Wut an, forderten blind und unvernünftig:"Nieder mit der schamlosen Unterdrückung! Meinungsfreiheit für alle, es ist unser verfassungsmäßiges Recht."

Bob und seine Crew schienen eine zu Stein gewordene Einheit zu sein; das Schießen kam ohne ausdrücklichen Befehl von irgendjemandem zum Stehen; alle wandten sich ungläubig dem Tumult zu. Mittlerweile hatte sich eine ziemlich große Menschenmenge um das Tor versammelt, Banner mit limettengrünen Blättern entfalteten ihre Kriegslust und erhoben ihre Köpfe hinter den eisernen Toren. Jedem auf dem Campus war klar, dass sie eingesperrt waren, und es konnte lange dauern, bis die Differenzen gelöst waren und sie nach Hause zurückkehren konnten.

Jeder, der Dita kannte, wusste ohne Zweifel, dass sie den Forderungen von Shyamol Sathi nicht so leicht nachgeben und bis zum bitteren Ende auskämpfen würde; bis dahin würde jeder in suspendierter Animation sein.

Hemlata versuchte, den Grund für die große Beteiligung von Shyamol Sathi-Anhängern herauszufinden, und hatte einen nörgelnden Verdacht, dass es nicht von bloßen Studentenführern geplant und ausgeführt werden konnte. Dieser Gherao hatte die Kennzeichen eines Vordenkers, und sie war sich seiner Identität nicht sicher.

Palash Bose ging beim zweiten Klingeln ans Telefon, und die Hölle brach los. Die normalerweise sanfte und tolerante Hemlata war außer sich vor Wut. "Weißt du überhaupt, was du getan hast? Du hast diesen Gherao offensichtlich im Phulpukur College bestellt. Leugne es nicht, ich werde dir nicht glauben! Und zusammen mit vielen anderen ahnungslosen Menschen auf dem Campus hast du mich auch eingesperrt."

Palash war ratlos. Er hatte Hemlatas Abwesenheit an diesem Morgen bemerkt, aber da sie erwähnt hatte, dass sie Radha besuchen würde, war er zu dem Schluss gekommen, dass sie dorthin gegangen war. Er war morgens viel zu beschäftigt gewesen, um sich Gedanken zu machen. "Was genau machst du am College, Hemlata? Und sollte ich wissen, dass du da sein würdest?"

"Seit wann hast du Interesse an dem gezeigt, was ich tue?" Hemlata konterte. "Du bist in deiner eigenen machiavellistischen Welt beschäftigt. Etwas so Triviales wie das Drehen einer Webserie würde Ihre Fantasie nicht beflügeln, oder?"

Lieber Herr, dachte Palash, das ist es, was das alte Mädchen heute vorhat, auf den College-Campus zu rennen, um Bob und seine Crew beim Schießen zu erwischen; aber jetzt wird es für mich eine Situation ohne Gewinn sein, stöhnte er, Hemlata wird wollen, dass ich den Gherao absage, was ich offensichtlich nicht tun kann, zumindest nicht zu diesem Zeitpunkt.

Er hatte vollkommen Recht. "Du solltest besser sofort etwas dagegen tun, Palash. Sicherlich erwarten Sie nicht, dass ich darauf warte

bis die Schüler den Gherao heben?"

"Und was genau soll ich tun?"

"Ruf deine Schläger zurück. Es gibt eine große Menschenmenge da draußen, und ich bin sicher, dass nicht alle von ihnen Studenten sind, es muss auch Shyamol Sathi-Parteiarbeiter geben. Ruf sie zurück, bevor die Dinge außer Kontrolle geraten."

"Die Dinge sind bereits außer Kontrolle geraten", klang Palash nachdenklich. "Bobs Anwesenheit auf dem Campus bedeutet, dass dieser Gherao viel unerwünschte Aufmerksamkeit erregen wird. Dieser Dummkopf eines Jungen, Rajeev, hat es versäumt, mir das zu sagen! Und Hemlata, was auch immer du denkst, ich bin nicht das A und O von allem, es gibt viele Dinge, die völlig außerhalb meiner Kontrolle liegen."

"Du bist nur ein elender Mann, der es liebt, Menschen Ärger zu machen, und dann wäschst du dir fröhlich die Hände von der ganzen Situation", rauchte Hemlata. "Ich hatte Mishti eingeladen, sich mir am Drehort anzuschließen, aber das arme Mädchen muss jetzt irgendwo in diesem dummen Gharao gestrandet sein und sie geht nicht einmal ans Telefon. All das ist deine Schuld."

Während Hemlata damit beschäftigt war, unbemerkt Beschuldigungen auf Palash zu häufen, spielten sich

Ereignisse von unvorstellbarem Ausmaß ab und verstärkten das Dilemma, in dem sie sich bereits befanden.

X

Die Büroangestellten zogen mit niedergeschlagenen und etwas verstohlenen Gesichtsausdrücken zum Büro des Direktors. Fast alle von ihnen waren verdeckte Shyamol Sathi-Anhänger, so dass sie nicht viel zu sagen hatten, abgesehen davon, dass sie Unbehagen über die Aussicht äußerten, für einen unbestimmten Zeitraum im College zurückgehalten zu werden. Die Lehrer waren in ihrer Unzufriedenheit lautstarker: Dita konnte hören, wie Sahana Pinku am Telefon anschrie und ihn bat, aufzustehen und den Ghao aufzuhalten.

"Ihn anzuschreien, wird die Sache jetzt nicht verbessern", versuchte Dita, Sahana zu beruhigen. "Die Menschenmenge, die sich an unserem Haupttor versammelt hat, wird sich nicht so leicht zerstreuen lassen, sie haben ein Mandat, dem sie folgen müssen, denke ich."

Die Lehrer hatten einen Vorschlag: "Warum rufen wir nicht die Polizei, um die Menge zu zerstreuen?"

"Im Moment ist selbst das vielleicht keine gute Idee", bot Alok zögerlich an. "Wenn die Polizei hereinkommt und versucht, die Schüler gewaltsam aufzulösen, könnten einige von ihnen aktiven Widerstand leisten und dabei verletzt werden. Ein solcher Vorfall wird definitiv gegen die College-Behörde verstoßen, die als Absprache mit der Polizei angesehen wird, um die Jugendlichen zu belästigen."

»Alok hat recht«, stimmte Sahana zu. "Und wenn ein Schüler verletzt wird, wird er oder sie einen Märtyrer aus ihm oder ihr machen und weiterhin Gerechtigkeit fordern. Es ist besser, abzuwarten und sie zu einer vernünftigen Lösung kommen zu lassen."

Dita nickte geistesabwesend. "Also werden wir abwarten. Aber was ist mit den Studenten, wie viele von ihnen werden mit uns auf dem Campus erwischt?" Sie hatte auch andere Gedanken, die sie beunruhigten: Tamali und Bobs gesamte Crew waren ebenfalls abgeriegelt, Arko wäre heute Abend ganz allein. Kaum ein tröstlicher Gedanke. Selbst Raja antwortete nicht auf ihre Anrufe, sie fragte sich, was los war.

"Die meisten Studenten waren bereits gegangen, um sich der Shyamol Sathi-Kohorte da draußen anzuschließen, wie es scheint", bemerkte Dipten. "Die, die drinnen sind, sind ein paar unglückliche Raktokarobi-Anhänger und eine weitere Handvoll unpolitischer Kinder, denen es egal ist, ob Shyamol Sathi und Raktokarobi bis zum Tod gekämpft haben."

"Trommle sie zusammen und bringe sie in mein Büro", wies Dita an. "Ich muss ihnen versichern, dass sie bei uns hier sicher sind."

Während Dipten hinausging, um die Studenten zu rufen, ging Alok in die College-Kantine, um zu sehen, ob sie ein paar Snacks und Getränke zur Verfügung stellen könnten, um sie für die lange Wartezeit zu stärken. Bob und sein Team hatten bereits gepackt. "Wen interessiert schon das Drama auf dem Bildschirm, wenn im wirklichen Leben so viel passiert?" Bob kicherte, als er mit seinen Schauspielern und Technikern Pakoras und Tee teilte.

Dhruv durchsuchte die Geschäfte der Kantine, um herauszufinden, ob sie genügend Vorräte für die unerwartete Menge hatte, die jetzt Gefangene auf dem Campus waren.

"Wenn sie Dal und Chawal haben, können wir Khichri machen und auch für die Nacht sortiert werden", scherzte Prithvi als Rahul, einer der bankfähigsten Stars in Bobs Starbesetzung, und Tamali sah mit düsterem Gesichtsausdruck zu.

"Dita ist eine hart zu knackende Nuss", sagte Tamali mürrisch. "Du könntest genauso gut mit der Planung für Morgen, Mittag und Nacht beginnen, und Gott weiß, wie viele von ihnen."

Ein Student, der am nächsten Tisch Tee trank, begann an seinem Essen zu erstricken und strangulierte Keuchen auszustoßen.

"Dita Ma 'am ist immer noch da drin auf dem Campus?", stotterte er.

Die Köpfe drehten sich um und starrten ihn neugierig an. "Natürlich", kam die Antwort von mehreren Stimmen.

Der Junge sah sie mit akutem Entsetzen an und eilte wie eine versenkte Katze aus der Kantine. Als er draußen war, wählte er Arshad Alis Nummer mit zitternder Hand. "Wen hast du abgeholt?", schrie er. "Weil es offensichtlich nicht Dita Roy ist. Ich habe gerade bestätigt, dass sie sehr viel auf dem Campus ist."

In diesem Moment hätte Arshad Utpal glücklich töten können; der Junge war nirgendwo zu finden, wenn er gebraucht wurde, und jetzt ruft er mit dieser aufschlussreichen Information an, dass sie es geschafft haben, das falsche Mädchen abzuholen.

Also, wer zum Teufel war dann dieses Mädchen, das sie abgeholt haben? Fragte sich Arshad.

Der Pate

Alle Wege führen nach Rom, sagt man, aber heute war es eine Ausnahme: Alle Wege führten nach Palash Bose in Phulpukur. Er fand sich überschwemmt von Anrufen und am empfangenden Ende von flüchtigen Beschuldigungen, sentimentalen Tränen, wütenden Drohungen und nackter Feindseligkeit und sah sich innerhalb weniger Minuten einer Vielzahl von Emotionen gegenüber.

Alles begann mit einem wütenden Anruf von Girish Sarkar. "Palash, ich habe nie gewusst, dass du neben allem anderen auch noch wahnhaft bist?"

Palash wusste nicht, wie er auf diese Anschuldigung reagieren sollte, also wartete er geduldig auf die nachfolgende Schimpftirade. Er wusste genau, dass es bei Girish keinen Sinn hatte, sich in irgendwelche Streitlinien zu stürzen.

"Deine inkompetenten Schläger haben Mishti entführt, weißt du, dass ich annehme? Obwohl ich für mein Leben nicht herausfinden kann, warum? Da ich sie Ihrem Sohn fast auf einem Teller angeboten hätte?"

"Was?" Palash konnte seinen Ohren nicht trauen. Das ergab keinen Sinn.

"Warum um alles in der Welt sollte ich Mishti entführen wollen?" Sein Herz sank in die Magengrube, als er sich bemühte, wahrscheinliche Erklärungen zu finden. Palash versuchte, das unangemessene Zittern der Hand, die das Telefon hielt, zu beruhigen, und kämpfte darum, die Panikwellen zu kontrollieren, die ihn zu verschlingen drohten.

Girish war nicht in der Stimmung, Palash zuzuhören. "Sie war auf dem Weg zum College, weil Hemlata sie eingeladen hatte, sich ihr bei Bob Banerjees Dreh anzuschließen. Offensichtlich haben Sie und Ihre Frau beim Entführungsplan zusammengearbeitet."

Außer sich vor Wut ließ Girish nicht nach. "Wenn Sie denken, dass Sie mich erpressen können, um Ihre Wahlkampagnen zu unterstützen, muss ich sagen, dass dies nicht der richtige Weg ist", zischte Girish. "Gib meine Tochter sofort zurück oder ich werde dafür sorgen, dass du nicht nur nicht um den Sitz von MLA kämpfen kannst, sondern ich werde ein Medienexposé über dich veröffentlichen und dich so demütigen, dass du nie wieder dein Gesicht in der Öffentlichkeit zeigen kannst."

Einschüchtert und beunruhigt brach Palash in kaltem Schweiß aus, als er Rajeevs Nummer wählte; aber Rajeev schwebte über der Flut von Slogans und Bannern und Demonstranten, die wie verrückte Banshees schrien und Palashs Ruf nicht hörten.

Verzweiflung macht seltsame Dinge mit Menschen. Als Rajeev seinen Anruf nicht entgegennahm, fischte Palash Utpals Nummer aus seinem Telefonbuch heraus: Er hatte Utpals Nummer gespeichert, nur für den Fall, dass er sich jemals mit dem Anführer der Opposition in Verbindung setzen musste.

Utpal antwortete sofort: "Palash kaka, du wirst nicht glauben, was hier passiert, es ist, als ob die Hölle losgebrochen ist und der Teufel und seine höllische Gesellschaft am College-Tor sind, um Dita Ma 'am zu holen." Er klang so hoch wie ein Drachen.

Palash unterbrach seine Histrionik. »Hör mir gut zu, Utpal. Ich weiß, dass du geplant hast, Dita zu entführen ", gab es am anderen Ende ein dramatisches Erstaunen. "Offensichtlich konntest du das wegen der gherao nicht tun! Aber habt ihr dann euren Plan abgebrochen oder habt ihr verrückten Narren irgendein zufälliges Mädchen von der Straße entführt?"

Utpal schluckte. Wie hatte Palash es geschafft, die Situation zu verschärfen?

"Arshads Jungs haben ein Mädchen abgeholt. Ich war nicht da, ich habe keine Ahnung, wer sie ist ", gab er niedergeschlagen zu.

"Ihr verdammten Schwachköpfe, ihr habt Girish Sarkars Tochter aufgegriffen! Sagen Sie Arshad, dass er hier weit über seine Grenzen hinaus ist. Girish ist der Pate der Diamantenhafen-Mafia, er wird euch alle lebendig häuten! Bring das Mädchen so schnell zurück, wie du deine elenden Ärsche bewegen kannst, zögere nicht einmal eine Minute ", entlüftete Palash seine Frustration über den verblüfften Jungen, der inzwischen zu ängstlich war, um sich zu bewegen, geschweige denn Pläne für Mishtis problemlose Rückkehr zu schmieden.

Palash verließ Utpal, um herauszufinden, wie er die Situation am besten angehen konnte, und richtete seine Aufmerksamkeit auf die anderen Anrufe, die zu ihm durchkamen. Er bemerkte, dass er fünf verpasste Anrufe von Pom hatte, er beantwortete den sechsten Anruf. "Wo ist das Feuer, Pom?", klingte er beiläufig.

"Überall", kam die abgeschnittene Antwort. "Vielleicht kannst du mir sagen, wo Raja ist? Er nimmt meine Anrufe seit ein paar Stunden nicht mehr entgegen. Ich dachte, er wäre zu Hause."

Palash entschied sich, nicht auf diese Anfrage zu antworten, aber Pom beharrte darauf. "Ma hat ihn angerufen, auch Papu, und er hat nicht geantwortet. Er benimmt sich nicht oft so!"

Palashs anhaltendes Schweigen ließ Pom zu einem übereilten, aber nicht völlig falschen Schluss kommen. "Ihr zwei hattet einen Tiff? Warum bin ich nicht überrascht? Und sag mir nicht, dass du ihn wieder eingesperrt hast. Er ist kein Kind mehr, du musst erwachsen werden, Baba! Das letzte Mal, als du diesen Raja gemacht hast, warst du weggelaufen, erinnerst du dich? Wir haben eine ganze Woche gebraucht, um ihn zu finden?"

Raja war schon immer ein irrendes Kind und Palash ein ungeduldiger Elternteil gewesen, und wenn sich diese beiden wie Preiskämpfer in einer Arena verhielten, führte dies in den meisten Fällen zu unappetitlichen Ergebnissen. Pom war besorgt, dass dies das Szenario sein könnte, das sich gerade entwickelt, also pflügte er rücksichtslos in die ohrenbetäubende Stille.

"Ich bin bereits auf dem Weg nach Phulpukur. Ma hat angerufen, um zu sagen, dass sie in ein Problem am College verwickelt ist. Sie möchte, dass ich sie auf dem

Weg nach Hause abhole. Sie klang ziemlich verärgert. Selbst sie konnte Raja nicht erreichen." Poms Stimme nahm eine fast flehende Note an:"Bitte sag mir, wo Raja ist?"

Verzweiflung statt Wut trübte Palashs Stimme. "Zwischen dir und deiner Mutter bist du immer bereit, mir die Rolle des Schurken in dieser Familie zuzuweisen. Sehr praktisch für Sie, da Sie keine harten Anrufe annehmen müssen. Das überlassen Sie mir und malen mir dann ein Monster."

"Baba, das war nicht meine Absicht. Ich machte mir selbst Sorgen um Rajas Verbleib. Ich erhielt Informationen aus zuverlässigen Quellen, dass die Medien, angeführt von dem berüchtigten Paparazzo Chirag, verzweifelt versuchen, Rajas Identität zu enthüllen. Sie haben offenbar seine Anwesenheit in Phulpukur verfolgt. Und jetzt, da Raja einen verschwindenden Trick gemacht hat, war ich ratlos, was ich denken sollte."

'Chirag! Oh mein Gott!' Palash konnte buchstäblich spüren, wie sein Blutdruck in die Höhe schoss. "Er ist unermüdlich! Er wird nicht leicht aufgeben, er wird nicht ruhen, bis er bekommt, was er will. Und ich weiß immer noch nicht, warum dein sturer Bruder seine Identität nicht preisgeben möchte, ich dachte, er wäre mit seinen neuesten Errungenschaften ein ziemlich putzender Pfau. Was ist die Notwendigkeit für ihn, einen Banksy zu ziehen und unnötige Intrigen zu schaffen?"

Jetzt war Pom an der Reihe zu schweigen. Obwohl Raja immer medienscheu gewesen war, konnte Pom seinem Vater nicht sagen, dass er der Grund war, warum Raja sich entschied, im Schatten zu bleiben, verzweifelt, seine Chancen mit Dita nicht zu verderben, indem er mit Palash in Verbindung gebracht wurde.

Inzwischen war Palash atemlos vor Angst. "Willst du mir sagen, dass Chirag Mukherjee in Richtung Phulpukur unterwegs ist? Dieser exzentrische Bob Banerjee tanzt bereits mit seiner Crew auf dem Campus herum. Zwischen ihnen werden sie sicherlich ein mickriges gherao auf nationale ebenen sprengen! Wir werden es nie aushalten können. Diese Direktoren und Journale werden den Ruf des Dorfes sowie des Colleges ruinieren."

POM war völlig verwirrt. Worüber Baba schimpft, scheint er den Verstand verloren zu haben, dachte er. "Was hast du getan? Von welchem Gherao sprichst du?"

Palash seufzte ungeduldig. „Es ist eine lange Geschichte; du wirst irgendwann erfahren, wenn du deine Mutter abholst, ob du an dem Gherao vorbeikommst und sie erreichst." Er warf sein Handy auf den Tisch und starrte an die Decke. Die Welt und ihre Mutter schienen versessen darauf zu sein, ihn einzuholen.

Er fragte sich, was er jetzt tun sollte.

Pistolen und Rosen

Raja war fast eingeschlafen, als er hörte, wie sich die Bibliothekstür ziemlich laut öffnete. Palash Boses schlaksige Figur schien fast wie eine betrunkene Person zu schwanken. Aus irgendeinem unerklärlichen Grund hatte sein Vater eine Schrotflinte in der Hand, und sie zielte direkt auf Raja, wenn auch etwas zittrig. Raja blinzelte verwirrt und wartete darauf, dass die Vision in schneeweißem Dhoti und Kurta verschwand. Aber egal wie sehr er blinzelte, die Vision verschwand nicht. Es starrte Raja immer wieder an, murmelte und murmelte und kam schließlich nahe genug heran, um ihn mit der schwarzen Schnauze der Waffe anzutupsen.

"Am Anfang ist mein Ende", witzelte Raja und betrachtete die Waffe leidenschaftslos. Wahrlich, das Ende ist hier, und es beginnt und endet mit meinem Vater, dachte er kühl.

Palash war nicht amüsiert. "Ich habe zu meinem Entsetzen herausgefunden, dass du, mein lieber Sohn, der Anfang, die Mitte und das Ende des größten Chaos bist, das jetzt in meinem Leben ausbricht. Du hast mir einen fröhlichen Tanz geboten, aber ich habe die volle Absicht, das Chaos zu beenden, das du in Gang gesetzt hast. Und dieses Mal werde ich die Bedingungen diktieren.

"Du, der du dich immer gegen all die Pläne, die ich mache, gewehrt hast, solltest dich nicht darüber beschweren, eingedämmt zu werden! Es ist jetzt zu einer Notwendigkeit geworden, dein eigensinniges Verhalten zu kontrollieren!'

"So sagt der Mann, der seinen Sohn in den letzten vier Stunden ohne Essen, ohne Wasser und ohne Kommunikation unter Verschluss gehalten hat", zog der wütende Sohn an und kämpfte darum, den wachsenden Zorn zu kontrollieren, der die letzten Spuren des Respekts vor seinem Vater zu verzehren drohte.

"Ich denke, ich sollte derjenige sein, der sich beschwert. Zuerst sperrst du mich ein und dann kommst du zurück und richtest eine Waffe auf mich wie ein zufälliger Schläger! Wenn du nicht mein Vater wärst, hätte ich dich als Verrückten markiert. Was ist los mit dir?"

"Warte und sieh zu, du wirst verstehen, was mit mir los ist, bevor dieser Tag endet." Palash antwortete heftig. Dann warf er die Schlüssel seines maroden Ambassador-Autos in Richtung Raja, der sie instinktiv erwischte, und befahl: "Steh auf. Wir machen eine Fahrt."

Raja hatte keine andere Wahl, als vom Sofa aufzustehen, wo er sich gerade bequem genug gemacht hatte, um wieder einzuschlafen. "Wo wollen wir hin, da du mich offensichtlich auch fahren lassen wirst?", klingelte er mit den Schlüsseln.

Palash stieß ihn erneut mit der Waffe an. "Beeil dich, beeil dich! Wir haben keine Zeit zu verlieren."

Der bewaffnete Vater stieß den verärgerten Sohn aus der Bibliothek, marschierte ihn durch die leeren Korridore und jagte ihn dann die Treppe hinunter, bis er schließlich auf dem Fahrersitz des Botschafters saß. "Fahr mich zum College", bellte er.

Palash ließ die Waffe immer noch auf Raja trainieren und war nicht bereit, irgendwelche Anzeichen von Widerstand zu dulden. Raja konnte nicht herausfinden, warum sein Vater die Waffe auf ihn richtete, aber er war erleichtert, dass sie auf das College zusteuerten, und er würde selbst sehen können, wie Dita mit dem Gherao umging. Er kannte sie gut genug, um anzunehmen, dass sie Palash sogar zur Vernunft bringen könnte, um die menschlichen Barrikaden am Tor zu heben.

Die Entfernung vom Bose-Haushalt zum Phulpukur College betrug etwa sieben Kilometer, aber Palashs Botschafter hielt ein langsames und stetiges Tempo aufrecht, so dass selbst kurze Entfernungen zu einer Herausforderung mit übermäßigen Zeitspannen wurden.

Während die Schachspieler in Rajas Kopf versuchten, einen vernünftigen Ausweg aus dieser Lösung zu finden, war Palash seinen Plänen bereits zwei Schritte voraus. Heute war nicht der Tag, an dem er sich von Rajas Unnachgiebigkeit und hinterhältigen Plänen ausmanövrieren lassen wollte.

Palash hielt die Waffe in einer Hand und zeigte immer noch auf Raja. Er nahm sein Telefon, um Girish anzurufen. "Ich habe Ihre Tochter aufgespürt", erklärte er, ohne Zeit mit Formalitäten zu verschwenden. "Fahre so schnell wie möglich zum College. Arshad Alis Männer hatten sie versehentlich aufgegriffen und dachten, sie würden Dita schnappen. Sie werden zurück zum College kommen, um Mishti abzusetzen, ich denke, du wirst auch dort sein wollen?" Er hat sich abrupt getrennt.

Raja war sprachlos. Was zum Teufel ist los? Palash war offenbar allen möglichen Tricks gewachsen.

"Du hast Mishti entführt?" Raja hatte ungläubige Augen. "Und geplant, Dita auch zu entführen?"

"Halt die Klappe, du Narr", bellte Palash. "Ich habe niemanden entführt. Arshad Ali entführte Mishti. Ich versuche, sie zu ihrem Vater zurückzubringen."

»Was ist mit Dita?«, fragte Raja.

»Was ist mit ihr?«, antwortete Palash zerstreut. "Sie schafft nur unnötigen Ärger für sich selbst und für mich. Es war ihre vorschnelle Entscheidung, Wahlplakaten Beschränkungen aufzuerlegen, die zu diesem ganzen Fiasko führte."

Anscheinend war es ein zu heikles Thema, um überhaupt darüber zu sprechen. Palash stellte die Waffe wieder ein und ging ans Telefon. Aditya Pundit war in der Leitung: "Palash, Papu ist ein bisschen besorgt. Er scheint Raja nicht auf seinem Handy zu erreichen. Er hat sich gefragt, ob alles in Ordnung ist?"

"Ja, ja, alles ist in Ordnung", antwortete Palash ungeduldig. "Raja ist bei mir und wir fahren zum College."

Aditya war sofort besorgt: "Glaubst du, es ist klug, sich jetzt in die Gharaos einzumischen? Du wirst sofort als Shyamol-Sathi-Sympathisant identifiziert und wenn man bedenkt, dass dieser Gherao ihre Idee ist, könnte deine Verbindung mit der Partei im Moment nicht gut für dein Image funktionieren, Palash!'

"Mein sogenanntes Bild ist weggeworfen worden, Aditya", rauchte Palash. "Wir sind alle von Dummköpfen umgeben, das sage ich euch! Kannst du dir vorstellen, dass einige dumme Raktokarobi-Schläger es geschafft haben, Mishti zu entführen, und jetzt droht mir Girish Sarkar mit schrecklichen Konsequenzen?"

"Ich weiß", bedauerte Aditya. "Sahana ist am College, sie hatte gerade ein Gespräch mit Utpal, wie es scheint. Anscheinend hatte Arshad Ali Schläger geschickt, um Dita abzuholen. Mishti war einfach zur falschen Zeit am falschen Ort. Utpal war im Gherao gefangen und konnte den Campus nicht verlassen, daher die ganze Verwechslung. Arshad ist wütend und will Utpals Kopf auf einer Platte haben. Er kommt persönlich herunter, um das Mädchen zurückzugeben. Und jetzt hat die Aussicht, das Ziel von Arshads Zorn zu sein, Utpal so sehr verunsichert, dass er gegangen ist und sich in einem der Klassenzimmer eingeschlossen hat."

Palash grunzte. "Utpal sollte sich wirklich gut verstecken, da Girish auch auf dem Weg zum College ist. Zwischen Arshad und Girish könnte er zwischen dem Teufel und dem tiefblauen Meer gefangen sein."

"Du wirst es nicht glauben, aber Utpal hatte auch Papu angerufen und Hilfe von Shyamol Sathi gesucht, da er so viel Ärger mit Raktokarobi-Kopf-Honchos hat."

Palash war neugierig. "Also, was hat Papu gesagt?"

Aditya zögerte und platzte dann heraus: "Leider war Papu so abgelenkt, dass er Utpal keine konstruktive Hilfe anbot."

"Warum ist Papu abgelenkt?» Palash war noch neugieriger.

Aditya zögerte wieder. 'Papu machte sich Sorgen um Raja. Da Raja ohne Kontakt zur Außenwelt war, dachte er, ihr zwei hättet euch vielleicht wieder gestritten. Du weißt, dass Papu schon immer eine Schwäche für Raja hatte, sie sind buchstäblich zusammen aufgewachsen."

Die Erinnerung an Papu, der Raja mit leidenschaftlicher Gelassenheit in Girishs Salon umarmte, blitzte in Palashs Kopf auf. Er setzte sich unruhig in seinen Sitz und hoffte gegen die Hoffnung, dass Papu nicht der besondere "jemand anderes" war, den Raja ein paar Stunden zuvor erwähnt hatte.

Als er die Gespräche seines Vaters belauschte, fielen einige Teile des Puzzles für Raja zusammen, aber es gab mehrere andere, die immer noch unerklärt blieben. Was ihn am meisten verwirrte, war die Waffe. Raja wusste, dass Palash widerspenstig sein konnte, aber er brauchte sicherlich keine Waffe, um ihn aus einem Raum zu ziehen und ihn dazu zu bringen, sein Auto zu fahren!

Das nächste Gespräch zwischen Palash und Aditya war noch interessanter. "Wir fahren zum College", informierte Aditya Palash. "Radha war ziemlich besorgt um Sahana; wir werden vor den Toren auf dich warten. Pinku und Papu sind bereits gegangen."

"Kannst du mir einen Priester besorgen?" fragte Palash kurz.

"Ein Priester?" Aditya war verblüfft, wer braucht einen Priester, um die Studentenpolitik zu lösen? Aditya bemühte sich, dieser bizarren Bitte einen Sinn zu geben.

Sicherlich verlor Palash es, er muss unter viel Stress stehen, dachte er.

"Ja, ein Priester", bellte Palash. "Das ist es, was ich brauche, um alle meine Probleme jetzt zu lösen."

Aditya wusste nicht, was er sagen sollte, und auf dem Sitz neben Palash schossen Rajas Augenbrauen völlig überrascht in die Höhe. Vertraue darauf, dass Baba außerirdische Lösungen für schrecklich erdige Probleme findet.

Palashs Anweisungen an Aditya gingen weiter. "Ich bin sicher, Sie können Naveen Mukherjee auf Ihrem Weg erreichen, er hat bei einigen Durga Pujas und Ehen amtiert...

Er wird mir heute helfen können."

"Ich werde es versuchen", klang Aditya zweifelhaft. "Aber ich sehe immer noch nicht, wie es uns helfen wird." Da Palash nicht geneigt schien, seine Pläne zu enthüllen, zuckte Aditya mit den Schultern und legte auf.

Die Trauben des Zorns

Als Palash und Raja das College erreichten, war der Himmel von Sturmwolken bedeckt; die limettengrünen Blätter der Shyamol Sathi-Banner flatterten in den immer mächtigeren Windböen. Der faule Nachmittag hatte sich längst in eine Hülle seines früheren Selbst zurückgezogen, Angst durchdrang die Luft, als skandierende Studenten Palashs Botschafter umringten und das alte Fahrzeug daran hinderten, sich den College-Toren zu nähern.

Palash hatte keine andere Wahl, als aus dem Auto zu steigen und sich den kriegführenden Studenten zu stellen. Raja stellte den Motor ab und ging ihm nach. Die Schrotflinte baumelte wie ein monströses Anhängsel aus Palashs Hand und eine neugierige Stille senkte sich auf die Menge. Instinktiv trat die Menge ein paar Schritte zurück und entfernte sich von Palashs bedrohlicher Gestalt.

Als sich die mühlende Menge bewegte und sich neu formierte, konnte Raja sehen, wie Rajeevs Gesicht aus dem Meer der Köpfe spähte, was sie von den Collegetoren fernhielt. Er sah ungläubig zu, wie Palash mit den Fingern schnippte und Rajeev, dessen fettiges Haar wie eine schmutzige Mütze an seiner Kopfhaut klebte, auf ihn zukam.

"Palash Kaka, wir haben die Tore wie versprochen gehalten", keuchte Rajeev und sah schief auf die Waffe.

"Es gibt keinen Grund für Gewalt...wenn Dita Ma 'am unseren Bedingungen immer noch nicht zustimmt, werden wir den Gharao einfach verlängern."

"Die Natur plant etwas anderes, Rajeev." Palash schaute in den Himmel ", ein Sturm braut sich zusammen...du wirst deine Linien nicht mehr lange halten können, deine Anhänger werden verschwinden, sobald der Regen kommt; wir müssen schnell handeln."

Rajeev war sich sofort des Ernstes der Situation bewusst und wartete auf den Aktionsplan, von dem er wusste, dass Palash nach der Eile ausrollen würde.

"Bitten Sie Ihre Jungs, die Tore zu öffnen und uns passieren zu lassen, Rajeev", warf Palash Raja einen kaputten Blick zu. "Und pass auf diesen Jungen auf, lass ihn nicht aus den Augen, während ich versuche, Probleme mit Dita zu lösen."

Whoa, woher kommt dieser Googly? Raja war ratlos. Durch den Ausdruck des absoluten Erstaunens auf seinem Gesicht war es auch Rajeev: Er genoss sicherlich nicht die Idee, in die Rolle eines Babysitters für Raja geworfen zu werden, während die ganze Handlung woanders stattfand. Aber er konnte zu Palash nicht nein sagen.

Palash ignorierte ihre Überraschung und flüsterte Rajeev seine Anweisungen zu. "Ich kann Pinku und Papu in der Menge sehen, ruf sie her, damit sie mit uns reingehen können. Weisen Sie Ihre studentischen Leiter an, die Tore sicher hinter uns zu schließen. Sie können Pom, Aditya und Girish hereinlassen, wenn sie schließlich auftauchen. Niemandem sonst sollte es erlaubt sein, ohne meine Erlaubnis einzutreten. " Palash war sich über seine Anforderungen im Klaren. "Aditya wird einen Priester im Schlepptau haben, lass ihn eintreten, er ist für diesen Abend unerlässlich ", fügte Palash als Gegenerwiderung hinzu.

Pinku und Papu kamen herüber, um sich ihnen anzuschließen, winkten enthusiastisch und schrien, um über das Brüllen der Menge hinweg gehört zu werden. Fast instinktiv umarmte Papu Raja in einer Bärenumarmung und vermittelte stille Erleichterung über seine Befreiung aus Palashs Klauen.

Palash beäugte den Austausch mit deutlichem Unbehagen, brach sie kurzerhand auseinander und eilte sie durch die Tore, die sich schließlich für sie öffneten. Sie drängten sich durch die Menge, fast betäubt von den triumphalen Slogans, und schafften es, den Campus zu betreten, wo jemand ein Shyamol-Sathi-Banner in Pinkus Hände schob. Pinku kämpfte darum, die außer Kontrolle geratene Flagge im Wind zu befestigen, Palash umklammerte seine Waffe und Rajeev hielt Raja fest im Griff, als sich die Tore mit einem entscheidenden Klirren hinter ihnen schlossen.

X

In der Zwischenzeit hatten sich alle Augen im Büro des Direktors auf das College-Tor gerichtet. Eine plötzliche Stille senkte sich auf die rauflustige Menge, gefolgt von einer Erneuerung aufgeregter Schreie, als sich die Tore zu öffnen begannen. Die belagerte Menge im Büro entdeckte ein paar Figuren, die hinein traten, eine von ihnen schwenkte eine Fahne, und dann schlossen sich die Tore wieder.

Als sich die Figuren der College-Enklave näherten, war Palash sofort spürbar. Groß und geschmeidig, gekleidet in seinen charakteristischen weißen Dhoti und Kurta, machte er eine Figur, die niemand leicht übersehen konnte; und heute strahlte er Bedrohung aus.

"Palash Bose trägt eine Waffe... dieselbe Schrotflinte, die er auf der Wolfsjagd bei sich hatte", konnte Dita ihren Augen kaum trauen. "Warum braucht er jetzt eine Waffe?"

Ich hätte einfach die Polizei rufen sollen, dachte sie verzweifelt, anstatt Alok zuzuhören. Sie war sich ziemlich sicher, dass es nur eine Frage der Zeit sein würde, bis diese Waffe auf sie gerichtet sein würde.

Und dann keuchte sie, Palashs imposanter Präsenz folgend, wenn auch etwas widerwillig, war eine weitere große Figur... sicher war das Raja?

Dita fühlte sich etwas unwohl. Raja hatte sie den ganzen Tag ignoriert, ihre Anrufe nicht erwidert; und dann plötzlich aus heiterem Himmel, hier war er, auch das mit Palash Bose?

Neben ihr hörte sie Sahana murmeln: "Pinku hat anscheinend auch seinen Verstand verloren. Warum schwenkt er die Partyflagge wie eine wahnsinnige Seele?«, sinnierte sie ganz verärgert. Was sie nicht wusste, war, dass der Wind stetig an Stärke zunahm und nur so konnte Pinku die Flagge im Gleichgewicht halten. Er wagte es nicht, das Banner fallen zu lassen, da Rajeev auch ihn genau beobachtete.

Alok und Ashok schüttelten missbilligend den Kopf. Die Mitglieder des Leitungsgremiums des Kollegiums missachteten die Normen links, rechts und in der Mitte: Wer hat jemals von einem Präsidenten mit Schusswaffen und einem Mitglied mit Parteiflagge gehört?

Die Lehrer und Mitarbeiter, die sich in Ditas Zimmer versammelt hatten, beobachteten mit begeisterter Aufmerksamkeit, wie die winzige Gruppe entschlossen vorwärts marschierte.

Und dann signalisierte Palash Rajeev mit einem leichten Kopfnicken, Raja von der Gruppe wegzuziehen. Rajeev hielt Rajas Arm eisern fest und stieß ihn in Richtung der College-Kantine. Palashs Hände waren fest auf der Waffe, er ließ sich nicht streiten, selbst Papus instinktiver Drang, Raja zu folgen, verdorrte unter Palashs verächtlichem Blick.

Das Publikum am Bürofenster beobachtete überrascht, wie sich die Gruppe teilte und in zwei Richtungen divergierte. Raja wurde kurzerhand abgeschleppt, während Palash sich auf den Weg zum College-Büro machte.

X

Raja riss seinen Arm von Rajeev weg. Er war immer noch unsicher über die Pläne seines Vaters und nicht in der Stimmung, sie zu befolgen. Die Schachfiguren in seinem Kopf hatten sich den ganzen Tag über endlos bewegt, ohne die Situation abschließend zu verstehen. Außerdem war er in den letzten Stunden nicht in der Lage gewesen, mit irgendjemandem zu kommunizieren, um herauszufinden, was im Namen der Hölle hier draußen tatsächlich vor sich ging.

Rajeev warf ihm einen üblen Blick zu. "Es hat keinen Sinn zu kämpfen, du kannst nirgendwohin laufen, weißt du? Diese verdammten Tore da draußen werden sich nur auf mein Kommando öffnen ", freute er sich. Der Ausdruck höchster Befriedigung auf dem Gesicht des dummen Jungen erfüllte Raja mit dem instinktiven Wunsch, den Jungen zu drosseln und in die Berge zu rennen. Es war ein Kampf für Raja, an den letzten Fetzen seines Verstandes festzuhalten.

Die Atmosphäre in der Kantine war aufgeladen, alle sahen mit unerschrockener Neugier zu, wie Raja und Rajeev durch die Türen eintraten.

Bob und seine Crew hatten Gopals Vorrat an Tee und Keksen bereits zu Boden gebracht; Gopal war im Allgemeinen stolz darauf, dass seine Kantinen sowohl am Phulpukur College als auch an der Saint James School einigermaßen gut bestückt waren, aber heute geriet alles außer Kontrolle. Einige der Leute, die sich in der Kantine versammelt hatten, waren immer noch hungrig und überfielen tatsächlich die Speisekammer, um etwas zu essen zu holen. Alle Köpfe drehten sich in Richtung Raja und Rajeev, als sie einen leeren Tisch fanden und sich niederließen.

"Hier kommen die Sprossen der Revolution, Inquilab Zindabad", kicherte Bob, als Gopal hinter seinem Tresen hervorsprang und sich Rajeev näherte.

Gopal schlug seine Hand vor Rajeev auf den Tisch und sagte wütend: "Inquilab Zindabad mein Fuß! Jungs, ihr habt keine Rücksicht auf den einfachen Mann, oder?

Einen Gherao im Handumdrehen inszenieren! Und was werden die darin gefangenen Menschen essen? Werden sie ihre Mägen mit deinen leeren Versicherungen füllen?"

Er wandte sich auch an Raja: "Dein Vater ist die Quelle all dieser Probleme, es ist höchste Zeit, dass ihm jemand eine richtige Lektion erteilt."

»Bitte mach weiter, du hast meinen Segen«, Raja entfernte sich ungeduldig von dem kreischenden Mann, seine Augen scannten die Menge der Gesichter; seine Mutter sollte hier sein, aber er konnte sie nicht erkennen. Wo könnte sie sein?

"Du musst wohl nach Hemlata suchen", schnitt eine sanfte Stimme in seine Gedanken. "Sie konnte die Menge hier nicht ertragen; Biltu brachte sie in eines der leeren Klassenzimmer."

Raja war von dieser unerwarteten Information angenehm überrascht; abgesehen von dieser Dame mit freundlichen Augen, die herübergekommen war, um zu ihm zu stehen, war der Rest der Menge in der Kantine buchstäblich voller Feindseligkeit. Er konnte es ihnen nicht wirklich verübeln, nach einem Tag harter Arbeit hatten alle erwartet, nach Hause zu gehen, als dieser elende Gherao alle ihre Pläne auf den Kopf gestellt hatte. Offensichtlich trug Rajeev, der ein Studentenführer von Shyamol Sathi war, die Hauptlast ihrer Feindseligkeiten, und Raja war von Assoziation befleckt.

Raja bot der Dame ein schnelles Lächeln der Erleichterung an: "Ma findet es schmerzhaft, in der Gesellschaft von zu vielen Menschen zu sein, sie ist eine ziemliche Einzelgängerin", murmelte er als Erklärung zu der anmutigen Frau, die neben ihm stand. "Sie musste ein bisschen Mut aufbringen, um euch beim Schießen zuzusehen, und dann wäre es eine ziemliche Herausforderung für sie gewesen, in dieses politische Kreuzfeuer geraten zu sein.

"Ich konnte sie auch nicht erreichen", gab Raja etwas beschämt zu. "Baba hat seine Studenten-Schläger auf mich gesetzt; er hat mir mein Handy für ein gutes Maß weggenommen und ich kann mit niemandem kommunizieren."

Ein plötzlicher Blick des Verständnisses dämmerte auf dem Gesicht der Dame, sogar das Purpur ihrer schönen Bindi schien animiert zu sein: "Oh, war das der Grund, warum Dita so aufgebracht war? Du hast nicht auf ihre Anrufe geantwortet!'

"Zerbrich es euch beiden", stürzte sich Rajeev in das Gespräch und stieß in einem körperlichen Akt der Einschüchterung unhöflich an Raja vorbei. Etwas schoss Raja in den Sinn: Den ganzen Tag lang war er von Palash angestupst und angestachelt worden und konnte sich nicht rächen, und jetzt köderte ihn dieser Junge vor einem Raum voller Fremder, Raja konnte es nicht mehr ertragen. Er peitschte herum und landete einen durchschlagenden Schlag auf Rajeevs Wange: "Höchste Zeit, dass du lernst, dich zu benehmen, ein Studentenführer zu sein, gibt dir nicht das Recht, dich gegenüber Menschen schlecht zu benehmen."

Slack-jawed, Rajeev kam mit der klischeehaftesten Drohung aller Zeiten: "Warte nur, bis ich es deinem Vater sage."

»Mein Vater schüchtert mich nicht ein«, lachte Raja leichtsinnig. "Ich teile weder seine politische Ideologie noch folge ich ihr. Du bist nur ein Schwachkopf, der sich blind an seine Anweisungen hält, so viel ist mir klar. Geh und beschwere dich, es ist mir egal."

»So stur wie der Vater«, spottete Rajeev. "Wir können deine ganze Familie zu Fall bringen, wenn du nicht auf deine Worte achtest."

Raja stürmte wild auf Rajeev zu, von blinder Wut überrollt; und dann spürte er, wie Hände ihn zurückhielten, Stimmen murmelten: "Lass ihn los, er ist so ein Wurm, der deinen Zorn nicht einmal wert ist"; "Beruhige dich, beruhige dich"; "Atme tief durch". Raja spürte, wie die Wut aus ihm verebbte, als er sah, wie Rajeev einen hastigen Rückzug aus der Kantine schlug.

Bob Banerjee tätschelte Raja zustimmend den Rücken: "Das war gut gemacht, Junge, ich habe eine Szene verpasst, die es wert war, gefilmt zu werden!" Er blickte auf seine Crew, um Unterstützung zu erhalten, und der durchschlagende Applaus stieg wie eine Welle, die mit enthusiastischer Begeisterung durch den Raum reist; es markierte die Apotheose einer fast schurkenartigen Figur zu einem Helden.

Prithvi, Rahul und Dhruv schlichen sich neben Bob her. "Nur um uns zu versichern, dass wir immer noch unsere Jobs haben und in Bobs Augen nicht von dir überschattet wurden", scherzten sie, als sie Raja in ihren geselligen Kreis einwebten und versuchten, den Stress zu lindern, der in Rajas Haltung immer noch sichtbar war.

Raja war dankbar für ihre Unterstützung: "Ich habe einige deiner Shows mit Ma gesehen, sie ist ein begeisterter Fan. Es ist verrückt, aber ich kenne euch alle so gut." Er wandte sich an die Dame, die ihm in einer einst feindlichen Menge bedingungslose Unterstützung angeboten hatte."Ich habe dich auch gesehen, aber ich kann mich nicht erinnern, wo ", schloss er mit einer verlegenen Note.

Er konnte den Humor ausspionieren, der in den Augen seiner Wohltäterin funkelte. "Wehe mir!", erklärte sie dramatisch. "Jeder kennt den charmanten Dhruv, den hübschen Rahul und den Macho Prithvi, aber niemand achtet auf das arme alte Ich."

Bob lachte laut auf: "Hör auf, eine so dramatische Frau zu sein, du wirst den Jungen nur verwirren", drehte er sich zu Raja um. "Das ist Tamali Roy, sie ist, wie Sie sehen können, eine unserer schönsten Schauspielerinnen und definitiv die vielseitigste."

Die Schachfiguren in Rajas Kopf begannen verrückt zu surren und drängten sich herum, um wahrscheinliche Schlussfolgerungen zu ziehen. "Woher wusstest du, dass Dita versucht hat, mich anzurufen? Woher weißt du, dass ich ihre Anrufe ignoriert habe?" Graue Augen, brillant vor Neugier, auf Tamali konzentriert.

"Warum sollte sie es nicht wissen?" Bob schnaufte vor Verzweiflung. "Dita ist Tamalis Tochter. Und zwischen den beiden teilen sie zufällige Informationen, die niemand sonst wissen will, geschweige denn darüber reden."

"Hör auf, an meinem Bein zu ziehen, Bob", schoss Tamali Bob spielerisch weg. "Heirate zuerst und dann wirst du die Prüfungen und Schwierigkeiten verstehen, die es mit sich bringt, ein Elternteil zu sein."

"Nicht in diesem Leben, wie es scheint, da du Arnab mir vorgezogen hast!» Bob zwinkerte breit, bevor er wegzog.

Tamali spürte Rajas Blick mit Kapuze und versuchte herauszufinden, was sie über ihn wusste. Sie verbarg ein Lächeln und wartete auf ihre Zeit. Das rote Bindi auf ihrer Stirn funkelte vor Unfug, sie konnte die Chance nicht loslassen, diesen geheimnisvollen Jungen zu ärgern. Nur ein bisschen!

"Falls du dich genau fragst, was ich über dich weiß, lass mich dir versichern, dass ich viel mehr über dich weiß als Dita", hob Tamali mit einem halbherzigen Lächeln ihre Worte hervor. "Ich weiß alles über dich, Anuraj Bose; und ich frage mich, was ich mit den Informationen anfangen soll."

Meine Güte, dachte Raja, hier kommt die Axt. Nur mein Glück, von Ditas Mutter vor einem Raum voller Fremder ausgebügelt zu werden. Und die meisten von ihnen schienen sie anzulocken, alle bereit, an dem Drama teilzunehmen, das sich vor ihren Augen abspielte.

Was ich nicht verstehe, Anuraj Bose, ist, warum diese Geheimniskrämerei? Du bist doch ziemlich berühmt?' beharrte Tamali.

"Anuraj Bose!" Bob drehte sich um und sprang zurück. "Sagst du nicht?" Er starrte Raja an und stieß mit einem neugierigen Finger auf Rajas Brust. "Dieser Junge ist Anuraj Bose... Schach-Wunderkind?"

»Hör auf, ihn anzustupsen, Bob«, schimpfte Tamali. "Als Nächstes werde ich wissen, dass du ein Loch in ihn bohren wirst."

Raja war noch nie so kühn in die Enge getrieben und befragt worden. "Es ist eine lange Geschichte", bot er lahm an und versuchte, sich aus dem Bereich von Bobs stochernden Fingern zu entfernen.

"Da wir wirklich nirgendwo hingehen, haben wir alle Zeit der Welt", setzte sich Tamali auf einen der Kantinenstühle. "Erzähl uns deine Geschichte, Anuraj."

Oh Mann! Kein Entkommen heute, stöhnte Raja in stiller Verzweiflung.

Um die Sache noch weiter zu verschärfen, hatte Bob sein Handy herausgefischt und schrie aus voller Kehle hinein. "Du hast nach Anuraj Bose gesucht, nicht wahr? Du wirst mir nicht glauben, aber ich habe ihn hier!" Er hielt eine Sekunde inne und hörte aufmerksam zu. "Du bist schon auf dem Weg nach Phulpukur? Wunderbar, komm zum College, sobald du dort bist. Am Tor findet eine kleine Demonstration statt, aber ich denke, du kannst die Medienkarte abspielen und einfach eintreten?"

Zufrieden mit der Art und Weise, wie das Gespräch verlief, ließ sich Bob schließlich neben Raja nieder, um seine Geschichte zu hören.

"Wen hast du gerade angerufen?" Raja klang nervös, sein großer Rahmen steif vor Spannung. "Jemand aus den Medien?"

"Chirag Mukherjee", bot Bob beiläufig an. "Er ist ein guter Freund von mir. Erst letzte Woche beklagte er sich darüber, dass Anuraj Bose ihm wieder den Zettel gegeben hatte und er unbedingt ein Interview mit ihm machen wollte. Deshalb habe ich ihn angerufen. " Bob klang sehr zufrieden mit sich selbst.

Raja stöhnte. Graue Augen überfluteten Panik.

"Bob", Tamali war schockiert, ihr Herz ging an Raja. "Anuraj ist in seinem eigenen Recht berühmt, er braucht keinen Chirag, um ihn zu bestätigen."

Zu spät, dachte Raja, zu spät. Sein persönliches Leben wäre jetzt zum Greifen nahe, sie kamen mit Suchscheinwerfern auf ihn zu und warteten darauf, ihn aus den Schatten zu jagen, die er um sich herum geschaffen hatte.

»Darf ich mir dein Handy ausleihen?«, fragte er und wandte sich instinktiv an Tamali. "Ich muss Pom anrufen."

Dinge fallen auseinander

Die College-Tore öffneten sich wieder, um eine andere aufdringliche Person hereinzulassen. Diesmal war es Girish, der mit seiner Waffe auf Arshad Ali trainiert hatte, der fälschlicherweise angenommen hatte, dass er den Zorn des wütenden Mannes abwenden könnte, wenn er Mishti persönlich zu Girish zurückbrachte. Offensichtlich lag er schrecklich falsch, wie die Art und Weise zeigte, wie er von Girish gedrängt und angestachelt wurde. Mishti, jetzt frei, beobachtete mit unerschrockener Freude, wie ihr Vater Arshad zum Büro des Direktors führte. Jai brachte das Hinterteil dieser bunten Gruppe zur Sprache, auch er hatte eine Waffe, als er bereit war zu kämpfen, um Mishti von den Raktokarobi-Raufbolden zu befreien.

Die Atmosphäre in Ditas Zimmer war angespannt; Palash und Dita waren in eine Sackgasse geraten und keiner von ihnen schien geneigt zu sein, auch nur ein Jota Kontrolle aufzugeben. Als Girish mit Arshad eintrat, neigte sich die Einschüchterungsdynamik etwas mehr zu den Männern mit Waffen und verlagerte sich abgrundtief aus dem Orbit derer, die keine Waffen, sondern nur rohen, tollkühnen Mut hatten. Zu letzterer Gruppe gehörte auch Dita.

Girish achtete nicht auf seine Worte, als er Arshad in den Raum schob. "Palash, sieh dir an, wie deine großen Pläne fehlgeschlagen sind! Was willst du jetzt tun?"

Ein wütender Palash zeigte mit zitterndem Finger auf Arshad: "Die Absicht dieses Oaf war es, Dita zu bedrohen und einzuschüchtern, um sie zu zwingen, Wahlplakate an College-Wänden zu genehmigen. Aber offensichtlich, da seine Lakaien nichts als hirnlose Elende waren, nahmen sie das falsche Mädchen auf."

"Ich weiß das, aber letztendlich bist du die Person, die dafür verantwortlich ist, die Dinge in Bewegung zu setzen, und du bist verantwortlich für das schreckliche Chaos, das sich entfaltet", stoppte Girish Palash mit einem schwelenden Blick. "Es ist Zeit, das Chaos, das du entfesselt hast, zu beenden."

Ein Schimmer von Ironie erhellte Ditas ansonsten miserablen Tag: Die Waffen wurden jetzt von ihr weg trainiert, und zwei der listigsten Männer waren sich jetzt an der Kehle. Sie fand es sogar in sich selbst, etwas froh über den Gherao zu sein, sonst wäre sie sicher entführt worden und Gott weiß nur, was sich danach hätte entfalten können. Zumindest im Gherao war sie auf vertrautem Boden, mit bekannten Menschen. Man musste dankbar sein für die kleinen Gnaden des Lebens.

Sowohl Palash als auch Girish hatten jetzt ihre Waffen auf Arshad trainiert. Dita hoffte, dass sie nichts Dummes tun würden, mit der Welt und ihrer Mutter als Publikum, also ignorierte sie alle Gesetze der Selbsterhaltung, die sie hätten zurückhalten sollen, und sprang in den Kampf.

"Arshad mag tollkühn sein, aber vergessen Sie nicht, auch er ist ein Produkt Ihrer dummen Wahlpolitik, in der Leute wie er tatsächlich denken, dass das Aufhängen von Plakaten an einer Wand - oder nicht dazu in der Lage zu sein - kurzerhand zu einem Fall von Entführung und

Auflösung durch Einschüchterung führen kann. Raufbold-Politik vom Feinsten!"

In dem Versuch, mit den beiden wütenden Männern zu argumentieren, fuhr Dita fort: "Alles ist gut, das endet gut, nicht wahr? Die Entführung war ein offensichtlich verpfuschter Versuch. Das Beste, was du tun kannst, ist, eine Beschwerde bei der Polizei einzureichen. Lass ihn jetzt gehen.

"Und ruf den Gherao ab", fügte sie müde hinzu.

Während die Aufmerksamkeit der beiden Männer etwas von Dita abgelenkt wurde, hatte Arshad begonnen, sich schlau auf Palash zuzubewegen; er wusste, dass Palash von den beiden nicht wirklich ein Profi mit Waffen war. Arshad hatte beschlossen, die Chance zu nutzen, es seinen Händen zu entreißen. Er bereitete sich auf den einzigen Fallback-Plan vor, den er sich vorstellen konnte, und stürzte sich auf Palash.

Palash wurde unerwartet erwischt. Fast blind vor Wut über Ditas Worte hatte er Arshads Bewegungen nicht bemerkt. Als Arshad sich stürzte, sprang Palash fast aus seiner Haut und drückte in einer unvorhergesehenen Reaktion den Abzug der Schrotflinte. Es gab einen lauten Knall und er schwankte vom Rückstoß; er registrierte dunkel Menschen um ihn herum, die in einem schrecklichen Moment der Spannung erstarrten, als die Kugel ihr Opfer suchte.

Arshad sprang mit einem erschrockenen Schrei zurück. Die Kugel fand ihr Ziel, traf ein ahnungsloses Ziel und ließ ihn mit einem durchschlagenden Schlag abstürzen, der mit sehr wenig Würde oder Anmut auf dem Büroboden landete.

Für ein paar Sekunden erstarrte alles und dann brach die Hölle los. Was die Kugel zu Fall gebracht hatte, war Durjoy Pundits Porträt von seiner wertvollen Position an der Wand. Der kolossale Rahmen zersplitterte in Stücke und traf den Boden direkt neben der Stelle, an der Mishti stand; hier und da nur einen Zentimeter und sie hätte eine tote Ente sein können.

Während Palash und Girish sich vor Schock in Stein verwandelt zu haben schienen, griffen Alok und Dipten nach einem Tritt, beschimpften Arshad und zerrten ihn aus dem Raum, bevor er noch mehr Unheil anrichten konnte.

Der arme Durjoy Pundit lag in Schande auf dem Boden; Pinku und Papu stießen die Menschen aus dem Weg und begannen, die Teile des Rahmens aufzuheben, in dem sich das Porträt ihres berüchtigten Großvaters befunden hatte. Dita und Sahana versuchten, ihnen so viel wie möglich zu helfen. Mishti erschien schockiert und schlich sich neben ihren Vater. Girish umarmte seine Tochter in einem seltenen Moment elterlicher Beruhigung.

Palashs Hände zitterten immer noch, als Aditya Pundit mit einem Fremden im Schlepptau den Raum betrat. Der Anblick, der seinen Augen begegnete, war nichts, was er erwartete. Während Durjoy aus irgendeinem obskuren Grund auf dem Boden lag, schienen Pinku, Papu und Sahana Stücke von zersplittertem Holz zu sammeln, waren Palash und Girish offensichtlich im Streit, und die meisten Lehrer und Mitarbeiter schienen in einem Zustand des Schocks zu sein.

Was noch faszinierender war, war die Art und Weise, wie Dita auf gebeugten Knien war und versuchte, Teile des gebrochenen Rahmens zu sammeln, ohne sich der Tatsache bewusst zu sein, dass sowohl Palash als auch Girish jetzt ihre Waffen auf sie gerichtet hatten.

"Ich stimme dir zu, Palash", murmelte Girish. "Dieses Mädchen ist das Herzstück all der Probleme, die hier ausbrechen."

Dita blickte auf, sah, dass sie das Ziel von zwei Gewehren war, ergab sich ihrem Schicksal und ließ sich auf dem Boden nieder. Sie spürte, wie Sahana, Pinku und Papu sich in einer stillen Geste der Solidarität neben sie schlossen. Niemand wusste, was als nächstes passieren würde.

Aditya war ratlos und wütend, er konnte sich nicht mehr beherrschen. "Was genau passiert hier? Warum wurde das Porträt meines Vaters von der Wand genommen? Warum werden meine Söhne mit vorgehaltener Waffe festgehalten?"

"Deine Söhne werden nicht mit vorgehaltener Waffe festgehalten", zischte Palash. "Bitte sie, wegzuziehen und lass mich mit Dita fertig werden."

Pinku und Papu schienen nicht in der Stimmung zu sein, den Ältesten Beachtung zu schenken. Sahana ließ sie Dita nicht los; sie hielten sich in hartnäckigem Trotz zusammen.

Palash nickte dem Fremden zu, der mit Aditya eingetreten war, deutlich fehl am Platz. Er war ein dünner und knochiger Mann mit einem heiligen Faden, der Upavita, der seinen nackten Oberkörper diagonal überquerte und seine linke Schulter in leuchtend weißen Strähnen hinuntertrieb, ein Haarbüschel, länger als der Rest, am Hinterkopf baumelte, mit einer welkenden Ringelblume, die daran gebunden war.

"Naveen Mukherjee, nehme ich an?" fragte Palash.

"Ja", antwortete Aditya knapp, ihm gefiel nicht, wie Palash die Sache selbst in die Hand nahm.

Auch Girish war verwirrt: "Naveen ist unser lokaler Priester, warum solltest du ihn jetzt hier haben wollen, Palash?"

"Er kann viele meiner Probleme lösen und auch deine, Girish", war Palash kryptisch. "Es gibt nur einen Weg für uns, mit unseren Unruhestiftern umzugehen." Er richtete seine Aufmerksamkeit auf die Lehrer, die in kleinen Gruppen zusammengekauert waren ", Agni und Utpal können in die Kantine gehen und Raja hierher bringen. Alok, Biltu und Ashok räumen die Montagehalle auf und lassen Naveen Mukherjee eine kleine Mandap aufstellen.'

Agni verließ den Raum und murmelte vor sich hin; er hatte keine Ahnung, wer Raja war, aber er hatte zu viel Angst, dies den beiden verrückten Männern mit Gewehren zuzugeben. Er schleppte Utpal mit sich in der Hoffnung, dass, was auch immer passierte, Utpal dasselbe Schicksal teilen würde.

Die Welt draußen war in einem Zustand des Zusammenbruchs: Die starken Winde hatten aufgehört und einem sintflutartigen Regenguss Platz gemacht. Die Shyamol Sathi-Banner hingen und baumelten, von Feuchtigkeit durchsetzt, die Kriegslust der protestierenden Studenten war zurückgedrängt worden, verflüssigt durch den turbulenten Angriff der Natur. Sie verließen ihre Posten und Parteibanner und liefen helterskelter; einige von ihnen hielten an, um die Collegetore zu öffnen, bevor sie in dem schmierigen Regen verschwanden, der alles verschlang.

Catch Me If You Can

Chirag Mukherjee war in der Klemme. Er klopfte frustriert mit den Fingern gegen die kalte, stählerne Oberfläche seines Laptops und starrte blind aus dem Inneren seines Toyota Corolla auf die regengewaschene Welt, seinen eichenen Kiefer starr vor Frustration, seine hawkische Nase zuckte vor offensichtlicher Abneigung, als er eine Bestandsaufnahme des Schlamms und Schleims um sein Auto machte.

Chirag, bewaffnet mit der grimmigen Entschlossenheit eines trueblue-Journalisten, hatte sich mit zwei Mitgliedern seines journalistischen Teams auf eine wilde Verfolgungsjagd begeben, um Anuraj Bose ausfindig zu machen; seine Vermutung war durch Bobs Anruf bestätigt worden; aber jetzt, fast in der Nähe von Phulpukur, war sein Auto zum Stillstand gekommen.

Satyajit und Badal, die beiden jungen Journalisten, die ihn begleiteten, waren bereits so überarbeitet, dass Chirag es nicht in seinem Herzen finden konnte, sie zu bitten, in den prasselnden Regen zu treten, um zu überprüfen, was mit dem Auto nicht stimmte. Er schaltete die Warnlichter ein, rollte seinen schlaksigen Rahmen in den Komfort des weichen Leders, seufzte, als er seine Hornbrille abnahm und seine müden Augen schloss, und bereitete sich auf ein endloses Warten auf dieser gottverlassenen Dorfstraße vor.

Nach fast eineinhalb Stunden, die in stillem Elend an den letzten Ärmeln von Oreo vorübergingen, die sie bei sich hatten, fuhr ein Auto an ihrer Seite hoch und der Fahrer rollte sein Fenster herunter. Chirag tat dasselbe und schrie mit erhobener Stimme gegen die Turbulenzen, um dem Fremden seine missliche Lage verständlich zu machen. Der Fremde nickte und deutete auf Chirag, um sich ihm in seinem Auto anzuschließen. Bald waren die drei gründlich durchnässten Journalisten und der Fremde wieder auf dem Weg nach Phulpukur.

Chirag, der sich den Sitz neben dem Fahrer gesichert hatte, versuchte unwirksam, die Feuchtigkeit von seinem Gesicht zu wischen und bot dem Fremden ein schelmisches Lächeln an: "Ich kann dir nicht genug danken, du bist ein Lebensretter."

Der Fremde lächelte rätselhaft. "Chirag Mukherjee, wenn ich mich nicht irre? Du bist auf dem Weg zum Phulpukur College?"

Chirag war etwas verblüfft; er war ein vertrautes Gesicht im nationalen Fernsehen, also kein Wunder, dass der Fremde ihn erkannte, aber woher wusste er, dass er auf dem Weg zum Phulpukur College war?

Chirag entschied sich zu schweigen. Der Fremde lachte: "Es ist kein Geheimnis, dass du Anuraj jagst! Er hat mich gewarnt, dass du auf dem Weg zum College bist, nachdem Bob alle Informationen geliefert hat, die du brauchst."

Pom lachte erneut über Chirags verblüfften Gesichtsausdruck: „Ich bin Anurajs Bruder Anupam. Ich weiß, dass du ihn überall verfolgt hast, und weißt du was, ich denke, er hat sich endlich damit abgefunden, dass er seine Identität nicht verbergen kann, weil er so beschäftigt ist wie du."

Chirag nickte weise und stimmte Poms Meinung zu. "Aber wir müssen beschäftigt sein, wissen Sie, in unserem Beruf müssen wir neugierig sein, wir können nicht anders", zuckte er mit den Schultern. "Wenn ich Anurajs Identität nicht preisgebe, tut es jemand anderes, so einfach ist das."

Der starke Regen sorgte für schlechte Sicht und Pom musste sich auf die Straßen konzentrieren, das Gespräch wurde unterbrochen und der Rest der Reise wurde in unruhiger Stille beendet.

Als sie das College erreichten, hatte der Regen die Studentendemonstranten erfolgreich vertrieben, ein paar verlassene Banner lagen in schlammiger Trostlosigkeit auf dem Collegegelände; die Tore waren weit offen, und Pom fuhr hinein und brachte das Auto so nah wie möglich an die Kantine, da er wusste, dass Raja dort sein würde. Dort hatte Raja ihn gebeten zu kommen.

Die vier sprangen aus dem Auto. Pom machte einen wahnsinnigen Sprung in Richtung der Kantinentüren und die anderen drei folgten blind seinem Beispiel. Im grauen Abendlicht, durch Regenschilde, konnte Pom noch zwei weitere Figuren vor sich erkennen und machte sich auf den Weg zur Kantine. Und dann, plötzlich, begannen die Lichter um sie herum zu flackern und zu versagen, der Wind sammelte noch mehr Kraft, und die Welt stürzte in eine tiefe, feuchte Dunkelheit.

Instinktiv, taumelnd und stolpernd, bis auf die Haut durchnässt, gelang es den vier, die Kantine zu erreichen; Bobs Crew hatte bereits die Fackeln ihrer Telefone eingeschaltet und im neugierigen Spiel von Schatten und Licht konnte Pom sehen, dass die beiden Figuren vor ihm auch die Kantine erreicht hatten und überall tropften. Einer von ihnen rief mit stentorianischer Stimme: "Kann Raja bitte aussteigen? Wir wurden gebeten, ihn in die Montagehalle zu bringen?"

Agni schien sich nicht wohl dabei zu fühlen, so schreien zu müssen, da er in der Dunkelheit halb blind und doppelt benachteiligt war, weil er Raja nie gesehen oder getroffen hatte.

Pom hielt kurz inne und hielt Chirag zurück, weil beide Raja in der Dunkelheit gesehen hatten, die eine Gruppe im hinteren Teil des Raumes umgab. Chirag folgte Poms Stichwort mit lobenswerter Leichtigkeit und gab keinen Hinweis darauf, dass er wusste, wo Raja war. Seltsamerweise schien auch niemand aus der Menge eine seltsame Stille auf den Raum herabgekommen zu sein, die nur durch das Geräusch des endlosen Regens unterbrochen wurde.

"Warum willst du Raja?" Bobs Stimme dröhnte in der Dunkelheit. "Warum sollte er in die Versammlungshalle gehen?"

POM kam auf den Punkt: "Mehr auf den Punkt, wer hat euch geschickt? Was ist in der Halle los?"

Agni wusste nicht, wie er all diese Fragen auf einmal beantworten sollte; hinter ihm schlurfte Utpal, gründlich eingeschüchtert von der unruhigen Menge, die sie umgab.

Verärgert über die wilde Gänsejagd, auf die sie geschickt worden waren, wollte Agni es so schnell wie möglich hinter sich bringen. "Ich weiß nicht genau, was los ist, aber Palash Bose hat einen Priester gerufen und das Büropersonal richtet derzeit eine Mandap im College-Saal ein. Aditya Pundit hat den Priester mitgebracht und Girish Sarkar ist auch da, mit seiner Tochter."

"Und Palash Bose schickte uns hierher, um Raja zu finden", fügte Utpal hinzu.

Im Schatten hinten im Raum versteckt, hatte Tamali das Gespräch mit eifrigem Interesse verfolgt; plötzlich spürte sie, wie Raja, die neben ihr stand, vor Schock erstarrte. Sie wandte sich ihm mit unverhohlener Besorgnis zu, er murmelte etwas Unhörbares unter seinem Atem.

Die Schachfiguren fielen schließlich in Position, Raja konnte jetzt sehr deutlich sehen, was Palash vorhatte; die Requisiten waren alle da, die Schrotflinte, um ihn an Ort und Stelle zu bringen, der Priester, um ihn zu verheiraten, mit wem? Nach Mishti?

Agni blinzelte immer noch, um seine Sicht im Dunkeln anzupassen. "Wir brauchen Raja, um mit uns zurück in den Flur zu gehen", klang seine Stimme fast entschuldigend.

Tamali konnte Raja kaum wahrnehmen, wie er vor sich hin murmelte: „Oh nein! Oh nein!" Seine grauen Augen waren vor Panik dunkel geworden, von der Dunkelheit geblendet und fühlten sich gefangen. Kaum zu verstehen, was vor sich ging, fiel Tamali Prithvis Blick auf und es wurde eine stille Entscheidung getroffen.

Prithvi trat vor, maskiert in der Dunkelheit, mit ein paar schwankenden Strahlen von Handyfackeln, die ihm folgten. "Komm, lass uns gehen und dieses Geschäft beenden", höhnte er Agni an. "Ich bin Raja."

Die Menge warf einen Blick auf die eklatante Lüge; als sie jedoch spürten, dass etwas Dunkles und Gefährliches im Gange sein musste, beschlossen alle, still zu bleiben. Tamali zwinkerte Raja zu. Bob genoss das Drama des Augenblicks und stieß Agni an, schnell zu handeln: "Mach weiter, nimm Raja und lass uns alle nach Hause gehen."

Chirag hatte in der Zwischenzeit Schwierigkeiten, sein Lachen zu kontrollieren, als ein völlig verwirrter Agni und Utpal Prithvi wegführten. Gopal schob Prithvi einen Regenschirm in die Hände und ignorierte die anderen beiden elenden Schurken verächtlich.

Nachdem sie in der Dunkelheit vor den Türen verschwunden waren, machte sich Chirag auf den Weg nach Raja, gefolgt von Satyajit und Badal. Selbst aus der Ferne konnte Pom erkennen, dass Rajas Gesicht blass vor Müdigkeit war, aber heute holte die Welt ihn ein, es schien kein Entkommen zu geben.

"Bis jetzt war es ein Spiel, mich zu fangen, wenn du kannst", konnte Chirag die Selbstgefälligkeit in seiner Stimme nicht verbergen. "Aber ich habe es endlich geschafft, dich festzunageln! Also, lass mich dich fragen, warum diese Katz- und Mausjagd? Du hast in so jungen Jahren internationalen Ruhm erlangt, warum dieser neugierige Wunsch, wie ein Einsiedler im Schatten zu bleiben?"

Satyajits Kamera war bereit; das lange umgangene Interview stand kurz bevor.

»Warte, warte, warte«, brüllte Bob. "Der Junge sieht positiv aus, du kannst ihn nicht so im nationalen Fernsehen sehen lassen." Innerhalb von Sekunden nach dieser scharfsinnigen Beobachtung gelang es zwei Händen von Bobs Make-up-Crew, Raja etwas vorzeigbar aussehen zu lassen.

Sich mit seinem Schicksal abgefunden, wandte sich Raja der Kamera zu und nahm sich Zeit, um Chirag zu antworten; Pom beobachtete aus der Ferne und sprach mit Hemlata am Telefon. "Du wirst das nicht glauben, Ma. Raja wird von Chirag Mukherjee interviewt und Bob filmt das Interview. Für jemanden, der sich entschieden hat, tief zu liegen, wird seine Tarnung himmelhoch geblasen, und wie!

"In der Zwischenzeit versucht Vater, ihn mit Mishti zu verheiraten, vielleicht kannst du etwas tun, um diesen Wahnsinn zu stoppen?" Hemlata traute ihren Ohren nicht: Während sie darauf gewartet hatte, dass der Gherao überkam, schien die Welt um ihre Achse gekippt zu sein und Palash schlich wie ein Engel des Schicksals darüber. »Wo wird diese Ehe stattfinden, Pom?«, krächzte sie und lauschte dann aufmerksam Poms Vermutungen. Ein paar Minuten später humpelte sie mit Biltu im Schlepptau auf die Montagehalle zu.

Herz der Finsternis

Ein großer Raum war vom College-Personal in der Versammlungshalle hastig geräumt worden. Stühle und Bänke wurden zusammen auf den Fransen gestapelt, als Naveen Mukherjee, sein Upavita jetzt um seine Ohren gewickelt, seinen Befehl ausrief, die behelfsmäßige Mandap zu konstruieren.

Palash und Girish, die immer noch das Bild der bewaffneten Mafia genossen, hatten es geschafft, den Rest des Personals in der Halle zu versammeln und den widerspenstigen Papu und Pinku sowie die rauchende Dita und Sahana zur widerwilligen Unterwerfung zu bewegen, während Mishti und Aditya verzweifelt folgten.

Rajeev, nachdem er von Palash heftig beschimpft worden war, hing an der Tür herum und behielt die Dinge im Auge, damit Arshad nicht den Weg zurück fand, um weiteren Ärger zu verursachen. Dann sah er zwei matschige Gestalten aus dem Regen steigen. In der Dunkelheit konnte er sie kaum als Agni und Utpal erkennen; vor ihnen her zu schreiten, relativ trocken, war ein atemberaubend gutaussehender Mann - es war Prithvi. Rajeev fragte sich, was sie vorhatten.

Prithvi ignorierte Rajeev völlig und eilte in die Halle, gefolgt von einem keuchenden Agni und Utpal. Wütend darüber, dass er so eiskalt beiseite geschoben wurde, ergriff Rajeev Utpal: "Warum hast du Prithvi hierher gebracht?"

Utpal blinzelte: "Prithvi? Wer ist Prithvi? Wir haben Raja bei uns!'

Rajeev und Utpal sahen sich an, verhüllte Blicke in völliger Verwirrung.

Aus dem Augenwinkel registrierte Rajeev einen plötzlichen Ausweichmanöver in Prithvis Schritt, er schien nach hinten in den Saal zu gehen. Rajeev sah sich um und sah ein paar Figuren auf Stühlen direkt hinter der Mandap zusammensinken. Offensichtlich hatte Prithvi dort jemanden erkannt.

Die Verwirrung am Tor hatte Palashs Aufmerksamkeit erregt, er war verblüfft, als ein seltsamer junger Mann in den Raum stürmte, gefolgt von Agni. Palash schnippte mit den Fingern und Agni rannte auf ihn zu. "Wir haben es endlich geschafft, Raja zu kriegen!", freute er sich.

Palash kniff verächtlich die Augen zusammen. "Wo?" kam die abgeschnittene Abfrage.

Verblüfft zeigte Agni auf Prithvi, der in ein intensives Gespräch mit den Insassen der Stühle jenseits der Mandap involviert zu sein schien.

»Wer ist er?«, zischte Palash. "Das ist nicht Raja."

Während Agnis Augen aus ihren Steckdosen zu springen schienen, kam Girish zur Rettung. "Dieser junge Mann da drüben ist Prithvi, einer der Hauptdarsteller in Bobs Webserie." Agni klaffte. Er brauchte einen Moment, um diese Informationen zu verarbeiten, bevor er zu dem widerwilligen Schluss kam, dass er königlich betrogen worden war.

Girish nahm Palash beiseite. "Ich weiß immer noch nicht, was du hier zu tun versuchst, Palash", seine Stimme war voller Besorgnis. "Aber wenn du versuchst, Mishti ohne seine Zustimmung mit deinem Jungen zu verheiraten, musst du mir antworten. Ich lasse meine Tochter nicht auf unwillige Kandidaten loswerden. Sie ist mir viel zu kostbar, um mit einer solchen oberflächlichen Missachtung behandelt zu werden."

Palash seufzte: "Glaub mir, Mishti war nie Teil meiner Pläne hier, selbst ihre Entführung war völlig zufällig.

Ich musste die Wurzel all meiner Probleme an der Basis abschneiden, und du weißt, dass Dita seit langem der Streitpunkt ist. Lass mich das auf meine Weise regeln, aber ich werde dich an meiner Seite brauchen."

Girish nickte in stiller Sympathie; er hatte keine Bedenken, sich auf die Seite von Palash zu stellen, solange seine eigenen Interessen nicht verletzt wurden.

Palash rief Rajeev herbei und rasselte mit einer Reihe von Anweisungen, als der Junge auf ihn zukam. "Nimm diese beiden Narren", zeigte er auf Agni und Utpal, "geh in die Kantine, schnapp dir alle und bring sie hierher."

Rajeev schien etwas unsicher zu sein. "Es gibt Scharen von Menschen in der Kantine, und das letzte Mal, als sie mich einfach aus dem Ort gejubelt haben, warum sollten sie jetzt auf mich hören?"

"Weil du das hast", übergab Palash seine Schrotflinte an Rajeev. "Wenn du wirklich denkst, dass du Zahlen brauchst, um die Menge einzuschüchtern, nimm Utpal und Arshad mit dir, zusammen mit Jai, auch er hat eine Waffe. Mal sehen, ob Utpal und Arshad sich selbst retten können, indem sie das Chaos beseitigen, das sie geschaffen haben."

Rajeev hielt die Waffe verlegen in der Hand und stellte sich gerne vor, dass er endlich eine Autoritätsperson werden würde. Girish brachte ihn mit einer harten Erwiderung auf die Erde zurück: "Sei kein Narr und schieße es ab, um einen Punkt zu beweisen, sonst wirst du den Rest deines Lebens hinter Gittern in einem elenden Gefängnis verbringen."

Rajeev sah verärgert aus und verließ den Saal mit Jai und Agni, die alle äußerst unglücklich über die Aussicht waren, im unerbittlichen Regen wieder bis auf die Haut durchnässt zu werden.

Die Figuren kauerten sich hinter der Mandap zu einer Gruppe zusammen, beobachteten die Übergabe der Waffe in unbehaglichem Schweigen und schauten sich dann an.

"Was auch immer los ist, wir stehen vor einer rauen Phase", murmelte Papu. "Was ich nicht verstehe, ist, warum sie dich hierher gebracht haben, Prithvi?"

Prithvi wandte seinen Blick von Mishti ab, der ihn mit so unverfrorener Bewunderung ansah, dass selbst er sich schämte. "Zwei Oafs waren nach Nab Raja geschickt worden", erklärte er. "Offensichtlich kannten sie Raja nicht von Adam. Also habe ich einen praktischen Witz gespielt."

»Tamali schien ein wenig besorgt um Raja zu sein«, fuhr Prithvi ernst fort. "Ich glaube, ich habe SOS-Signale von ihr empfangen. Ich weiß wirklich nicht, was sie beunruhigte ", erklärte er und bemerkte den vorsichtigen

Blick in Ditas Augen, als er den Namen ihrer Mutter erwähnte.

Dita war immer noch böse auf Raja, weil sie sie den ganzen langen und miserablen Tag nicht erreicht hatte. "Gott allein weiß, was er Mom gesagt hat, um sie so besorgt zu machen. Vor ein paar Stunden kannten sie sich nicht einmal ", vertraute sie sich Sahana an, die neben ihr saß.

Pinku, der Dita belauscht hatte, schloss sich seinen Beobachtungen an. "Haben Sie sich gefragt, warum Naveen Mukherjee die Mandap eingerichtet hat? Ich denke, wir steuern auf eine Schrotflintenehe zu, aber da hier niemand schwanger zu sein scheint oder auf andere Weise, warum passiert das überhaupt?"

Alle Augen richteten sich auf Mishti. "Versucht dein Vater, dich mit Raja zu verheiraten? Ist deshalb Rajas Anwesenheit hier so wichtig?, fragte Sahana.

Als Mishti lautstark die Vorwürfe der Sahana leugnete, sank Ditas Herz; sie wusste, dass Palash Bose vor nichts zurückschrecken würde. Sie nahm ihr Handy in die Hand, um ihre Mutter anzurufen.

Tamali antwortete auf den Anruf, aber eine Flut von Hintergrundgesprächen machte es Dita fast unmöglich, etwas zu hören. Dita schrie über den Lärm und fragte: "Was genau passiert in der Kantine, Mama? Es ist so laut!"

Tamali rief zurück: "Chirag Mukherjee interviewt Raja, und das Live-Publikum, das wir hier haben, wird vor Aufregung verrückt."

Ditas Kopf drehte sich. Sie konnte nicht herausfinden, warum Chirag Mukherjee ausgerechnet Raja interviewen wollte. Sie war flummoxed.

Tamalis Stimme flüsterte: "Ich kann nicht zu laut sprechen, weil die Aufnahme läuft, aber mein Herz geht zu dem armen Jungen, der von Chirag bis an die Enden der Erde gejagt wird und anscheinend von seinem Vater gezwungen wird, ein Mädchen zu heiraten."

Dita fühlte sich ohnmächtig. Sie erkannte, dass sie den ganzen Tag nichts gegessen hatte und die Anspannung und Angst sie endlich einholten. "Wen will sein Vater heiraten? Wer ist sein Vater, hast du ihn getroffen?«, flüsterte sie zurück.

Dita dachte, sie hätte schuldige Blicke auf Pinkus und Sahanas Gesichtern entdeckt, aber sie war zu sehr auf Tamalis Worte konzentriert, um ihnen Aufmerksamkeit zu schenken.

"Ich glaube, er will, dass Raja Mishti heiratet, um einige politische Verpflichtungen zu erfüllen", flüsterte Tamali zurück, und dann erhob sich plötzlich ihre Stimme zu einem durchdringenden Schrei: "Oh mein Gott! Oh mein Gott! Dieser dumme Junge ist mit einer Waffe zurück..." Tamalis Stimme verstummte in ohrenbetäubender Stille. Die Leitung war tot.

Dita wurde vor Unglauben taub. "Ich glaube, Rajas Vater will, dass er Mishti heiratet", murmelte sie. Nichts schien mehr Sinn zu machen, es war, als wäre sie in einem Labyrinth gefangen, sogar von Raja überrumpelt.

Papu und Pinku sahen sich an, überwältigt von der Angst, nicht so viele wesentliche Fakten preisgeben zu können, aber die Geheimnisse gehörten nicht ihnen, sie müssten alles Raja überlassen, beschlossen sie.

"Warum wird Raja von Chirag Mukherjee interviewt?» Dita wunderte sich laut. Sahana öffnete den Mund, um es zu erklären, wurde aber sofort durch Pinkus Blick zum Schweigen gebracht.

Mishti hingegen fand es fesselnd: "Chirag Mukherjee ist der Gott des nationalen Fernsehens", erklärte sie dramatisch. "Ich könnte einfach zustimmen, Raja zu heiraten, wenn Chirag im nationalen Fernsehen über unsere Ehe berichtet. Dieses Mädchen ist bereit für die Schrotflintenheirat."

Alle fünf Augenpaare hielten sie mit einem stillen Verweis fest, und dann brach Papu die unbehagliche Stille mit seiner eigenen persönlichen Art von Humor. "Ich glaube, ich hatte meinen Anspruch auf Raja weit vor dir gesetzt, Mishti, und er würde mich jeden Tag vor dir wählen."

Das anschließende Lachen verringerte die Spannung um ein paar Kerben, aber Dita war immer noch aufgeregt, als sie sich fragte, wie ihre Mutter mit Rajeev und seinen Schlägern in der Kantine umging. Als sie ihren düsteren Ausdruck beobachtete, kam Prithvi herüber und setzte sich an ihre Seite. "Keine Sorge, Tamali weiß, wie man mit schwierigen Situationen umgeht. Aber die Herausforderung hier ist Rajeev und die Waffe, ich hoffe, dieser Narr macht nichts Dummes. Vielleicht ist es auch nicht einfach, mit so viel Medienberichterstattung umzugehen!'

Inzwischen hatte sich Prithvi Ditas ungeteilte Aufmerksamkeit gesichert. "Ich verstehe nicht, warum Raja zum Magneten für Medienaufmerksamkeit wird. Was vermisse ich hier?"

Im Hinterkopf schien eine faszinierende Erinnerung aus der untypischen und unerklärlichen Eile ihres Unterbewusstseins - Raja - am Flughafen zu schweben, als sie ihn empfangen hatte, seine hastigen Versuche, ihre Aufmerksamkeit vom Medienpersonal abzulenken, das ihn zu verfolgen schien. Teile des Puzzles, die sie seitdem beunruhigt hatten, schienen schließlich zusammenzukommen.

Sie sah Prithvi an, suchte nach einer Erklärung und verlangte sie schweigend; und Prithvi gab nach. "Ich denke, Raja ist ein Schach-Wunderkind! Ich weiß nicht viel über Schach, aber aus dem, was Bob sagte, ging hervor, dass Rajas Anspruch auf Ruhm sowohl auf nationaler als auch auf internationaler Ebene besteht. Und deshalb ist Chirag Mukherjee so verzweifelt, ihn zu interviewen."

Ditas Gedanken wurden leer. Diese Offenbarung war größer als alles, was sie jemals erwartet hatte, ihr Teejunge war ein Schachmeister. Und er hatte es ihr nie gesagt. Der Moment der Freude wurde erneut von Düsternis durchbohrt: Vielleicht wollte er sie doch nicht in seinem Leben haben. Warum sonst diese immense Vertuschung? Er wollte nur seinem Vater gefallen und Mishti heiraten. Sie selbst war nur eine vorübergehende Affäre.

Ein weiteres Gespräch aus der scheinbar fernen Vergangenheit schwirrte in ihrem Kopf herum; Tamali hatte über eine Schachspielerin aus Phulpukur gesprochen... Für ihr Leben konnte sich Dita nicht an den Namen des Mannes erinnern, aber sie war sich sicher, dass es nicht Raja war.

"Vielleicht solltest du Raja einfach heiraten und damit fertig sein, Mishti", rundete Dita Mishti mit untypischer Grollhaftigkeit ab. "Ich bin sicher, das ist es, was Palash und Girish an diesem schmerzhaften Tag erreichen wollten."

Palash und Girish beobachteten überrascht, wie eine sichtlich wütende Dita auf sie zukam. "Ihr zwei wart allen möglichen Tricks gewachsen; zuerst das Problem mit politischen Plakaten, dann die gherao und die tollkühne Entführung und jetzt eine absurde Ehe. Genug ist genug, wir werden nicht den ganzen Tag herumsitzen und darauf warten, dass diese Hochzeit stattfindet. Du hast meinen Segen, geh voran und heirate Raja mit Mishti, aber lass uns jetzt nach Hause gehen!"

Girish sprang mit großem Vergnügen in den Kampf. "Ich werde niemals zulassen, dass Mishti Raja so heiratet! Das kommt nicht in Frage."

Dita war so verlegen, dass sie nicht wusste, wo sie hinsehen sollte, und Palash schien von ihrem Unbehagen absolut begeistert zu sein. Die unbehagliche Stille dehnte sich immer weiter aus, bis Hemlata Palash angriff: "Ich habe gehört, du planst, Raja mit Mishti zu verheiraten? Bist du verrückt geworden? Haben Sie überhaupt auf seine Zustimmung gewartet? Ich sage dir, er wird wieder weglaufen; außerdem werde ich meinen Sohn nicht so heiraten lassen! Er ist kein Spielzeug, das du diesem Mann in deinem Streben nach politischer Macht übergeben kannst ", starrte sie Girish an und ließ ihn wie einen Wurm unter einem Sondierungsmikroskop winden.

Lachen, schrill und hysterisch, summte in Ditas Kopf herum. Da gehen wir wieder und wieder und wieder, dachte sie.

… Die Schrotflintenhochzeit

Die Hochzeit von Himmel und Hölle

Aditya hatte die letzte Stunde damit verbracht, das Porträt seines berüchtigten Vorfahren wieder zusammenzusetzen. Nachdem er sich damit abgefunden hatte, dass es schnell zu einer sinnlosen Übung wurde, riss er es schließlich aus den Resten des Rahmens und rollte es zu einer Schriftrolle zusammen. Er war entschlossen, dass Durjoy ein Teil der Zeremonie sein sollte, die in der Versammlungshalle stattfinden sollte: Es war nur fair, dass das Gründungsmitglied des Kollegiums bei wichtigen Veranstaltungen anwesend sein sollte.

Als er aus dem Büro des Direktors trat, begegnete ihm ein neugieriger Anblick. Schattenhafte Gestalten, die in Dunkelheit und Regen getaucht waren, tauchten in die Korridore auf, in denen die Büroangestellten ein paar Kerzen platziert hatten. Im flackernden Kerzenlicht konnte Aditya erkennen, dass eine kleine Menschenmenge von Rajeev vorwärts getrieben wurde, der aus unerklärlichen Gründen eine Waffe auf die elenden, durchnässten Figuren trainieren ließ.

Sie bewegten sich zum Eingang der Halle. Wie in Trance folgte Aditya.

Jemand in der Menge sorgte für Aufregung. Aditya erkannte die Stimme - es war die Stimme, die in den Abendnachrichten im nationalen Fernsehen für

Aufsehen sorgte. Chirag protestierte in der Tat lautstark. Mit Regenwasser, das über sein Haar tropfte, in seine Augen und Nase glitt und ihn in der Dunkelheit fast blendete, klang er deutlich jammernd; aber niemand schien ihm Aufmerksamkeit zu schenken.

Die Aufregung an der Flurtür zog sofort die Aufmerksamkeit der Innenstehenden auf sich. Palashs Augenbrauen schossen hoch, als er erkannte, dass er in seiner Eile, Raja in die Enge zu treiben, einem echten Zirkus befohlen hatte, den Saal zu überfluten. Er sah mit vorsichtiger Resignation zu, wie sich Bobs Crew murrend und gereizt einschlich. Chirag setzte seine Tirade fort, ohne sich seiner Umgebung bewusst zu sein, und hing wie eine Limette an Raja, als hätte er Angst, dass Raja wieder verschwinden würde, wenn er losgelassen würde. Ein verärgerter Pom folgte mit Utpal und Agni, bis auf die Haut durchnässt und zitternd. Ihre Schritte hinterließen Wasserpfützen in ihrem Gefolge, und Aditya, der das hintere Ende der Gruppe hervorbrachte, musste über die Pfützen springen, um Palash und Girish zu erreichen.

Ditas Augen trafen Rajas. Er sah positiv verärgert aus, aber angesichts der Tatsache, dass er sich so sehr bemüht hatte, Höhepunkte seines Lebens vor ihr zu verbergen, war sie nicht in der Stimmung, irgendeine Sympathie für ihn zu empfinden. Sie wandte ihre Augen ab und suchte Tamali in der Menge.

Palash schnippte mit den Fingern und Rajeev rannte mit dem Gehorsam eines ausgebildeten Hundes auf ihn zu. Die Waffe wechselte den Besitzer. Jai kam mit seiner

Waffe heran und bewachte Palash und Girish mit hartnäckiger Ausdauer.

Als Pom Rajeevs intensiven Wunsch beobachtete, Palash zu gefallen, fragte er sich, ob dies die Art von blindem Glauben war, den Palash von seinen irrenden Söhnen suchte. Und nachdem er dies nicht erreicht hatte, war er in seiner Wut wild geworden, besonders wegen seiner völligen Unfähigkeit, Raja zu kontrollieren? Pom fand keine Spur von Vernunft in einer Situation, in der drei Gewehre so viele Menschen als Lösegeld hielten, abhängig von den Launen und Phantasien zweier verrückter Männer.

Aber beide Männer waren gerissen und methodisch. Nach ihren Anweisungen hatten Rajeev, Utpal und Arshad systematisch alle ihre Handys veräußert; jede Verbindung zur Außenwelt war nun wirklich unterbrochen und es gab keine Chance, dass die Diamond Harbour-Polizei versuchte, sie im turbulenten Regen zu erreichen.

Die Halle wurde jetzt nur noch von den Flammen Dutzender flackernder Kerzen beleuchtet und die Spannung in der Luft war so stark, dass sie buchstäblich mit einem scharfen Messer geschnitten werden konnte. Die bedrohliche Präsenz der Waffen hatte es geschafft, Chirag und Bob zum Schweigen zu bringen, und die Menge wartete mit Beklommenheit.

Die Waffen bewegten sich, um ihre Ziele zu finden, die in Girishs Hand zeigte direkt auf Raja. Die Menge schnappte nach Luft. Der in Palashs Händen hatte auch sein Zeichen gefunden, unfehlbar an Dita trainiert. Die

Menge verstummte, nur von einem sanften Schrei gebrochen - Tamali war ohnmächtig geworden.

Dita erstarrte ungläubig. Was genau wollte Palash?

Girish trat vor und stieß Raja mit seiner Waffe auf die Mandap zu. Ein Blick des völligen Unverständnisses senkte sich auf Rajas Gesicht, warum wurde die andere Waffe auf Dita trainiert?

Girish schenkte Raja ein widerliches Lächeln: "Das ist Palashs Lösung für die aktuellen Probleme. Ihr beide reizt seine politischen Bestrebungen ständig, also will er Ditas Herausforderungen eindämmen, indem er sie in eine nachteilige Ehe mit einem virtuellen Fremden zwingt; in diesem Fall bist du es!

"Es ist auch eine gute Sache für mich", fuhr Girish fort, als er Raja nach vorne drängte. "Wenn du aus dem Rennen bist, haben Pom und Mishti vielleicht noch eine bessere Chance, selbst zu heiraten."

Raja war fasziniert von dieser Erklärung. Er hörte jemanden in der Menge kichern und erkannte, dass es Pom war, der versuchte, sein Lachen zu kontrollieren. Es war eine bizarre Wendung der Ereignisse, Maßnahmen, die Chaos schaffen sollten und zu instinktiver Harmonie führten.

Dita glühte jedoch vor Wut, ihr Gesicht flammte wie ein Ofen. "Wie kannst du es wagen, mich mit einem zufälligen Fremden wie einem gewöhnlichen Trollop zu verheiraten?"

»Trollop«, murmelte Chirag und näherte sich der Mandap. "Satyajit, nimm zur Kenntnis, das ist ein neues Wort, eine Ergänzung zu meinem Wortschatz." Satyajit ignorierte ihn, es gab keine Möglichkeit, dass er in der flackernden Dunkelheit wirklich Notiz nehmen konnte.

Chirag spürte das hohe Drama, das sich sicherlich entfalten würde, und versuchte, sich so nah wie möglich an Raja heranzuschleichen, indem er aus der Tiefe seiner feuchten Tasche das zweite Telefon herausfischte, das er gewöhnlich trug, dasjenige, das Palashs Schläger nicht finden konnten. Er schaltete es in den Videomodus und wartete auf einen günstigen Moment; in der Hoffnung, dass die Schläger mit dem Drama, das sich vor ihren Augen entfaltete, zu abgelenkt sein würden, um ihm Aufmerksamkeit zu schenken.

In tödlicher Ruhe wandte sich Palash an Dita. "Glaubst du nicht, dass du deine verrückten Herausforderungen zu oft auf mich geworfen hast? Und immer gehofft, dass ich deine unverschämte Haltung schweigend verdauen und wegschauen würde, während du weiter machst, was du für am besten hältst? Nun, jetzt ist es Einzahlungszeit." Er ging auf sie zu und zwang sie zur Mandap.

Naveen Mukherjees Anstrengungen während des Abends wurden endlich bestätigt, aber er hatte gemischte Gefühle in Bezug auf diese Zeremonie. In seiner langen Karriere als Priester hatte er noch nie zuvor mit vorgehaltener Waffe verheiratete Menschen geheiratet. War es in der heutigen Zeit überhaupt legal, fragte er sich, eine Schrotflintenehe? Aber da er viel zu viel Angst vor Girish und Palash hatte, um ihre Motive in Frage zu stellen, fing er an, die Mantras zu murmeln und zitterte in seinem Skelett, sein Geist wie ein eigensinniges Blatt, das auf Wellen von Angst flattert.

Hemlata war jedoch nicht so leicht einzuschüchtern, sie hatte sehr wenig Vertrauen in die Rationalität von Palashs Motiven. "Du lässt sie bezahlen, indem du sie mit Raja heiratest? Was hat der Junge getan, um ein solches Schicksal zu verdienen?«, wandte sie ein, während Tamali, der das Bewusstsein wiedererlangt hatte, aber blass und schockiert aussah, düster zusah.

Ditas Temperament schoss wieder wie eine Rakete hoch. "Ich glaube das nicht! Du willst damit eigentlich andeuten, dass ich der Fluch seiner Existenz sein werde, wenn er mich heiratet? Mich zu heiraten, ist eine Form der Bestrafung? Wer will ihn schon heiraten?"

Wenn Blicke töten könnten, wäre Raja inzwischen halb tot. "Und übrigens, ich habe gehört, dass sein Vater will, dass er Mishti heiratet. Also, beweg die blöde Waffe von meinem Gesicht weg. Ich bin nicht in der Stimmung, hier jemanden zu heiraten."

Palash war verblüfft, "Sein Vater?" Er sah sich nach einer vernünftigen Erklärung um, unfähig, die Tatsache zu verarbeiten, dass Dita immer noch nicht wusste, dass Raja sein Sohn war. "Was glaubst du, wer sein Vater ist?"

Raja blanchiert: Hier kommt das große Exposé, Dita würde es ihm jetzt nie verzeihen. Was ihr sehr zart, unter vier Augen, hätte enthüllt werden sollen, wäre nun vor aller Welt unhöflich verkündet worden.

Raja schloss die Augen und wartete.

Dita war verwirrt über Palashs Frage. "Woher soll ich das wissen? Ich wusste bis jetzt nicht einmal, dass er ein sogenanntes Schachwunderkind ist."

Sie war sich dieses Fehlers von ihrer Seite aus blind bewusst und ignorierte die Notwendigkeit, tiefer in Rajas Identität einzutauchen! Hatte sie sich selbst zu einer willigen Suspendierung des Unglaubens überredet? Hatte es sie unbewusst getroffen, dass seine Identität ein schwer zu tragendes Kreuz sein könnte?

Sie kannte nicht einmal Rajas vollständigen Namen. Ich habe gerade meine eigene Erzählung um meinen Teejungen herum aufgebaut, dachte sie. Eine Fabel, ein Mythos, ein Hirngespinst.

Dita schüttelte den Kopf, um ihren Geist zu klären, und fragte sich, warum Sahana und Pinku Gesichtsausdrücke geschlagen hatten, als sie am Rande der Mandap standen. Sie müssen etwas wissen, was ich nicht weiß, schloss Dita; gab es kein Ende dieser Verwirrung? Und dann sah sie ihre Mutter mit glasigem Gesichtsausdruck, ihr rotes Bindi pochte wie eine offene Wunde auf ihrem aschgrauen Gesicht; verbarg sie auch etwas?

Chirag konnte sich nicht mehr beherrschen, das darauffolgende Schweigen tötete ihn; er riskierte die Waffen und die beiden verrückten Männer und beugte sich näher an die Mandap heran und startete in eine dramatische Erzählung von Ereignissen, die sich direkt vor seinen Augen abspielten. "Die Nation wollte das schon lange wissen! Wer ist Anuraj Bose, der talentierte junge Mann, der es geschafft hat, die Großmeister des Schachs mit größter Leichtigkeit zu besiegen? In den letzten Jahren ist es ihm gelungen, sich den Medien zu entziehen und seine Identität unter Verschluss zu halten. Aber heute haben wir es geschafft, ihn endlich aufzudecken, und was für eine Gelegenheit es ist, es scheint, dass er kurz vor der Hochzeit steht oder gezwungen wird, zu heiraten."

Bob beobachtete Chirag in Aktion mit einem widerwilligen Gefühl der Wertschätzung: Er musste es dem Mann geben, er weigerte sich, sich von den Bewaffneten in seinem elementaren Wunsch einschüchtern zu lassen, Eilmeldungen zu melden. Bob signalisierte einigen seiner Besatzungsmitglieder, die Kameras unter wasserdichten Umhüllungen eingeschmuggelt hatten, sich Chirag anzuschließen.

Chirag schwenkte sein Telefon, rollte im Videomodus zu einer Nahaufnahme von Ditas Gesicht und rasselte Fragen mit Überschallgeschwindigkeit ab: "Bist du froh, dass du Anuraj Bose, das neueste Schachwunderkind auf dem Block, heiratest? Haben Sie eine Vorstellung von Umfang und Spannweite seiner Leistungen in so jungem Alter? Oder wirst du nur gezwungen, ihn zu heiraten? Kennen Sie ihn persönlich oder treffen Sie ihn zum ersten Mal, auch das ironischerweise anlässlich Ihrer Heirat? Aber bevor wir die Dynamik der Situation bewerten, können Sie sich bitte unserem Publikum vorstellen?"

"Anuraj Bose", wiederholte Dita und sah Raja direkt an, das war der Name, den Tamali vor so langer Zeit erwähnt hatte, Raja war Anuraj, und sie hatte in ihren kühnsten Träumen nie die Verbindung hergestellt.

Raja blickte schweigend zurück, ein stilles Plädoyer für Verständnis schimmerte in seinen Augen, Grau schwebte auf Mitternachtsschwarz, trübte sich vor Beklommenheit, als er erkannte, dass Dita es schwierig, wenn nicht unmöglich fand, mit der Situation umzugehen.

Und dann traf es sie wie ein Blitz - Anuraj Bose war Palash Boses Sohn! Sie würgte an dem Gedanken und erstickte unter seinen alptraumhaften Implikationen. Ein Gefühl der Abneigung erstickte ihre Empfindlichkeiten und verwandelte ihr Universum in ein Lagerfeuer des Verrats.

Sie erkannte endlich, warum der Elende so eifrig seine Identität bewahrte.

Raja konnte buchstäblich sehen, wie sie die mentale Mathematik machte und zu der offensichtlichen Schlussfolgerung kam. Er wartete mit angehaltenem Atem, wäre ihre Reaktion katastrophal?

Dita spürte, wie die Wut in ihrer Seele brodelte, als sie ein selbstgefälliges Grinsen auf Palashs Gesicht sah. Zwischen dem Vater und dem Sohn hatten sie es definitiv geschafft, sie in eine Lage zu bringen.

Sie wandte sich Chirag zu, nachdem sie sich entschieden hatte, wie sie dieses Spiel spielen wollte. "Wenn die Nation tatsächlich Interesse daran hat, mich zu kennen, dann lass mich mich mich vorstellen. Ich bin Dita Roy, amtierende Direktorin des Phulpukur College. Die Liebe meines Lebens ist Literatur und ich habe wenig oder gar kein Interesse an irgendeiner Art von Sport oder sogar Brettspielen wie Schach. Ich hatte bis jetzt keine Ahnung von der Existenz von Anuraj Bose, ich kannte ihn nur als Raja, den Jungen, der mir einst Tee serviert hatte."

Der implizite Stachel in ihrer Antwort schaffte es, den allgegenwärtigen Chirag zu betäuben und zum Schweigen zu bringen.

Völlig unfähig, sich selbst zu kontrollieren, brüllte Bob vor Lachen: "Sie hat das Schachspiel nur auf ein Brettspiel reduziert und einen internationalen Champion auf einen Teejungen!"

Chirag schien verärgert zu sein: "Aber willst du ihn heiraten oder nicht?"

"Glaubst du, dass meine Wünsche und Wünsche hier berücksichtigt werden?" Dita zeigte auf Palashs Waffe. „Vater und Sohn sind gleichermaßen doppelzüngig. Ein Schachwunderkind zu sein, löst keine inhärenten Probleme! Die Sünden des Vaters und die Lügen des Sohnes!"

Palash runzelte die Stirn. Bedeutete Dita, dass Raja sie angelogen hatte? Aber wann und warum und wie? Seine Gedankenkette wurde durch die härtesten Worte grob unterbrochen.

"Und die Antwort auf Ihre Frage ist nein! Nein! Ich will ihn nicht heiraten." Ditas heftige Reaktion hallte durch den Raum.

Poms Herz ging an Raja, der arme Junge sah niedergeschlagen aus. Gleichzeitig konnte er nicht aufstehen, um Dita zu überzeugen, weil dies Palash auf die tatsächliche Dynamik der Raja-Dita-Beziehung aufmerksam machen würde. Er betete, dass Dita nicht verriet, dass sie Raja nur zu gut kannte.

Ditas mutige Antwort hatte es geschafft, das selbstgefällige Lächeln von Palashs Gesicht zu wischen.

Unfassbar wütend, um als betrügerisch bezeichnet zu werden, stürmte er wie ein wütender Stier herein, schob Chirag beiseite und schob Dita zurück zur Mandap. „Eure Meinungen sind unwichtig! Lass uns diese Show jetzt auf die Straße bringen ", zischte er und richtete die Waffe auf sie.

Girish bellte Naveen Mukherjee einen Befehl aus und die Rituale begannen. Um den Prozess zu erleichtern, spielte Naveen die heiligen Mantras auf seinem Handy aus, die ihm auf Palashs Befehl zurückgegeben worden waren; und eine sichtlich wütende junge Frau, steif vor Missbilligung, und ein sehr beunruhigter junger Mann wurden gezwungen, sich vor das heilige Feuer zu setzen, um eine Kette von Gelübden und Versprechungen zu beginnen.

Chirag filmte das Heiratsverfahren weiterhin direkt vor den Augen von Palash und Girish. Bobs Männer nahmen auch auf und deckten jeden möglichen Winkel des chaotischen Dramas ab.

"Es sieht fast wie eine hochkarätige Ehe aus; schau dir die Aufmerksamkeit der Medien an, die sie bekommt", murmelte Papu zu Pinku und Sahana, als Dita und Raja aufstanden, um die vorgeschriebenen sieben Pheras um das Feuer zu nehmen. "Sie sieht wütend genug aus, um Raja ins Feuer zu werfen", murmelte Sahana. "Das wird nicht gut enden."

Während der gesamten Zeremonie konnte Raja seine Augen nicht von Dita abwenden und brannte hell und leuchtend vor Wut, so wie sie war. Er fühlte sich zu ihr hingezogen wie eine Motte, die von einer Flamme angezogen wurde. Hier war ein Mädchen, das die ganze

Welt herausfordern konnte, für das zu kämpfen, was sie für richtig hielt; irgendwie musste er sie zurückgewinnen, selbst wenn er dafür ans Ende der Welt reisen musste. Doch als die Unsicherheit herrschte, spürte er einen Hauch von Panik in seinem Herzen, denn als er sie wieder ansah, vermittelten ihre Augen unmissverständlich, dass ihm bis zum Riss des Schicksals nicht vergeben werden würde. Dies ist eine Hochzeit von Himmel und Hölle, sinnierte er, und gerade jetzt war er im Fegefeuer.

Palash kicherte vor unheiliger Freude: Es wäre unmöglich, ein elenderes Brautpaar zu finden als das vor seinen Augen. Dient ihnen zu Recht, um sich ihm auf Schritt und Tritt zu widersetzen und gegen wohldurchdachte Pläne zu verstoßen. Er setzte sich hin, um den Rest der Zeremonie zu genießen, und machte sich Gedanken darüber, wie er einen ähnlichen Coup mit Pom und Mishti durchführen würde.

Hemlata und Tamali beobachteten die Zeremonie mit Besorgnis, beide wussten, dass die Heirat mit ihren Nachkommen unter solchem Zwang keine wirklichen Probleme lösen würde. Es war die Bedrohung durch die Waffen, die sie zum Schweigen brachte; sie konnten sich nicht auf die Launen von Palash oder Girish verlassen! Weder Dita noch Raja waren biegsame Charaktere, was Palash hier erreicht hatte, war nur ein vorübergehender Sieg. Hemlata konnte sich nicht einmal vorstellen, was sie im Falle einer Konfrontation zwischen Vater und Sohn nach der Hochzeit tun würde. Sie warf einen Blick auf Pom, der auf der anderen Seite der Mandap stand, ein Ausdruck stummer Anziehungskraft, der in ihr Gesicht eingraviert war; Pom blickte auf, um ihr Auge zu fangen, der Ausdruck völliger Panik auf dem Gesicht seiner Mutter riss ihm fast das Herz.

Raja bemerkte den erschrockenen Ausdruck auf Poms Gesicht und sah zu seiner Mutter zurück und versuchte, sie leise zu beruhigen. Er muss für eine Sekunde aufgehört haben, sich zu bewegen, denn Dita, die ihm blindlings auf den Runden um das Feuer folgte, stolperte und fiel direkt in ihn hinein. Die Erschöpfung des Tages holte schließlich auf - die Hoffnungslosigkeit der Situation, die Angst vor Verrat, die Frustration, den Glauben zu verlieren, eskalierten zu einem Moment der reinen Niederlage; Dita spürte buchstäblich die Last des Kampfes, die untypische Tapferkeit, die sie sich selbst auferlegt hatte, und wurde von der Last der Niedergeschlagenheit erdrückt.

Raja spürte, wie sie wankelmütig, schlaff und lustlos war, streckte instinktiv die Hand aus, fing sie auf, bevor sie völlig das Gleichgewicht verlor, und zog in ihrer Eile, von ihm wegzukommen, zu den Flammen.

Und dann passierte etwas Seltsames: Raja bückte sich, um Dita aufzuheben, und trug sie in seinen Armen, als sie die letzte der sieben Runden um das Feuer beendeten. Eine Stille stieg auf die Menge herab, als sie ungläubig beobachteten, wie sich das kriegführende Paar, das als unwillige Gefangene in die Ehe geworfen wurde, in etwas völlig Unerwartetes verwandelte. Rajas Körpersprache strahlte deutlich die Sorge und Liebe aus, die er für das gebrechliche Mädchen erlebte, das in seiner Umarmung eingeschlossen war; der ganze Kampf schien aus Dita verebbt zu sein, als sie instinktiv in Rajas Arme schmolz. Sie fühlte sich wieder in diesen grauen Augen ertrinken;

der Elende war zu gutaussehend, um zu widerstehen, erkannte sie, und viel zu fürsorglich!

Als Raja die Veränderung ihrer Stimmung spürte, zwinkerte er ihr zu, als wollte er ihr versichern, dass er, egal was passierte, immer noch der unbeschwerte Junge war, den sie so gut kannte. Oder doch? Und noch bevor sie bei diesem Gedanken die Stirn runzeln konnte, senkte Raja den Kopf, um sie zu küssen.

Die Menge schnappte nach Luft! POM hat sie wild angefeuert! Pinku und Sahana brachen in ein Lachen der absoluten Freude und Erleichterung aus! Und Chirag hat jeden unbezahlbaren Moment eingefangen!

Palash traute seinen Augen nicht; das war unerklärlich - jenseits seiner Träume, sogar jenseits seiner Albträume! Das Mädchen muss schwarze Magie oder Zauberei kennen, ich werde verdammt sein! stöhnte er.

Epilog

Alles ist gut, das endet gut

Indien ist ein Land der Ungereimtheiten.

Als die Schrotflintenhochzeit in die Medien kam, brach sie als sensationelle Nachricht aus, fesselte die Fantasie der Bevölkerung und blieb wochenlang im Breaking-News-Segment.

Ein putzender Chirag konnte nicht aufhören, sich darüber zu freuen, dass er die Identität von Anuraj Bose erfolgreich entlarvt hatte, auch das bei einer Schrotflintenhochzeit. Mit der Hochzeit wurde auch Palash Bose berühmt - er wurde über Nacht berüchtigt.

Berüchtigt zu sein ist jedoch besser als ignoriert zu werden. Palash Bose war ziemlich erschrocken, als er feststellte, dass er sich den Ruf eines erstklassigen Bösewichts gesichert hatte, nachdem er seinen eigenen Sohn aus den falschen Gründen terrorisiert hatte, um ein Mädchen zu heiraten.

Der viel geschmähte Mann bereute den Tag, an dem er Dita Roy gesehen hatte; Depressionen überschlugen seine Ambitionen, er war sich sicher, dass er die bevorstehenden Wahlen mit all der negativen Publicity verlieren würde, die er für sich selbst gesammelt hatte. Er konnte sehen, wie er eine Schrotflinte schleppte und tagelang auf Millionen von Bildschirmen im ganzen Land streamt, und er hatte keinen Zweifel daran, dass dies das Ende seiner jungen politischen Karriere war.

Aber dann ist Indien ein Land der Ungereimtheiten.

Palash Bose gewann einen Erdrutschsieg. Die Menschen in Phulpukur und Diamond Harbour genossen offenbar den Medienfokus, viele von ihnen waren von Nachrichtensendern interviewt worden, um unterschiedliche Perspektiven der Schrotflintenhochzeit zu bieten und Einblicke in die Charaktere von Palash, Anuraj und Dita zu geben.

Das Phulpukur College verwandelte sich in eine Touristenattraktion mit Führungen, die die Abfolge der berüchtigten Hochzeit erzählten. Palash hatte Phulpukur erfolgreich in das Bewusstsein einer ganzen Nation gebracht, und so stimmten die Dorfbewohner für ihn.

Die Popularität des Antihelden verwandelte ihn in einen Helden; schließlich ist das indische politische Szenario nicht gerade für den lilienweißen Ruf seiner Politiker bekannt. Palash Bose gedieh und blühte, wie es die Machiavellisten tun, denn der Zweck heiligt immer die Mittel.

www.ingramcontent.com/pod-product-compliance
Lightning Source LLC
LaVergne TN
LVHW091635070526
838199LV00044B/1074